心案推理师

孤独者的献祭

燕返 著

新世界出版社
NEW WORLD PRESS

图书在版编目（CIP）数据

心案推理师：孤独者的献祭 / 燕返著. -- 北京：新世界出版社, 2024.3
ISBN 978-7-5104-7802-4

Ⅰ.①心… Ⅱ.①燕… Ⅲ.①推理小说—中国—当代 Ⅳ.①I247.5

中国国家版本馆CIP数据核字(2023)第241879号

心案推理师：孤独者的献祭

作　　者：燕　返
策划编辑：丁　鼎
责任编辑：周　帆
装帧设计：贺玉婷
责任校对：宣　慧　张杰楠
责任印制：王宝根
出版发行：新世界出版社
网　　址：http://www.nwp.com.cn
社　　址：北京西城区百万庄大街24号（100037）
发 行 部：（010）6899 5968（电话）　　（010）6899 0635（电话）
总 编 室：（010）6899 5424（电话）　　（010）6832 6679（传真）
版 权 部：+8610 6899 6306（电话）　　nwpcd@sina.com（电邮）
印　　刷：三河市中晟雅豪印务有限公司
经　　销：新华书店
开　　本：710mm×1000mm 1/16　　尺寸：160mm×230mm
字　　数：220千字　　印张：17.25
版　　次：2024年3月第1版　　2024年3月第1次印刷
书　　号：ISBN 978-7-5104-7802-4
定　　价：49.00元

版权所有，侵权必究
凡购本社图书，如有缺页、倒页、脱页等印装错误，可随时退换。
客服电话：（010）6899 8638

目录

第一章　羁绊　　/001

2012·殷红的稻草人　　/001

2021·星光之岬的来访者　　/004

第二章　重逢　　/017

2012·湫湿之所　　/017

2012·犯罪地理学　　/051

第三章　大案　　/056

2021·诡异的坠亡　　/056

2012·凶嫌自裁　　/088

断章一　夏日酒吧　　/090

第四章　线索　　/104

2021·二度坠亡　　/104

2012·完结之后的开端　　/130

第五章　圈套　/134

2021·遗书　/134

2012·恶魔就在身边　　/154

断章二　夏日酒吧　/157

第六章　推理　/166

2021·夜半诡影　/166

2012·全都错了　/201

第七章　抉择　/204

2021·献给她的暗语　　/204

2012·命运的抉择　/228

第八章　逆转　/230

2021·逆转之后的逆转　　/230

终章　/266

第一章　羁绊

2012·殷红的稻草人

每年三月，津桥河下游河坝的芦苇都会以惊人的速度疯长，一度蔓延到整条河道，一些地段的芦苇高度甚至超过两米，足足比一个成年人还高。

这天早上，住在附近的李大伯叫来《星源晨报》的记者，反映河道中芦苇疯长的问题。虽说这些芦苇叶能够在一定程度上净化水质，但对河道的泄洪能力无疑造成严重影响。他们一行三人沿着河畔来到中央的弧形石拱桥上，摄影师将画面聚焦到李大伯身后长势迅猛的芦苇丛，它们聚集在一起，随风摇晃，个别甚至已经蹿出了桥顶。

"三月份都还没结束，芦苇已经长到这啦！"镜头跟随着李大伯指尖的方向扫过整片津桥河，"去年这时候我还能看到几艘割草船，今年怎么一点动静也没有？再过不久夏天就到了，水草、芦苇的长速会是现在的好几倍！园林公司那帮人到底管不管啊？"

李大伯越说越激动，摄影师正准备将镜头对准义愤填膺的他，却忽然停了下来。

"愣在那干吗？还不对着人拍？！"戴着墨镜的女记者敲了敲年轻摄影师的后脑勺，面露愠色。

"你们……你们快看那个……"

河道内密密麻麻的芦苇丛似乎残缺了一小块，摄影师调整了焦距，原来是某样重物压在了芦苇叶上，乍看之下像是一个被风吹倒的稻草人，孤零零地躺在那。然而仔细一瞧，"稻草人"虽然泥迹斑斑，但包裹它的却是一件女性的外套，领口和袖口还漫着一片殷红。

"啊—啊—啊！"

那分明是一具惨遭屠戮的遗体，四肢和头部被塞满了稻草！干草和枯叶就像羊肉串签子似的密密麻麻地扎在瘦弱的躯干上，把人活活扎成了一只大刺猬。

摄影师顿时被吓得魂飞魄散，吃饭的家伙都差点儿被甩落到桥底的芦苇丛里。

"快报警！快叫警察来！"

怎会有如此恐怖骇人的尸体？女记者失声尖叫，用发颤的声音向路人高呼求救，甚至忘了手机就在自己的口袋里，而李大伯则直接被吓昏过去。

接到报案后，星源市刑侦支队队长张程远带领调查小组赶赴现场，一行人小心翼翼地拨开芦苇丛，里面潮湿坑洼，不时还有几条长蛇蹿出。

"星源市从来没发生过这么恶性的案子，这回咱们可遇上大麻烦了。"张程远俯下身端量着这具被扎成稻草人的尸体，身后几名刑警强忍尸身散发出的腐臭味，在命案现场展开地毯式搜索。

不出半小时，死者的头部和四肢在芦苇丛的各个角落被一一找到。死者是一名女性，年龄约二十五到三十岁，身上没有可以证明其身份的物品，张程远将她那双布满血丝的眼眸合上，女子的褐色头发齐肩，发梢烫成波浪，五官端正清丽，生前应该颇有些姿色。

"蒋法医，能让技侦科那边加派些人手吗？这件案子非同小可，目击者又是报社的记者，接下来几天咱们可有的忙了。"张程远朝蹲在尸块前的男子吩咐了一句，见对方没有应答，于是又凑上前去问道，"这里应该不是第一案发现场，对吧？"

"那是当然。"论与尸体打交道的经验，老蒋在整个星源市刑侦支队里恐怕无人能望其项背，再过几年就将退休的他遇到案子还是会第一时间赶到现场，在市局里是个颇受尊敬的人物。他佝偻着瘦弱的身子应道："死者是名年轻女子，她的躯干虽然被衣物包裹，不过右肩和右侧乳房下方都有零星的皮下出血，其中右乳上缘还有十五厘米的切创口，几乎就要触及肋骨。从现场发现的头颅推断，凶手的杀人手法十分残暴。"

蒋法医指着头颅创口上呈斜坡状的暗红色凸痕。

"虽然我是一名法医，推理方面是你们的事儿，不过就算是一把年纪的我，也从没在星源市见过这样的尸体。凶手与被害者似乎有什么深仇大恨，从切砍痕迹上看，凶器应该是一把锋利的斧子，而且为了让死者感受到最痛苦的折磨，凶手并没有一次性将头颅砍离切断，而是半途中断后，过了一会儿再完成全部砍切工作，这也是死者面部表情为何如此狰狞的原因。被砍切了两次，死者头颅的伤痕就会出现类似转折状的坡面凸痕。如你所说，结合案发现场的血迹看来，这片芦苇丛并不是分尸的第一现场，凶手是犯案后再将尸体运到这里丢弃的。"

张程远打量着女子被分离的双手，湖中区一带属于星源市的郊区，目前还有着大片的农田。女子皮肤白嫩，双手指甲缝内没有污垢残留，指甲油的色泽鲜艳亮丽，从妆容上判断不像出自贫苦家庭，反而更符合在城市中心区生活的青年女性身份。

"切断死者肢体的似乎是同一把斧子……"

"对，分尸和杀人的应该也是同一个人。"

这具尸体不论从诡异程度还是凶手作案的凶残程度，无疑都会对整个星源市造成极其恶劣的影响，张程远内心已对即将到来的狂风骤雨做好了足够的准备。

"张队，我们在河沟旁发现这个。"搜查又有了新的进展，一名年轻警员快步奔向张程远。

"两副硅胶手套？"

"是的，这样看来作案的应该有两人。"

"不对。"张程远指着被薄膜袋封住的手套，上头还有一大片血渍，"你看这副手套，与手腕接合的地方呈现水平一字的血迹，凶手是出于谨慎起见套着两副手套作案，你们快去查查手套内侧是否残留可鉴定的指纹。"

"是。"

出警前几分钟，女儿和妻子还不断叮嘱他今天是他的生日，家里准备了好酒好菜，看样子是没这口福了。死者的身份成谜，锁定凶手身份特征也要耗费大把时间，在这个过程中，还必须处理好社会舆论导向……一切都预示着这是一宗极为棘手的案件。

——如果还能把他请来就好了。

张程远望着铅灰色的天空叹了口气，脑海中浮现出那位犯罪心理学专家的面孔。

2021·星光之岬的来访者

星源市的周六傍晚浓云密布，即将到来的糟糕天气让许多人放弃了出游计划，选择待在家中享受难得的假日，而身为心理咨询师的莫楠却要独自面对一位比杀人犯还要危险的来访者。

半小时前，一辆运送建筑垃圾的智能车匆匆驶过星源市中心的咖啡一条街。许多咖啡店自两年前开始如雨后春笋般在这里迅速发展，无论白天还是黑夜，整条街道都弥漫着浓郁的咖啡香。

恐怕又是哪家新店开张——呼啸而过的喇叭声就像刚驻足在电线杆上又立即飞走的喜鹊，并未引起人们注意。如今政府对城市的市容市貌管理力度不同以往，正因如此，才有今日整洁的街道和蔚蓝的天空。另一方面，管理部门对于建筑垃圾的堆放、运输方式和运输时间也有严格的要求，如此这般，原本就靠微薄薪资养家糊口的驾驶员们在工作时必须更谨小慎微了。开运输车的师傅哼着小调，市中心的街景虽美，但整排咖啡馆清一色的招牌显得过于单调，每家店的风格都趋于雷同。即将驶进下一条街道时，才终于出现让人眼前一亮的新建筑——三层楼高的西式小洋楼，精致淡雅的装潢与周边的街景并不违和，反而令人心情愉悦。仔细一瞧，门口还挂着招牌，上面写着：

星光之岬

（营业时间 09:00—22:00）

幼圆体的几个大字用五颜六色的水彩装饰外框勾勒着，令外人看后不明所以，但下面还写着一行小字：

您的精神康复之家

三楼的小房间正亮着昏暗的灯光，从外面看像是特意将氛围布置得便于交流的诊疗室。

"真像啊……真的好像……"

"您指的是我？"

"对，实在太像了。"房间内，一位穿着时尚的女士打量着坐在对面的中年男人，她的语气柔和，坐姿端庄，但视线不时游移在各个角落，显得有些神经质，"莫医师，您可真像我先生。"

"那真是我的荣幸。"

"一样地沉稳，一样地迷人，一样地……邋里邋遢。"

男子名叫莫楠，四十一岁，留着欧式大背头，一米八二的魁伟身躯给人稳重老成的印象，但他在生活方面完全是个不拘小节的人。不管打理得多么整洁的房间，他总有办法在半小时之内弄得一片狼藉，用靳璐的话说就是"永远长不大的中年人"。任谁都无法想象，这个"星光之岬"心理诊疗室正是这位看上去邋里邋遢的家伙一手创办的。和莫楠打过交道的人都知道他的心理诊疗技术十分高超，但很少有人知道他以前是美国马里兰大学犯罪心理学专业的优秀毕业生，还曾协助警方通过独特的心理分析手法为许多线索稀缺、难以破解的大案打开侦破缺口。

他不喜欢长期紧绷着神经做事，因此才有现在这家心理诊疗所。当面对一些看起来胆小些的患者时，莫楠会特意不让自己与对方面对面交谈，这样显得过于正式，就像去公司参加死气沉沉的面试一样，很容易让对方产生排斥心理。在面前这位女士到达之前，莫楠已经特意将对方的椅子移到桌子的另一侧，还吩咐靳璐在桌上摆些小巧的工艺品和一些小零食。这样一来，双方保持一种邻角的方位，不会让对话看上去那么咄咄逼人。他此时正为自己的精心布置感到庆幸，因为这位患者在莫楠关门时极力阻止，并声称自己患有中度幽闭恐惧症，看起来的确不像是轻易对人打开心扉的那类人。

对方刚进诊疗室,与莫楠简单寒暄了几句,便被要求在一张空白的A4纸上作画。莫楠向来不完全相信患者口述的病情,对心理咨询师而言,有必要通过特殊方式全面了解患者目前的状况。在他的问诊经历中,有许多社交恐惧症患者鼓起勇气来做心理咨询,但在对谈时却极力隐瞒一些细节,从而导致诊疗方案缺乏针对性。其实这些细节往往是能打开患者心结的钥匙。莫楠习惯先让患者在空白的纸张上任意作画,鼓励他们抛开一切,放松思绪。俗话说精神分析就是破除防御机制,让潜意识意识化,一幅画的主题、构图、色调都能反映出绘制者的心理状态。

女子看上去不到四十岁,比莫楠小一些,留着一头内扣短卷发,淡蓝色紧身衣衬托出标致匀称的身材,外貌端庄秀气,只是她的双眸布满血丝,肤质细看则有些粗糙,给人一种病态的感觉。

"于太太……"

莫楠又重复了一遍,对方仍没有回应。

"于太太,请问您的画作完成了吗?"

女子先是一怔,才回应道:"完成是完成了,不过……"整个二十分钟里,她不断提笔又放下陷入沉思,最终呈现的画作是一幅简单的郊外风景画,画作有不少涂改痕迹,色彩也偏向冷色系。

"别紧张,我并不是在测试您的画工。"

"好吧……我天生就不是这块料,或者说缺乏艺术细胞,画得不好请见谅。"于太太犹豫了一阵才将画作交了出去。

"这是……河川?"莫楠指着这画作的中心位置问道。

"对。"

"还有一间小屋子,而且……上了锁?"

"嗯。"

"能告诉我为什么特地画上这把锁吗?"

"您不觉得，这样可以给人一些安全感？"

——的确像是幽闭恐惧症患者的想法。

莫楠思忖着，这回遇到的患者似乎从一开始就没打算对自己说真话。明明手上没有戴戒指的痕迹却经常提及自己的爱人，若是已经离异，则很少有人一开口便将自己的痛处暴露给外人。对方的衣着虽然光鲜，可领口上还挂着未拆的银色吊牌，像是刚从服装店买来的。不管怎么看，她身上的矛盾之处实在太多。莫楠再次打开"星光之岬"App调出来访者登记的个人信息。于小薇，39岁，服饰店店主。他一边按摩自己的太阳穴，一边问：

"根据我的观察，您原本打算将这间小屋子画在河川之上，但临终稿时又把它抹去，最终把它画在河川下，周围还用花草来点缀。以上是您所要表达的画面对吧？"

"是……是的。"

"而且我还注意到了原本在河川之上的这间小屋子，一旁还竖着旗杆，而您却没把它带进新绘制的房子旁。"

"这有什么问题？你不是鼓励我作画时尽量随心吗？"

"于太太，您误会了。身为心理医师，我有必要了解您作画时的心理状况。请您相信科学……其实我想说的是您画得不错，至少比我要好多了。"

注意到对方嗓音变得尖锐，情绪发生波动，莫楠也就知道了谈话的边界在哪，他只能沿着这个边界向内敲敲打打。就这幅画而言，最先引起莫楠好奇的正是那根竖立的旗杆，一般情况下，作画者都会先画出旗杆再根据其长度去绘制挂在上面的旗子，而于太太则不然，她先绘制的是一面带有波浪线条，仿佛迎风飘扬的小旗，然后犹豫了好一会儿才绘制出旗杆。而且，旗子的造型也令莫楠心生疑窦——似乎在哪见过，但绝非"旗子"的形态。

莫楠探了探衣兜里的报警器,他被自己下意识的反应吓了一跳。自从国内外接连发生许多患者在诊疗过程中突袭心理医师的事件后,"星光之岬"的所有医师上班时都随身携带这种便携式报警器。

"我最想弄明白的是,这儿和这儿,明明是道路和河流的交叉口,可您却用不规则的交叉线条给抹去了?"

"因为……我不知道……"

"不知道什么?"

"河流该画在上面还是那条路在上面。"

"您现在知道了吗?"

"嗯,应该是河流在上。"

"画画时却无法认知这点?"

"我的状况是不是很严重啊?"

"有一种心理诊断法叫'绘图透视'。换言之,您在这张图里所呈现的每一样东西都和您的内心情感有着巨大的关联,不论是人是物。"

"不,您直截了当地告诉我,我现在的情况是不是很糟糕?"

"别心急。您反映最近常做噩梦,我可以了解梦境的具体情节吗?即使再简短,也该有零星的场景让您印象深刻。"莫楠礼貌地问道。

"不。我不知道。"

"一点印象都没有?"

"没有。"对方的回答斩钉截铁。

"于太太,我是您的朋友,也是帮助您做心理治疗的,咱们彼此应该建立信任的关系。"

"什么意思?你是说我不信任你还是怀疑我说的都是假话?"于太太挑起眉,两个颧骨上都起了一小片潮红,"我不信任你又怎么会大老远跑来这儿？我无非就想要一个结果，我到底是有病还是没病了！"

"……"

"抱歉，我是不是太激动了？"

仿佛注意到自己的行为举止有些偏激，于太太又收敛起来。莫楠注意到，尽管对方衣着光鲜，但在每个表情变化时，她脸上都会显现出明显的岁月痕迹，完全看不出平日里进行过任何保养，发质也有些干枯。

——这样的女性会这么不在意自己的面容吗？

"星光之岬"的诊疗开始前，患者都需要缴纳三分之一的诊疗费，而于太太却是通过纸钞而非手机支付，理由是手机忘在家了。如今这个时代，手机几乎掌管着一个人的衣食住行，谁也离不开它，很难想象会有人记得带纸钞却忘了带手机。

诸多疑团萦绕脑际，莫楠只好改变战术，一边试图缓和对方情绪，一边继续试探。

"不，您这样释放真实情感反而会对身体有益。"

"莫医师，难不成你在挖苦我？"

"挖苦？为什么这么想？"

"……实在太伤人了，莫医师，我觉得你很冷酷。"对方用哆嗦的双手撑着膝盖，嗓音近乎嘶哑，仿佛在努力克制着什么。

"抱歉，我不太懂您的意思。"

"我付了一个小时八百块的诊疗费，坐在这简陋的诊疗室，你让我做什么我就做什么，全听你指挥！这还不算，我把隐私全部告诉你，换来的却是你的嘲讽！"

"于太太，我们不妨先冷静下来。我并没有挖苦您，如果我有失言，那么我在这里真诚地说声抱歉。既然您选择了'星光之岬'，那么在一定程度上，您肯定是希望我从朋友的角度出发为您排忧解难，对吗？"

莫楠的和解请求并没有得到应允，于太太愤怒地起身喝道："可你呢？虚情假意，还想以作画的名义拖延时间，这样你又可以诓我第二个小时的费用，做你们这行的真的这么好赚吗？"

"您先别生气……来，喝杯水，还是喝杯饮料？"莫楠指了指茶几上的冰镇易拉罐可乐，那是他生活的必需品。

"给我拿开！"女人的脸颊突然涨得绯红，一把扫开了茶几上的罐装饮料。与此同时，窗外突然风雨大作、雷声隆隆。风声、雨声交织成一片。在易拉罐与地面触碰发出清脆声响的刹那，天空中响起一声可怕的霹雳，闪电像利剑一样直插下来。整个场面令莫楠感到错愕，即使是他这样从业将近二十年的老手，也不由得在内心深处亮起了红灯，一切可能朝着不可预知的方向发展。

只见莫楠面无表情地起身，缓缓走向诊疗室的出口，他一边前进一边观察着患者的表情变化，双方眼神中都带着警惕。

"喂！你想干吗？"

女人新一波怒火仿佛一触即发，但她万万想不到下一刻莫楠竟完全不顾自己的医师身份，就像抓捕犯人的刑警一样厉声喝道：

"于太太，我现在可以确定你隐瞒了自己的身份。"

"……我？隐瞒身份？你这家伙到底在胡说什么！"

"抬起头看着我，你不叫于小薇。我说得对吗？你是刚逃出来的，不久之前才从一个封闭的、被严格管制的地方逃出来。"

"我……我没有……我没有！"

"这才是你的真实身份！上周用易拉罐拉环划破两名熟睡舍友的脖颈，杀人未遂并逃离星源山精神康复中心的33号病患刘采薇！"

美丽的瞳孔瞬间放大，短短几个字如同晴天霹雳，她噔噔噔倒退几步，花容失色，捂紧脑袋发出歇斯底里的咆哮。

"别……别再说了！叫你别说了你没听到吗！"

"于太太，不，刘采薇女士，控制心理状态的确是门功课，话虽如此，我还是建议您早点自首比较好。"莫楠这才放缓语气，走到她跟前俯视着她，仿佛已经看穿对方的一切。

"自首？"

"没错，我有认识的刑警朋友，只要我一通电话，不到半小时，他就能到这儿。"

"你……你别欺人太甚！"

"根据我的判断，您同时患有重度精神分裂症、躁郁症和妄想症，若想要缓解，需要长期的治疗，而且患者本人要有坚定的决心才行。"

"我只是来做心理咨询的，你却叫我去警局？简直不可理喻！"

"看看你的无名指。我本以为你是因为某种特殊的理由特意摘下婚戒，但上面连戒指的印迹都没有，难不成那个跟我很像的男人也是杜撰出来的？"

女人犹豫了一阵，仿佛真在琢磨什么，然后又歇斯底里起来："用不着你管……我已婚未婚和到这里诊疗一点关系都没有！"

"第二，请你仔细看清楚，你想掩饰的东西……"莫楠没有理会对方的挣扎，索性将谜底一次性揭开，"小屋子旁边根本不是所谓的旗杆，你原本想画的是这个！"

莫楠摘下喝了一半的易拉罐可乐拉环，除去圆环部分，边沿锋利的拉环盖造型就像画作中的旗帜一般。

"绘制透视图就在于让患者在无意识状态下绘制出内心暗藏的症结，你原本是想绘制出这个拉环，然而内心却下意识地亮起红灯。因为这是不能诉之于人的事情，所以你匆忙利用旗杆和旁边小屋子来掩饰。"

"够了！够了！不要再说，我不想听！"

"也对。从您进门时就告诉我自己患有幽闭恐惧症,一开始我是相信的,但在后续的对谈中,我发觉真正的原因是惧怕自己又回到以前带给你阴影的场景。而且,您并没有携带手机,连付定金用的都是百元纸钞。说到这个,我差点都忘了纸钞长啥样。您的衣服很新,但整个人的妆容和头发却不像精心护理过的。"

"你说什么胡话呢。我怎么完全没听懂……什么叫杀人未遂?"

莫楠将打翻在地的易拉罐可乐重新放回茶几,事实上,他早已摁下了警报器,靳璐在收到信号后第一时间应该会和警方取得联系。

"我没时间陪您耗在这儿,晚点还要去给十几个人做心理康复。我劝您还是乖乖在这儿等警官过来吧,虽然病院里的生活枯燥乏味了些,连吃饭散步都要按顺序排队,但和剥夺无辜者的性命相比可是两码事。虽不知道你是出于什么动机,但回去接受治疗总比待在外面到处乱晃要好些,想必你是受不了内心的折磨才到这儿来的吧?"

仿佛时间定格住了,两人都陷入了沉寂。

被砸烂的生锈铁门。
窥视孔中的眼睛。
那些聒噪的长舌妇血流不止的模样。

刘采薇颤抖着将头捂紧,嘴里发出含混不清的呜咽。

"抱歉……请问发生了什么事吗?"靳璐谨慎的敲门声打破了此刻的沉寂,她调皮地探出脑袋问莫楠,"老哥,刚才是你错摁警报器了吧?没事别逗我。"

"笨蛋!"

莫楠一下蹦了起来,靳璐一定是看到刘采薇人畜无害的一面才放松警惕的。可此时刘采薇反应比莫楠更快,她就像一头被激怒的野兽飞快地扑向靳璐,狰狞的眼神让靳璐惊吓之余忘了逃命,简直和杵在那的木桩没两样。

"快跑!"

靳璐闭上眼准备投降,甚至发出比刘采薇更凄厉的尖叫。可过了几秒钟却发现自己什么感觉也没有,再过几秒,确定还是没有任何感觉。她缓缓地睁开双眸,原来电光石火之间,莫楠已经将刘采薇制服在地。

"唉!真是吓死我了。"靳璐一副惊魂未定的模样,豆大的汗珠沿着整齐的刘海滴落,她揾揉着胸口问道,"莫楠哥,这么多年了你的功夫还是一样厉害啊!话说,你是怎么知道这位女士有问题的?"

"玄机都在这幅画里。"

"这幅画?看着很平常啊。"

"哪里平常啦?!你看,这路,这河流,一到交叉的位置,她就打断,这是为什么?"

"因为……她的思绪是混乱的?"

"看来你还不笨。心理学中河流象征无意识,道路代表意识,就像我们站在路上,视线所及,任何人和事物都能尽收眼底。而河流呢,深不见底,我们没办法看清水里到底有哪些东西。我曾经利用这个方法接待过精神分裂患者,她绘制出来的即兴画和刘采薇的别无二致。"

"原来如此,真亏你能联想到前阵子精神病院的事件。"

"谁让我每天没事都喜欢喝这玩意儿的。明知碳酸饮料对身体不好,可就是戒不掉。想到前几天新闻上报道有人用易拉罐拉环偷袭熟睡的舍友,所以才引起警觉。"莫楠打开诊疗室的电视,利用回看功能搜索到三天前那则新闻。由于案发地点的敏感性,新闻的视频内容只是给了精神病院的远景、寝室外的门牌以及作案过程的3D模拟画面。虽然经过马赛克处理，但电视台的技术实在让人不敢恭维，不管是谁都能看出刘采薇所在的寝室是33号。根据新闻报道来看，刘采薇袭击那两位舍友仅仅是因为她们聊天声音太大，三人宿舍里原本不善言谈的刘采薇总和她们聊不到一块，更糟的是那两个人里有一位还是话痨，每天有讲不完的话。由于精神病院内的宿舍不允许摆放利刃或尖锐的器具，忍无可忍的刘采薇一怒之下便想到趁她们熟睡时用尖锐的易拉罐拉环划破其脖颈。作案后她立即逃离这家医院，一度回到曾经关照过自己的一位亲戚家中，因为那位亲戚平时并不关注新闻，连刘采薇进入精神病院的事都不知道，所以这几天照料着刘采薇。但精神上的摧残让刘采薇痛不欲生，在他人推荐下才来到"星光之岬"。那件淡蓝色的紧身衣也是用亲戚给的钱在楼下服饰店买的。

莫楠选择回看的话题共有三条新闻视频，当视频滚动播放到最后一条时，他突然竖起耳朵。

"那记者刚才说了些什么？"

"咦，怎么了？这好像还是刘采薇的新闻。"

"我当然知道。"莫楠一把夺过遥控器，将新闻重复播放，"我是问记者刚才说了什么？"

"她说……刘采薇是因为卷入小区烂尾楼纠纷事件，用尽一生积蓄买房，最后楼盘烂尾，业主们迟迟无法入住，经历调解失败、投诉无果，最后她精神上陷入绝望和崩溃，才变成现在这个样子。"

"啊，该不会……"莫楠飞速踱向办公桌，翻开记事本，神情逐渐凝重起来。

"怎么了？"

"你说的那个楼盘，是不是湖中区的'环景·康湾城'？"

"没错啊。莫楠哥,你到底怎么了?感觉神神叨叨的。"靳璐歪着脑袋问。

"前天接了一件棘手的差事,有人请我对十几个人做心理康复,说白了就是给他们的二次调解规划做参谋,委托人是我的高中同学,我要是当即就推辞会显得太没礼貌,所以我答应去看看。他发给我的定位就是这个'环景·康湾城'。"

第二章　重逢

2021·湫湿之所

01

"造城运动"现多片烂尾楼盘，15 户业主被迫入住

（记者/董晓阳）

在空荡荡的毛坯房里，记者跟随吴女士来到她的"新居"。按照吴女士原本的设想，一家三口应在两年前就搬进"环景·康湾城"。当时她的积蓄不多，都用来买房了，甚至还向亲朋好友和同事借了五十万元。她万万没想到，所有的投入换来的是一连串的不幸，不仅没有住进温馨的新宅，连原先美满的婚姻都不复存在。

一切的起源都要追溯到五年前的"造城运动"，大量开发商涌入一项城中村改造的项目中，其中不乏抗风险能力弱的小开发商，它们负责从拆迁安置、建设回迁到商品房销售的全过程。这样的方式虽然便于管理，但存在着一项巨大风险——若某一环节出现资金链断裂问题，对那些小开发商而言无疑是一记重击，势必会导致整个运营系统的崩溃。吴女士所在的"环景·康湾城"现状就是如此，这里的856套住房已经烂尾三年，经历漫长的维权、调解与等待无果之后，由业主自发组织的"自救会"成员（共15户）陆陆续续住进了这幢烂尾楼内。

在"环景·康湾城"附近，还有不少楼盘正在施工，机械的轰鸣声此起彼伏，这里仿佛就是个大工地。时值初秋，九月的刚下过几场大雨，空地上的青草长势喜人，空气中透着一股清新气息，包括吴女士在内的15户业主却要踏着几乎被雨水泡烂的木板爬上阴湿的楼道。记者了解到，业主们几乎每晚都会聚集在"自救会"发起者郭国栋的家中，郭先生是星源市某知名大学的副教授，如今正为这烂尾楼的事奔波。

从容而威严，这是记者对郭教授的第一印象，经过一番交谈，记者发现郭教授其实相当健谈，在他的热情邀请之下，记者也加入到业主们的餐叙中。郭教授教的是土木工程学科，因为多少涉及专业知识，而且拥有一定的社会名望，业主们都推选他担任"自救会"的组织者，郭教授的肩上背负着众人的期望。上个月初，经过郭教授的简单布置，他所购买的4号楼1105号房一下子热闹起来，沙发、茶几、盆栽……大大小小的家具都被一一添置，郭教授一面叼着烟一面自嘲是"苦中作乐"，颇有些不向命运屈服的韧劲。郭教授的身份是大学教授，其实他在星源市还有一套三房一厅，但他仍然坚持搬进"环景·康湾城"与"自救会"的业主们"共克时艰"。每天晚上，大家都会这么聚在一起，"自救会"的业主们有南方人，也有北方人，五湖四海的朋友聚在一起总有说不完的话。由于整个小区水电未通，他们只能凑钱购买液化气，在一楼郭教授的屋内架起锅灶，再从附近的工地或商户那儿打些自来水，一道道丰盛的家常菜就这么下锅了。

由于记者的到访，"自救会"的业主们一一讲述起自己的遭遇。虽然其中不乏像郭教授那样在市区内还有其他住处，生活上不会受到太大影响的人，但更多的是与吴女士拥有相似遭遇的人，他们有的二十几岁，有的六十几岁，都耗尽全部财力希望能在这里有个安稳的住所。年仅二十五岁的孙先生与记者聊了起来，由于父母在一次交通意外中过世，自己在城市里没有其他可以依靠的亲人，加上彼时相对较高的薪资，他索性用赔偿金购买了"环景·康湾城"一套小户型的房子。"那些钱只够首付，月供还得靠一半月薪来还。"小孙坦言三十年的贷款令他压力很大，自己也还没有对象，而两年后公司的倒闭更让他雪上加霜，"IT这个行业两极分化比较厉害，有实力的人总能收到大企业抛出的橄榄枝，而那些在金字塔底的人，每个月拿个七八千块都得看老板的脸色。工作没了，只能靠原先的一些积蓄去还贷，现在卡里的钱所剩无几，每个月光是接些由原来积攒的人脉提供的廉价'私活'，这些活有的技术含量高，甲方催得紧，不熬通宵绝对完不成，然而所谓的报酬却要等到半年甚至更久之后才拿得到。"聊天时，小孙总爱用"待业青年"描述自己的处境，他告诉记者，"自救会"中还有几名三十岁左右的青年同行也正面临着失业的危机，许多IT企业每年校招的"新鲜血液"多达总员工人数的百分之十，刚毕业的年轻一代有的在学校里就掌握了IT界最新的技术，而比他们年长的员工则需要在短暂的休息时间里牺牲陪伴家人的机会，用来学习这些新技术，不让自己成为被时代浪潮拍死的"前浪"。

上周，郭教授东奔西走总算让事情有了新的进展。"环景·康湾城"的主体虽然已经完工，但二装等后续项目陷入烂尾。经过郭教授的专业测算，后续收尾大约需要7000万元，他们可以先由业主方筹集这笔资金，然后在区政府的监督下以借款的名义及专款专用、分期支付的形式汇入开发商的账户，开发商每次的花费都需要经过"自救会"的审计。计划虽有类似的成功案例参考，且有一定的可行性，可对"环景·康湾城"的大部分业主而言,这里的房子并非刚需,他们宁愿等开发商筹措到资金或政府愿意接盘。郭教授坦言自己有点撑不下去,一方面"自救会"的力量太过薄弱,有些时候让他感到孤掌难鸣,另一方面问题久拖不决也不是办法,他正筹划着近期再同开发商代表进行一次会面,讨论有效的解决方案。

不知不觉,时间已来到深夜,为了不打扰"自救会"的业主们休息,记者先行离开了"环景·康湾城"。由于政府对工程项目施工时间有明文规定,夜晚十点钟声敲响后,小区很快回归了沉寂。没多久,初秋的又一场大雨下了起来,记者从远处回眺,4号楼那星星点点的亮光显得有些模糊。

(《观察眼》月刊202×年第33期,总第645期)

地铁停车时发出刺耳的摩擦声,车门打开的一瞬间,又涌入了大批人潮。从"星光之岬"走到地铁1号线的起点站只要两分钟,因此莫楠和靳璐早就占据了一张长座椅,任凭车厢在阴暗的隧道内飞速穿梭。莫楠一向不喜欢车厢内这股窒闷的空气,他戴着耳机试图通过转移自己的注意力来消散乘坐地铁时特有的烦躁感。他读完《观察眼》月刊的报道后,刚压下去的烦躁感又涌了上来。

"无端献殷勤,准没好事。"

"你是在自言自语吗?"

显然,今天的靳璐经过一番精心打扮,一身深蓝色外套加白色衬衫的正装搭配,眉毛轻轻地描过,原本就立体的五官经过一番修饰,嘴唇也淡淡地染过。从她踏进车厢的那一刻,就吸引了不少年轻男性的目光,他们中有的明明看到边上的空位却还是站在靳璐面前,不时低头欣赏女孩的美貌；还有的刻意坐在靳璐身旁，两眼注视着正前方车窗反射映出的面容，而靳璐本人似乎不以为然，始终闷头玩着手机游戏。莫楠突然的发言吓了她一跳，屏幕里的卡丁车也在急转弯处碰了壁，彻底无缘前三名，她咂了咂嘴抱怨着。

"因为刚才你一直在发呆。我是想让你看看那个……"

在莫楠正前方的地铁电视里出现熟悉的面孔。一个中年男人正在接受记者采访，镜头给到特写时，字幕打出"王耀威"三个字，他就是莫楠此次拜访的对象。和莫楠同岁的他身材看上去肥胖而笨拙，几乎看不到脖子，面庞也不端正，但是鹰隼般的目光却能体现出身为开发商代表精明狡黠的一面。视频是上个月拍的，星源卫视的记者正采访他关于思滨区新项目的建设计划。面对镜头，王耀威侃侃而谈，屏幕上打出的身份并不是最近备受社会争议的开发商代表，而是市半导体产业基地项目建设专家。虽说嘈杂的环境下莫楠根本听不清他究竟讲了些什么，但应该是近期半导体产业基地公开招标的事。

"看到了吧，就是这家伙。"

"肥头大耳，从面相看真的不像好人！他到底要你帮他什么呀？"

"这则报道相信你也看了。'环景·康湾城'原本是城市建设发展计划的一个项目，前些年被一家财政能力不足、抗风险能力弱的开发商承揽了，结果工程干了两年半就烂尾。据说，业主代表们又用了两年时间来维权，但无奈开发商的资金链出了大问题，楼盘就一直搁在那了。康湾城四周都是在建工程，比它晚两年才启动的君湘城主体已经封顶，正着手装修等后期工程，康湾城的业主们急了眼，所以最近组织了一个什么'自救会'，请来许多记者报道这件事，甚至还连续两天上了热搜，看来他们是铁了心向开发商宣战。"

"所以……那个肥大叔的心理压力很大咯。"

"他不是想要我给他解压,而是给那些'自救会'的业主们做思想工作。"莫楠看着手捧的报纸冷笑道。

"啊,你说的十几个人原来指的是'自救会'的人?驻场咨询的活你也接?"

"我看起来像那种人吗?只不过……"

"只不过什么?"

——挥舞的拳头、雪白肌肤上的淋漓鲜血、龇牙咧嘴的狞笑……

毫无来由的愤怒。

莫楠脑海闪过一幕幕可怕的场景。他和王耀威之间的羁绊绝不仅限于高中时期同窗三年的情谊,除此之外更多的还是憎恶,浓烈的憎恶。从外貌、性格和社会地位来看,两个人有些南辕北辙,高中毕业后彼此也时常保持着联系,每回的贺年短信虽说多少有些言不由衷,但莫楠当年的确把他当作好友对待。直到五年前的那件事……对莫楠来说,或许要追溯到十年前。

"该下车了,我们上去再聊。"

地铁的报站打断了莫楠的思绪。

02

出了地铁口,靳璐嚷着要买双球冰激凌,排了几分钟的队耽误了时间。等到两人抵达约定地点时,王耀威派来接送的加长礼车早已停靠在他们眼前。靳璐走在前面,虽然尽力克制自己的兴奋,生怕被对方嘲笑,但是当她看到座椅前放满各种饮料的迷你酒吧和电视时,终于还是把持不住,惊讶得张大了嘴。

"哇,这是我第一次坐这样的礼车!你看,上面还有天窗!老哥,你的同学混得相当不错呀。"

莫楠轻轻地咳了几声，提醒靳璐注意自己的形象，刚才过于兴高采烈的举动和她的职业装穿着十分违和。靳璐随即尴尬地清清嗓子，收敛自己夸张的表情，喝起迷你吧台上的瓶装蒸馏水。

"你给我听好，王耀威就是作为开发商代表同'自救会'谈判的，我带你来这儿，不是让你给我丢人的。"莫楠促狭地说道。车里除了他们俩之外，只有开车的司机，他告诉莫楠从地铁口到目的地酒店的车程大约半小时。

"他们公司资金链断裂，手里没钱，还有什么好谈的？"

"听说'自救会'打算借钱给他们，当然，这些钱由业主们凑。'自救会'的代表郭国栋是知名大学的土木工程学科教授，在业内威望很高。他提出由'自救会'亲自监督，要求开发商利用业主的筹款继续完成康湾城的装修施工，并且通上水电，验收合格后，在规定的时限内将所有款项还清。郭教授的提议是这次谈判的主要内容。"

"许多人用两辈子的积蓄都不一定买得起一套房，偏偏还遇上不靠谱的开发商，换作是谁都受不了这个打击的。老哥，依我看干脆直接拒绝他。"

"我们可是高中同学，高三那年还是同桌呢，就算婉拒也得找个合适的理由，总不能面都不见就回绝吧。"

"看你的样子，似乎从一开始就不打算接这活？"

莫楠一副郁郁寡欢的模样，慵懒地望着窗外的风景。

"嗯，因为我相信，一个人的天性是很难改变的……"

"天性？"

"俗话说得好，婚姻是人生的坟墓啊。"

"你到底想说什么呀？"靳璐被一连串的感慨整得有些摸不着头脑。

"这件事说来话长……"莫楠还是朝向窗外，所以靳璐无法看清他的表情，直到车子驶过隧道口的一瞬，她才在车窗的映衬下看到莫楠正蹙着眉心，脸上掠过一丝忧郁，"十年前的同学会，他当着所有人的面高调宣布和同班女生结婚的消息，那女生可是我们的班花。那家伙属于凭借三寸不烂之舌就能骗走女生的人，虽然我不是很懂女方心里是怎么想的，但当年包括我在内的所有人都祝福过这对新人。"

"后来……他们的婚姻生活并不美满？"

"何止是不美满，王耀威是先把女方骗上床，等她怀孕后再用花言巧语说服其结婚的。婚后的王耀威和婚前根本是两张脸孔，听说只要他一不高兴，就会拿妻子当泄愤的工具。五年前的同学会王耀威没来，他的妻子喝了不少酒，我们在KTV唱歌唱到一半她居然大哭起来。事到如今我还记得她在大家面前展示的那些鲜血淋漓的伤口。"

"对哦。在那之后你好像再没参加高中同学会了？"

靳璐恍然回想起那一年，平日根本滴酒不沾的莫楠喝得酩酊大醉。喝醉了倒还不算坏，要命的是，从KTV离开时莫楠还是清醒的，一言一行都十分正常，甚至连他们要走哪条路、谁和谁一辆车还是他来安排的。要不是其中一位同学深知莫楠那点酒量，主动要求送他回家，莫楠可能真就睡在大街上一整晚了。那晚，浑身酒气的莫楠在同学的车子里足足吐了三次，嘴里似乎还反复咒骂着什么，如今细细想来，他骂的也许就是即将见面的那个男人。

"王耀威这畜生在电话里告诉我，他和李馨旸在一年前已经办了离婚手续，后者用赔偿金在康湾城买了一套两室一厅。对，就是我们要去的康湾城。那家伙一副幸灾乐祸的模样，丝毫没有怜悯之心，他请我过去协助的另一个目的就是要李馨旸在我这位老同学面前丢人现眼。他的天性就是这样，从以前到现在没有任何改变。还记得高三那会儿，班级为了鼓励互相学习，取长补短，教室用的都是长课桌，我、王耀威、李馨旸分别擅长数学、语文和化学，我们仨当了整整一年的同桌。你想想，一个能对自己另一半都如此丧心病狂的人，会体恤这里的业主们，让会谈顺利进行吗？"

"怎么会有这种人！"靳璐已经在脑海里联想起那些家庭伦理电视剧中出现的暴力场面，把喝到一半的蒸馏水放了回去。

"所以，你能够体会即使我心里千百个不愿意，但还是得过来一趟的心情吧？"

03

礼车停在酒店门口，出乎莫楠意料，光办理入住手续的队伍就排起长龙。酒店很大，大厅装潢得富丽堂皇，穿着短裙的女服务员正为每位客人殷勤地递上茶水。司机师傅告诉莫楠，王耀威已经在酒店大堂等他们，但迟迟没有瞧见熟悉的身影，微信发了消息也没有得到回复，莫楠心想当领导的每天都有忙不完的事，兴许是没看到信息，于是和靳璐挑一个离人群有一段距离的皮沙发坐了下来。

"郊外居然也有这么豪华的酒店，和周边的环境真不搭。"

"看到这么漂亮的酒店，我也高兴不起来。"

靳璐嘟着嘴，莫楠先前的几句话就让她兴致全无。纵使如此，莫楠还是继续装傻充愣：

"怎么？车里太闷了对吧？"

"懒得理你。"郊区的气温比市区要低些，可靳璐却把宣传单折成对折朝自己耳畔扇风，"所以我最讨厌等领导了，没半个小时他出不来。"

"出门前是谁嚷着非要跟我过来的，好好待在'星光之岬'不好吗？"

"那是你说得不够详细，而且本小姐还差点被你的病人捅刀子，不出门缓缓哪行？"

"好吧，说不过你。"

"从刚才到现在，你都一副若有所思的样子，究竟在看啥？"

"看排队的人啊。"莫楠朝人群方向努了努下巴。

"他们有啥好看的？"

"每个人身上或多或少提着自己的行李，看上去他们都是五六个人一组，多的则有十几个人一组，他们表情凝重，而且每组人里最年轻的那个往往比其他人多牵了一个拉杆箱。预订房间时还特意多留了一间，我考考你，能猜出他们的职业吗？"

"唔……看着应该是同一个公司的职员？"

听了靳璐的话，莫楠差点把茶水喷出来："这还用得着你说。"

"年轻人多为领导提一件行李很正常啊。"靳璐俏皮地耷拉着脑袋。

"你没留意到每组人多提的那件行李，拉杆箱大小都差不多吗？"

"也就是说拉杆箱里内容都是一样的！"

"没错。"

靳璐思忖了一下，还是摇摇头："猜不出来。"

"还记得我们在地铁上看到王耀威的专访节目吗？"

"啊！我明白了，这些人是为了那个半导体产业基地项目来的。"

"正确，确切地说，他们是来投标的。一路上我留意到离交易中心最近的酒店就是这里，装潢豪华且价格适中，隔音效果想必也不错，他们多订一间房间也是出于职业习惯。毕竟这是个大项目，有时总部领导到访或标前密封标书都需要腾出一间房间。对这些人来说，明天才是决胜时刻。"

"咦，你看那儿……"顺着靳璐手指的方向，一位年纪约莫二十出头的女生不时看着表四处张望，手里捧着一沓资料像是在等人的模样，她身材苗条，将一头短发染成深褐色，还戴着一对小巧玲珑的耳环，"难道是在等我们？"

"搞不好是哦。"

莫楠起身走向前去，和女孩打了个招呼。

"您好！"

"啊，您好，请问有什么事吗？"女孩五官白皙剔透，声音也很细，说话时下意识地伸手摸着被秀发盖住的耳朵，一副涉世未深的模样。

"不好意思，可能是认错人了。"莫楠心想这个战战兢兢的女孩年纪应该比靳璐还小，鹅蛋脸小巧精致，即使浅灰色的职业装也无法遮盖她青春洋溢的少女感，很有日式美人的味道。

她点点头，轻声说了声"没关系"，接着又摸了摸自己戴着耳环的白嫩耳朵，这似乎是她害羞时的特有动作。拜这个动作所赐，原先紧抱在胸前的一沓文件七零八落地掉落在地。

"啊，糟糕。"

"没事，我们来帮你。"

女孩涨红了脸，蹲在地上小心翼翼地拾起那些文件。莫楠和靳璐见状也凑上前帮忙，不经意间，莫楠注意到掉落的每份报表上都有王耀威的签名，虽然他的一笔一画变得有些认不出来，像是请人特意设计过的，但右倾45度的特征丝毫没变。读书时，老师就曾批评王耀威好几次，他总是无法把字写端正。后来莫楠在美国留学的那段时间，遇到一位对笔迹学颇有研究的犯罪心理学教授斯兰·道尔，他沉默寡言，喜欢一个人坐在办公室端着放大镜研究犯罪者的字迹。有一回，莫楠关于反常心理学分析的课题报告需要交由斯兰·道尔审阅，他一面批改一面得意地告诉莫楠自己的最新研究：所谓见字如面，看一个人的字迹就像看一个人的眼睛，都能分析出这个人的性格特征。写字过于右倾且笔压很重的人，基本上可归类为嫉妒心强、心狠手辣的类型，他们做事执着不顾后果，独断独行，不会轻易改变自己的主张，在美国，许多犯罪分子的笔迹特征就是如此。

"您是王耀威王总的……"

"我是他的秘书。"

"巧了，我们今天也要见他，王总事先没跟您说？"

女孩微微有些吃惊，接着慌忙道歉："真不好意思，我叫冯春燕，上周才到岗，怠慢了二位，实在抱歉！"

"哈哈，没关系的，我们这次见面无非就是朋友间叙叙旧、瞎聊聊。"莫楠解释道，"刚才司机师傅说王总人在这儿，所以先放我们下来了。"

"是的，王总目前正在17楼见一位客户，不过很快就会结束。要不二位稍等片刻？"

"行，我们在这儿等他。话说今天这儿的人真多呢。"

"他们都是为了明天的项目。"

"那个半导体产业基地？"

"您也听说了？"冯春燕反问道。

"不不，刚才我们还在打赌呢。"莫楠指了指身旁的靳璐，"她是我的表妹，也是我工作室的助手，今天说什么都要跟我过来。"

靳璐也友好地点头示意。

"莫先生，您的工作是……"

"我是一名心理医师，在思滨那儿开了家康复中心。"

"莫非王总他……"

"不，应该不是他自己的问题，依我看他是想要我帮助别人。"

"这样啊。"

"话说回来，明天这个项目听说有十几亿？"莫楠开始有一搭没一搭地闲聊。

"是的，因为这家酒店距离开标的公共资源交易中心只有三百米，所以有的单位半个月前就预订好了房间，目前这儿应该是客满的状态。"

"我知道了，所以才让我们住别的酒店。"

"真的很抱歉！"

"不不，这没什么，不是你的问题。"

不一会儿，人群中有个大块头正阔步向莫楠他们走来，棕黄色的皮肤，穿着十分讲究的黑色西服，脸上的胡楂刮得干干净净，鹰隼般的目光始终看向前方。前来投标的人员有的上前和男子打招呼，他不时停下脚步简单寒暄几句。当和莫楠四目相交时，他的眼睛瞬间眯成一条缝，嘴都咧到了耳根。

"哎呀，这不是莫兄吗？今天把女儿都带来啦？出落得真是漂亮，一点都不像你啊！"男子站到莫楠面前，拍了拍他的肩膀。

"王总风采依旧不减当年，现在可是全国半导体产业的首席专家，真不愧是我们六班最成功的人士。"两人紧紧握了握手，接着莫楠向王耀威介绍起靳璐，"这女孩是我表妹，也是我的助理。"

"咳咳……真是幸会……"

王耀威一开口便有股烟酒夹杂的刺鼻气味，靳璐轻咳了几声缓解尴尬。她发现王耀威给人的感觉就像在电视上看到的那样，再和莫楠先前说的那些事一结合，完全能够先入为主地拼凑出他的性格和做派，此时靳璐已经把面前这个看上去威严的男人和电视剧里十恶不赦的大魔头形象重合了。更让靳璐隐约感到不安的是，王耀威打量她的眼神，他的目光不时投向她制服短裙下的部分，靳璐下意识地将双手放在裙摆前。

"莫兄现在可是大名鼎鼎的心理医师，听说以前还跟警方打交道，配合他们办案？"

"哪有这么神，我只不过从心理学角度出发给他们参考而已，就是搭个手帮帮忙。"莫楠轻描淡写地应了一句，似乎老同学在吐槽他不务正业。

"咱同学里还有谁比你成功？做自己喜欢的事比什么都强。"王耀威做了个挥杆的手势，"最近还去玩那个吗？"

"也不是经常玩，年纪大了，不爱运动，偶尔玩玩而已。"

"那太可惜了，明天约了几个老总，想叫上莫兄一起活动活动筋骨。"

莫楠最后一次参加同学会的时候，的确和王耀威打了一下午高尔夫，两人水平不相上下。

"王总还是这么热情，明明最成功的就是你这老家伙，还净往别人脸上贴金。"

"哪里的话。"王耀威西裤口袋里的手机震了几下，他看到显示屏上的名字后皱起了眉头，低声应了几句，然后跟莫楠他们赔礼道，"真不巧，我这还有事情要处理……这样吧，你们先安顿好，晚上我们一起吃个饭，就这么说定啦！"

"那个……王总……"

王耀威正要离开，一直在观望机会的冯春燕终于插上了话。

"怎么？"

"很抱歉……"

"说话别吞吞吐吐的，不会又惹什么幺蛾子了吧？"王耀威阴着脸一副盛气凌人的模样。

"其实……"

"说啊。"

"其实，酒店里已经没有多余的空房了。"

女孩带着哭腔说出这番话后闭上了眼睛，似乎想以这种姿势面对即将来临的狂风骤雨。王耀威愕然地凝视她，接着在女孩重新睁开眼的刹那大声咒骂起来：

"混账东西！昨天你不是说已经订了两间单人房吗？"

"……前台刚刚跟我说他们搞错了，只剩下一间双人房。"冯春燕战栗地缩了缩肩膀，在众人的注视下，连钻进地缝的心都有了。

"糊涂！他们糊涂你也跟着糊涂！订好房间不懂得再确认一遍？你是怎么当秘书的？"王耀威越骂越生气，整张脸涨得通红，"今天这里都是投标单位的人，里面还有不少大领导，要不是这儿离康湾城近，我才不想在那么多熟人面前抛头露面，一个个排着队跟我攀关系，好像我已经在背地里安排好谁中标似的。"

"王总……我现在和前台再沟通一下可以吗？"

"废话，叫你来不就是处理这些事的？"

冯春燕的柔声细语被王耀威的怒吼撕得粉碎。莫楠见状，只得上前充个好人，缓解一下尴尬的场面，此时的靳璐早已一脸嫌恶地重新坐到那张皮沙发上。

"王总，不如晚上我们住一起吧？吃完饭刚好散步回去叙叙旧如何？"

"莫老兄，不是我不想，实在是今天已经安排好餐后和一位大客户谈生意了，这可是关系到公司生死存亡的事，马虎不得。"

"原来如此，那我们还是明天见面再聊。"

不到一分钟，年轻的女秘书又战战兢兢地一路小跑回来。

"王总，前台说，今天客满，没……没有其他人退房。"

"这还用问？哪有投标单位临时退出的！"

"要不，我去康诚酒店住一晚，明天一早来这接您？"

"小冯，你可是我的秘书，要是晚上我喝多了，谁来接我？难道要吴总他们把我扛回来？"

"这……"

"没办法，只能住一间了。"

"啊？"冯春燕的脸瞬间唰地红了起来。

"我说我们只能住一间了，这都是你的责任。"王耀威重复了一遍，嘴里虽然满是怨念，而目光却不时地徘徊在这位面容姣好的女秘书身上。

"可是……"

"别可是可是的，就这么定了。你睡床，我睡沙发，一个晚上而已，克服一下就过去了。"

"这样……不太好吧？"

"小冯，我刚才说得很清楚，你睡床，我睡沙发。你在害怕什么？小姑娘一个，我还占你便宜不成？"

"不，王总，我不是那个意思。"秘书红着脸解释道。

"我看就是这个意思，要不你跟我说你在害怕什么？"

"我没有害怕。"

"那就这么定了，一会儿我还要跟莫楠兄共进晚餐，餐后就是吴总他们安排的第二场，时间非常紧，你也别愣着，这两天的行程计划帮我排一下。"

"好……好的。"

冯春燕唯唯诺诺地应允后，几乎强忍着泪水拿着王耀威的身份证走向前台，和服务员确认起住宿时间和退房时间。

"你对下属还真严厉,还好我没在贵司上班。"莫楠晃着脑袋,大致摸清了老同学的套路。

"哈哈,我一向公私分明。只要是在我这上班,不管关系多亲,就算是亲儿子犯了错,我也一丁点情面都不讲。"

"可是,我们冒昧打扰,不会影响你王总的工作吗?"

"不会不会,时间还早,说不定明天还有机会一起打打高尔夫。你知道吗?昨天我一晚上没睡好,想到老哥们儿要来,激动得不得了。"

"那可是我的荣幸。"

"不说这个了,你们应该已经饿了吧?尤其是这位小姐。"

"啊,我不饿。"面对态度一百八十度大转变的王耀威,靳璐只是远远地应了个声。

"别担心,她一路上嘴就没停过。"

"小姑娘,一会儿我们要去的是方圆百里最棒的餐厅,你一定会喜欢的。"

莫楠猜测晚上靳璐一定会自己叫外卖吃。

04

莫楠的猜测是正确的。

靳璐以身体不适为由,婉拒了王耀威的饭局邀请,这让王耀威晚上有些魂不守舍,只和莫楠开了间小包厢。没多久,饭菜全部上齐,麻婆豆腐、水煮三鲜、大盘鸡、大闸蟹……一切都是王耀威喜欢的菜色,酒水上了之后,他又恢复了神采。

"来,我先为老同学斟满。"

"我哪受得起,王总现在已是位高权重,我只不过是个自由业者,能为王总尽绵薄之力也是我的荣幸。"莫楠拿起酒盅，站起身一面倒酒一面促狭地问道，"这次的事情很棘手吗？"

"哎，跟莫兄说实话，康湾城的事一直是我的心腹大患。公司资金链出了问题是真，可这又不是我的责任，反倒被他们拿来当挡箭牌使了。"

"明天主要还是见搬进康湾城的人？"

"是啊，我没想到居然真有人住进去。住进去也就算了，还打电话给电视台和各大纸媒，现在这事闹得沸沸扬扬，前阵子天天挂在热搜前三名呢。"

因为明天半导体项目开标的关系，餐馆的生意也跟着兴隆起来，包厢外的服务员来去匆匆，大厅里甚至没一桌空席，莫楠心想王耀威纵使嗓门再大，也会被这嘈杂声盖住，外头不会有其他人听到谈话的内容。

"这也难怪，房价那么高，他们也是用一辈子的积蓄购买的，归根结底还是你们自己的问题。"

"所以啊，我明天必须拉上老同学才行。心理学大师肯定知道他们的心理，可以替我打打圆场嘛。"

"什么？你叫我来就是为了替你打圆场？"莫楠有些错愕。

"是啊。"王耀威又点了一盘招牌菜——"牛气冲天"，简而言之就是牛肉拼盘，腾腾热气让莫楠看不清他的表情，"别愣着啊，来，莫兄，再喝一杯。"

"对不起，我头有点晕。"

"不会吧？才这点酒量，我记得上次同学会你明明喝了很多啊……算了，你打个电话，叫小姑娘代喝。"

"她平时不喝酒。"莫楠假意捂着脑袋，装出不胜酒力的样子。

"这怎么行？刚出社会的年轻人必须要会喝，这是一门必修课啊。"

"哈哈，隔行如隔山，心理咨询和你们工程行业还是有本质区别的。"

"那位小姑娘个性很直爽，人又漂亮，我喜欢。"王耀威借着话题装模作样地探问道，"对了，莫楠兄，说到个性，你还记得那个谁吗？"

"谁呀？"

"就是我们的同桌呀，学校的校花，那个叫李馨旸的大美女……"

"她不是你老婆吗？"莫楠淡然地夹起架在牛骨上的那块酱牛肉，直接送进嘴里。

"瞎说。前妻，前妻而已。我们早八百年前就离婚啦。"

"现在提她做什么？"

"咦？你们没联系过？"

"我很少和老同学联系。"

"这也难怪，莫兄以前就是个沉默的人，不怎么说话，用现在年轻人的说法，叫闷骚？对，闷骚。"乘着酒兴，王耀威的话开始没了边界，他搭着莫楠的双肩，有意无意地观察着莫楠的表情，"说实话，我觉得配我这样的粗鄙之人未免太暴殄天物了，想当年莫兄对她……"

"为什么现在提她？"

莫楠一把移开对方粗壮的手臂，这举动让王耀威面露不悦，同样冷冷地回道："啊，是这样的。明天，我们要去的康湾城，她也在那里。"

"这才是王兄的目的吧？"莫楠放下了酒杯，头也不抬地问。

"呵……离婚那会儿，我给了她一笔钱，她却用来买康湾城的房子。你说，那女人好不好笑？"

"……"

"明天顺道和我一起看看老同学吧？我们都那么多年没见了。"

王耀威那张圆胖的脸显出狡猾和嘲笑的表情，这种古怪的笑容让莫楠清醒地认识到王耀威此行的目的就是要让莫楠看看李馨旸——这位当年他们都追过的女生如今落魄的样子。莫楠握紧酒杯，仿佛下定决心似的，他发誓明早就会拒绝这个男人的邀请，但在那之前还有一件事必须办……

05

秋夜的月牙在天边静静地挂着。

冯春燕倚在窗台边，这是她步入社会的第三个年头，但遭遇上司的责骂后心里依旧会难过好几天。头两年，每当遇上类似的事情，她总会打电话向好姐妹哭诉一番，只有在她们面前，冯春燕不用顾虑其他。

——没什么好丢人的，大声哭出来就没事了。

闺蜜们经常这样劝慰冯春燕，凡事千万别搁在心里不说出来，久而久之容易憋出病。她自然深知这个道理，但毕竟人都不会这么轻易地改变自己的性格。最近，几个闺蜜接连步入婚姻的殿堂，开启自己下一段精彩人生，冯春燕打心眼里替她们感到高兴，可如此一来，也不便打扰别人的家庭生活，现在遇到什么挫折连个倾诉的对象都没有。姐妹们常对她说："我们这几个人里面，最漂亮的明明是你，到现在还没交男朋友的也是你，莫不是得了婚姻恐惧症？"

的确好久没抬头看看星空了。

冯春燕叹了口气，她觉得小时候的星空似乎更加湛蓝，哪像现在，连颗星星都难瞧见。晚上的气温有点低，风夹着寒意一阵阵地吹来，她关上窗，索性回到房间。虽然电视开着，还是她喜欢的喜剧综艺，但此时的冯春燕根本没心思看，她呆呆地望着对面的那张床，内心怦怦直跳。她没得躲，也无处可躲。

平日里关于王耀威的传闻不少，同事间也有传闻他的专家身份完全是买来的，那些关于半导体产业前沿科技探索的论文也是由他手下代笔，并没什么真才实学，加上如今康湾城出了事，许多同事猜测王耀威可能要另谋去处。关于生活作风方面，他们闭口不谈，起初冯春燕认为王耀威是个正派的人，只是平常对属下的要求严苛些，但最近她才发现，之所以那些同事没谈及王耀威的八卦，完全是她在场的缘故。只要她在场，同事们都对此类话题闭口不谈，而且还会不时地对她投以诡秘的笑容，只要上班时精神状态不佳，几个同事就像打着事先商量好的暗号一样，在没有冯春燕的微信群里开着下流的玩笑，这让她觉得很不舒服。

等的只是一通可能会打来的电话，而等待者的内心却似千斤重，这也许就是身为下属的卑微。冯春燕心里不断安慰自己，"那种事"不会发生，是自己多虑了。她蜷缩在床铺的一角，告诉自己不要想太多，可越是如此，某些想法甚至某些画面接连浮现在脑海，她的脸不知不觉变得通红。待她缓过神来，抬起头，出现在面前的已是那个肥硕的身躯。不知什么时候，王耀威已经悄无声息地开了房门，冯春燕竟丝毫没有察觉到。因为刚睁开眼，王耀威也站在逆光的位置，她无法看清对方的表情，只是闻到一阵阵刺鼻的酒气。

"啊。"

"怎么？吓到你了？"男人弯下腰，似乎很为冯春燕担心，"哟，脸怎么这么红？外头明明比较冷呀。"

"没事。"

冯春燕冷冷地回道，接着用被褥裹紧自己的身子。

"你在生我的气？"

"不，王总，我没有。"

"你一定在怪我，傍晚的事。"

王耀威很自然地坐在冯春燕身旁，搭起她的肩膀，就像在教导自己的女儿。他诚恳地说：

"我也有不对，刚毕业的孩子做什么事都战战兢兢，不过这不要紧，接触的人多了，自然会变得应对自如。想当年我也是个毛头小子，每天都少不了被上司训斥个两三回。"

"王总，这都是我的问题，是我工作不够认真。"

"没事，我不在意，年轻人只要多历练历练就成熟了。"

也许真是自己想多了。

冯春燕抹了抹积在眼角随时蹦出的泪花，安慰自己。尽管身旁的男人散发着浓烈的酒气，但他又好像没那么吓人，反而变得和蔼可亲，甚至有一瞬间还让冯春燕想起已故的父亲。

"王总，您晚上不和吴总他们……"

"取消了。"

王耀威一边脱下灰色短袜，一边毫不在意地回道。

"哦。"

"昨天就取消了。"

"可您傍晚还说……"

面对上司淡然的回答，冯春燕不知是该安心还是该生气，语调变得尖锐起来。

"我一时忘了，这都要怪你，把我气糊涂了。"王耀威肥大的身躯扑通一声倒在床上。

"是这样……"

"对了，你还没洗澡？"

王耀威依旧一副若无其事的表情，就像在和自己家人共处一室。

"是，我担心王总晚上真的喝多了，所以……所以随时等候您的电话，万一有个什么情况，也能及时照应。"

王耀威打量着面前这位窈窕动人的秘书，24岁，很年轻，还是他从子公司那儿挖来的。细细想来，第一次见到冯春燕应该是在公司年会上，两年多前她才刚毕业，在年会舞台表演了一曲独唱。当时总部命令每家子公司必须出至少一个节目，否则影响所有员工的年终考核，冯春燕的同事都以工作繁忙为由，把这费心思又不讨好的任务推给了她。那年冯春燕22岁，腼腆怕生的她只是子公司综合部的小职员，说难听点就是个管盖章和整报表的，工作难度不大但责任重大。没想到年会那晚，平日里看着不太起眼的冯春燕花了点时间精心打扮，加上之前从未展现过的美妙歌喉，惊艳了在场的所有人，这其中就包括王耀威。原本只顾着觥筹交错的他放下酒杯，不再穿梭于酒席之间。他相中了冯春燕，这是他喜欢的类型。隔周，王耀威向上级打了招呼，说自己缺一个助理，要从子公司挖人，而且设了很多门槛。通过一番打探，王耀威了解到冯春燕很多个人信息，她是广州某所"985"重点大学工程管理专业毕业，在大三那年通过自学考取了会计从业资格证书，还修了日语双学位，多次获得学校一等奖学金。于是，王耀威向上级反映，因为自己平日里多涉足工程事宜，要求秘书应具备工程方面的知识，另外还要偶尔对接日本客户，所以也应擅长日语读写，最好还要懂得财务方面的知识。更重要的还要年轻、形象好，便于企业人才培养和管理。最后一筛选，只有冯春燕符合，她就顺理成章地来总部报到了。能在刚毕业没多久的年纪到公司总部上班，领取相当于子公司两倍的年薪，得知消息的冯春燕兴奋异常，但她毕竟涉世未深，并未料到王耀威把她招进来的真实目的。

在昏暗的灯光下，冯春燕身着职业装的样子似乎更有职场女性的韵味了。隔着亮灰色的薄外套，王耀威似乎看到了她的每一处细嫩肌肤，年轻人身上香水的气味也是王耀威喜欢的，不像现在有的女生，好几种香水味混杂在一起，让人避而远之。各方面几乎都满足自己审美要求的女生不多，而面前这位就是其中之一，王耀威的内心深处情绪在剧烈地涌动着，仿佛连他都年轻了好几岁，然而混迹职场几十年的老油条不会那么轻易地表达自己的情感，他佯装若无其事轻轻吩咐了句：

"别愣在那，快去洗澡吧，时候不早了。"

"好，那王总……"

"啊，抱歉抱歉，我应该上隔间去。"

"给您添麻烦了。"

冯春燕朝王耀威行了个礼，收拾起衣物快步走进浴室。花洒喷出的水一阵冰凉，朝还没缓过神的脸上扑去，她打了个冷战，差点叫出声来。

——我的天，居然忘了要先调好水温。

她真的不想尴尬地走出去向领导解释这事情，即使王总没有"那种"想法，也会认为自己是个马虎大意的人。但今天这样的情况，没有一个人内心不感到忐忑，冯春燕擦了擦眼角和眉毛，让花洒继续喷着水，她需要适应这种水温。等冲洗完毕已经过了二十分钟，她走出房间，看到王耀威又阴着脸，皱着眉头，额头上已经渗出细密的汗珠，一副急不可耐的模样。

"这么久？"

"啊？"

"你们女孩都是这么磨磨唧唧的？"

"不好意思，王总。"尽管王耀威的嗔怪让冯春燕感到莫名其妙，却还是低头道了歉。

"没别的意思。当家长习惯了，换作是我的女儿，我也会这么说她的。"王耀威从行李箱中取出一个看起来精致高档的黑色礼盒，他小心翼翼地将两只高脚杯和一个盛满玫红色液体的酒瓶摆在桌上，"喝过这个没？法国勃艮第的红葡萄酒，每晚睡前我都会喝上一杯。"

王耀威轻轻摇动着酒杯，一阵甘醇的酒香飘了出来。

"不过，电视节目里都说应该睡前喝一杯红酒的是女人才对，不仅可以保证睡眠，红酒里的抗氧化物质还可以延缓衰老，让皮肤更好。"

"王总，我……我对酒没什么研究。"

"没事，这又不会醉。只要尝过，你一定会喜欢。"

"……"

"怎么？还在生我的气？"

"啊，不，王总，我……"见上司又阴起脸，下一秒似乎就要开始嗔怪自己，冯春燕害怕得结巴起来。

"就当我向你赔个不是，喝完这杯酒，我们彼此都释怀了。"王耀威搬了张椅子示意冯春燕坐在自己身边，后者战战兢兢地双手握着高脚杯，杯里流淌的玫红色液体就像无法把握的命运一般，"其实工作上也是如此，大家有什么矛盾，还不是一桌酒席，在交错碰撞的酒杯里化解的？这也是我为刚步入社会的你上的一课。"

女孩越是战战兢兢，王耀威心里越是平添一层把握。原本他还担心这样年轻的小姑娘会感到抗拒，甚至强烈反抗，这样一来，事情就会很难收场。若冯春燕机灵一点，就会在王耀威的联络簿里发现这家酒店的老板就是他酒场上的老哥们儿，王耀威之前便用这一招"被迫"与他的女下属共处一室，当然，得选择开标、开会或联考这种预订人数较多的日子，否则谎言很容易穿帮。冯春燕是王耀威见过最美貌也是最老实的年轻女孩，她有几百种理由拒绝，但为了不被责骂，居然深呼吸了一口，真的打算喝下那杯红酒，连一点戒心都没有。

"……那……我喝了。"

冯春燕轻轻抿了一口，最后一次喝酒还是在大学毕业的散伙饭上，同宿舍的六姐妹拉上几个男生玩真心话大冒险，结果还不到两瓶就醉得不省人事。

"怎样？不难喝吧？"

"还行，只是味道有点酸……"

"不会吧？"王耀威心里一怔，但转念一想，冯春燕应该没怎么喝过红酒，他笑着解释道，"法国红酒就是这个味，这酒后劲足，现在是不是感觉心情好些了？"

"嗯。不过这和以前喝的味道有些……"

"酒这种东西，就是喝了会上瘾，如果一口一口地抿，是尝不出味道的。"王耀威斟满酒，观察到女孩捂着脑袋，满面通红，心想时机应该差不多了。

"王总，领导……我……"

"咦，你怎么了？"

"我……我果然还是不能喝……"

终于，药劲让冯春燕失去了知觉，扑通一声倒在王耀威的怀里。

06

模糊的视线逐渐变得清晰。

睁开眼睛的时候，冯春燕发觉自己还在房间里，似乎睡了没多长时间。她揉了揉太阳穴，自己刚才应该是晕过去了，果然还是不胜酒力。

——我这是，怎么了？

忽然，她觉得头顶上有什么东西正在注视着自己。感觉很真切，甚至还听到了喘息声，但她不敢抬头看，并且不断地告诉自己，"那种事"不可能发生。即使发生也不会发生在自己身上。此时的她很想发出些声音,可喉咙怎么也使不上劲,接着她发现身体根本无法动弹。

——不可能,这不是真的!

在晕过去的这段时间,冯春燕好像做了很长的梦。在梦境里,她遇见了大学时期疯狂追求的偶像明星,他还亲切地对自己打着招呼。不仅如此,她还梦到了高中时期自己暗恋的男生,也是她所在班的班长,还是那副阳光帅气的模样。当年的冯春燕在班里并不起眼,她深知凭借自己的长相和学习成绩,连接近他的机会都没有,更别提交往什么的,于是整整三年时光,她都将自己的爱慕之意深深藏在心里,从未表达出来。

——为什么会梦到这些?

意识逐渐清醒,冯春燕感觉自己的身体开始听使唤了,但下一刻,足以成为她毕生挥之不去的阴影的一幕发生了。

——头顶上的"东西"似乎从刚刚开始就在窸窸窣窣地翻弄着什么。

"啊!"

那"东西"不是别人,正是那矮胖的王耀威。此时此刻,他们竟依偎在一起,王耀威把手伸向冯春燕的衣领,慢慢褪去她的衣衫。房间只开了壁灯,滑嫩的肌肤在昏暗灯光的衬托下给男人带来无穷的魅惑,这个静谧的房间正在上演职场中最令人鄙夷的一幕。冯春燕终于完全清醒,两人四目对接时,她不禁叫了出来,试图挣脱,但王耀威毕竟是孔武有力的男人,她就像被大野狼死死摁住的绵羊一样,只能任凭对方摆布。

"小冯,你醒啦?"

"我这是……"

见冯春燕如此惶惑,王耀威笑了笑:"你还真是不胜酒力,刚才没喝两杯就晕了过去,这样哪行,以后还有不少酒局要面对呀。"

"王总,您怎么……"

"你忘了？是你喝多了硬要牵着我的手，怎么拽都拽不开。"

"您，难不成您……"

"我知道你在想什么，事情可不是你想的那样哦。年轻人一定是电视剧看太多了，我什么都没做。倒是小冯你……"

"我……我怎么了？"

"是你刚才把我拉上床的。"

"不……不可能，我不可能会……"

冯春燕紧紧捂住自己的身体，颤抖了起来。

——难道刚才那些梦……

她不愿相信眼前这一切，面前的男人就是一个恶魔。即使认清了这一点，冯春燕也毫无反抗之力，而恶魔反而慢慢靠了过来，他的身体粗壮又沉重，床也发出咯吱咯吱的响声。

"公司里几乎传遍了哦。"

"……"

"你的前任领导陈副总，就是前阵子被子公司炒鱿鱼的那个。有同事经常看到你们大半夜在外面闲晃，据说还牵着手？"恶魔贴着冯春燕的耳畔呢喃。

"没有这种事！绝对没有！"

"别激动，我绝对相信你。你来总部之后表现得很好，我是站在你这边的。"

冯春燕这才发觉王耀威身上的酒气早已退去，还换了件轻薄的睡衣，床头柜上放着一盒被拆开的东西。一切都是事先安排好的，她深知自己已经不可能有逃脱魔爪的机会。

"小李他们前几天还在胡说八道，被我骂了一顿。结果那家伙还不服气，告诉我她亲眼看到你们俩开房，哎，真是个长舌妇。"

"那绝对是她们编造的！我从来没有……"

"我知道我知道，你千万别有其他想法。小李总嫉妒比她漂亮的人，又不是第一次了，你说是不是？"

冯春燕睡衣的纽扣正被一颗颗解开。

"王总，别这样……"

见女孩扭动着身躯竭力反抗，王耀威又故技重施，恫吓对方。

"你想逃？"

"我……"

"知道九年前在这附近发生过什么事吗？"

仿佛被人拨开最不愿意回想起的往事，冯春燕的内心猛地颤动了一下。

"呵呵，一个刚来星源不久的丫头恐怕没有听说。这片湖中区拆迁之前有个名叫津桥河的地方，九年前轰动全国的分尸案就在我们现在下榻这家酒店的位置。"

——像签子般被插成稻草人的尸体。

平日里冯春燕一定会慌张地道歉，不管是不是自己的错，但此刻她竟半裸着身子跳下床：

"别过来！"

面对态度一百八十度转变的女下属，王耀威心头吃了一惊。

"臭丫头，你要干什么？"

冯春燕一把拿起桌上的酒瓶，指向自己："如果再过来，我就……我就……"

"你冷静点，别这样，有话好好说。"

王耀威见对方似乎下定了决心，只得又好声好气地慢慢靠近，场面一度陷入僵持。

——如果不想成为一贫如洗的穷光蛋，我们只能靠自己。没有人愿意成为我们的朋友，如果要改变命运，一定要利用可以利用的人，千万不能心软，知道吗？

九年前，过世的母亲在她耳边说出的这番话忽然在耳畔重新回响起来。

"你已经考虑清楚了？"王耀威察觉出对方眼神里闪过一丝迟疑。

"哎？"

"我问你，考虑清楚你的履历表上将会被写上什么了？"

"您这话什么意思？"

"如果你今天就这么离开，不需要你提出辞呈，我会让人事直接开除你。"

"王总您……"

"真可惜，才24岁，正值青春年华……履历表上竟有这么不光彩的一笔，你都考虑清楚了？"

冯春燕放下酒瓶，开始犹豫起来，王耀威见她眼神中闪过一丝绝望，便又接近了一步。

丁零零……

两人都被吓了一跳，床头柜上的电话铃居然响了起来，王耀威气急败坏地拿起听筒。

"谁？"

"您好，这里是前台。有位莫先生为您点了本店的豪华全餐，指定22点准时为您送去，服务员已经到门口了，刚才敲了几次门您都没有回应，所以前台致电您确认一下。"

发生争执的时候，两人竟都没留意到有人敲门的声音，王耀威咒骂了一句，回道："混账东西！我不需要这些乱七八糟的玩意儿，给我退掉！"

"可是，莫先生已经到了您门外，想和您一起分享，怎么着都坚持把您叫醒，实在不好意思。"

王耀威一边继续咒骂，一边快步走到门前，全然顾不得自己在脱去睡裤后只剩下半截裤衩，他把脸贴向猫眼，凸透镜上映着的果然是正在对自己做鬼脸的莫楠，他的眼睛突然产生了飞进砂粒的异物感。

"嘿，王兄，你在里面吧？刚才好像有一道人影闪了过去，应该是你吧？"莫楠也从门外贴着猫眼，两人正"四目相对"着，"外头变冷了，我们在你房里喝一杯如何，晚上那场不够尽兴，刚看到你直接回来了，我就点了个全餐，想给你一个惊喜！当然咯，这顿我请！"

07

男人在烂尾楼前踌躇着。

夜已经深了，劳累了一整天，觉得自己就像一瓣在砧板上被捣散的蒜瓣，筋骨已经不听使唤。裤兜里的手机发出"嘀嗒"的提示音，提示明早这附近似乎会起大雾。

男人轻轻踏过厚木板拼成的连接桥，尽量不发出任何声响。上周康湾城附近刚下了场大雨，连接桥下的积水都漫出排水沟，即使在这种情况下，依旧有人义无反顾地搬进毛坯房。过了连接桥便是台阶，上去有块平地，男人小心地越过积水处，水中映着月色，配上逐渐浮起的雾气，整个场景十分阴森。

布局已经完成，只需要让"他"看到这一幕就行。

男人诡异地扬起嘴角，那个"他"正是自己计划中不可或缺的一部分。

4号楼一共12层,"自救会"里有个经营装修公司的老石,他买在8楼,徒步上下楼难免费劲,因此自己购置了发电机和设备,将电梯运作起来。事实上,老石在别处已有六七套房产,不过,身为"自救会"发起者之一,他下决心与其他业主共进退,也是最早搬到康湾城居住的业主之一。男人没敢搭乘电梯,只能战战兢兢地拾级而上,尽量不发出声响。这里每家每户都购置了不少个人行李包,最近新上市的行李包可以容纳食物、餐具、急救包、燃料和帐篷等,一个小小的背包能塞得下不少东西。为了应付潮湿的天气,"自救会"的业主们对于睡袋的打包也颇为讲究,他们将这些睡袋放在防水的袋子里,即便背包不小心被弄湿,里面的睡袋仍然干燥。羽绒填充的睡袋压缩性强,可以被压缩成很小的体积且不会对填充物造成损害。一路上,男人听到一阵阵的鼾声,尤其是拖家带口的,声音更是此起彼伏,还有的一边熟睡一边说着梦话,差点把他吓了一跳,等到他爬上楼顶,时间已过去十分多钟。

男子将自己藏身在隐秘的一角,他盯着手机屏幕,不耐烦地咂咂嘴。

那个人还没到。

他最痛恨爽约的人。

——嗒嗒嗒。

脚步声似乎从楼下传来。

男子贴着墙向下望去,栏杆的缝隙里果然透出那个人的身影,他紧握双拳,一切恩怨将在这个夜晚了结。

08

隔天,靳璐一大清早就把莫楠叫醒,那敲门声简直跟上门讨债的有得一比。前台服务员告诉靳璐,从酒店出发朝仑尾山的方向步行大约不到二十分钟,有个观看日出的绝佳景点。于是,她在前一天晚上便在行程表上计划好一切,但嗜睡的莫楠打乱了靳璐完美的计划,等他们抵达仑尾山的凉亭时,雾已散去,太阳已经全部升起,黎明的光彩使二人目眩。

"今天就要回去啦?能不能再待一天,好想看到完整的日出。"红光倾泻在整个大地上,当然也把靳璐照得金光灿烂,她先是眯起眼睛,但还是感到难受,只好学莫楠背过身去,二人的影子被拉得老长。

"得了吧,昨天捅了这么大娄子,一会儿那家伙准没好脸色。"莫楠挂着一对熊猫眼,昨天坏了老同学的好事,一定遭到对方的记恨,虽说是一时的英雄主义心理作祟,可真正让他下决心管这桩闲事的还是那个女人,莫楠绝不会再让其他女人重蹈李馨旸的覆辙。

这事一定对那女孩造成不小的打击。

莫楠思忖着,最近看到不少关于职场性骚扰的新闻。他认为遭遇这样的情形,最好的办法就是奋起反击,只要被施暴者看出一丝软弱,他们便会越发猖狂,最终身心受到伤害的只能是那些被侵犯的人。在昨天的酒店大堂,莫楠早已看出王耀威心里怀揣的那些小心思,恰好冯春燕就是这么老实的职场新人,如果不加以阻止,后果不堪设想。昨晚尴尬的"第二场"一直持续到十一点,在场的三人一言不发,明明肚子都不饿,还是逢场作戏地吃了起来,场面十分诡异。到最后,王耀威强装笑脸提出想一个人出去散心,冯春燕则跟着莫楠来到他们下榻的酒店,住进了靳璐隔壁的空房。

"老哥,我必须向你道歉!"

"没头没脑的道什么歉?"

"我以前一直觉得你是个得过且过、没什么正义感的人,这次是我认识你以来,第一次对你刮目相看哦!"一身休闲装的靳璐一面说着一面气喘吁吁地向前迈着步子。

"什么叫没有正义感?太瞧不起我了吧?好歹我以前也跟着警方办案,帮他们出谋划策的。"

"啊,抱歉抱歉!"靳璐及时打断莫楠,否则后者又要开始夸耀自己的陈年功绩,"话说,昨晚雾气真重,好在一早都散开了。"

"确实,明明离酒店这么近,连轮廓都看不太清。"

错过了壮观日出,靳璐和莫楠快快地下了山。酒店的餐厅位于2层,饿着肚子的他们兴冲冲地上了楼,却发现已经人满为患,只好又回到大堂等待参与投标的人们离去。

"那些人起得够早的。"

"听说这附近有座小庙,一定是开标前去那里祈祷好运吧,毕竟这块肉这么肥,谁都想叼进嘴里。"

"咦,那不是昨天载我们来这儿的司机师傅吗?"靳璐无意中发现对面坐着一个熟悉的身影,他不时地盯着手表,还望了望酒店时钟,看上去有些坐立不安。

"还真是。"莫楠走上前打起了招呼,"师傅,你也在这里啊?"

"我在等王总,但电话一直联系不上。"

"可冯秘书应该知道情况吧?"

靳璐起床时冯春燕睡得正香,不过此时她应该已经联系上王耀威了,毕竟今天的行程并没有因为昨晚的事情而改变。

"也对,我联系她。"

柯师傅自言自语过后,刚想拨通冯春燕的电话,没想到手机先震了起来,屏幕上的号码正是冯春燕的。

"啊,是小冯。我正琢磨着准备打电话给你……"不知对方在电话里说了些什么，柯师傅的眉头渐渐凝在了一起，面色开始发青，"明白，我们这就过去，你在那不要动。"

"发生什么事了？"

莫楠察觉对方的神色有变，也跟着担忧起来。柯师傅挂断手机，他的眼睑微微抽动，那目光呆滞而茫然：

"王总他……他半夜跳楼自杀了！"

2012·犯罪地理学

津桥河案经过媒体的渲染，成了当年最受人民群众关注的大案，星源市的女性有好一阵子都不敢独自走在街道上。星源市刑侦支队将案情逐级汇报至省公安厅刑侦总队，就连公安部也高度重视，抽调精英力量支援刑侦工作。由于张程远多年来办案经验丰富，在星源一带也算是个声名赫赫的人物，因此由他担任专案组组长，牵头展开调查。该案情社会影响十分恶劣，其残忍程度甚至可以载入中国罪案史册。恰逢星源市近来正准备参加全国文明城市评比，这起突如其来的案件惊动了市领导，从一早开始打给市局的案情咨询电话就有二十多通，张程远感到肩上的担子更重了。

"张队，公安部那边抽调来协助的专家已经快到津桥河附近了。"年轻刑警放下座机，向他汇报。前几天的现场勘查工作，科里多名刑警被毒蛇咬伤，现在都躺在医院。张程远无奈只好向局里申请再调拨几名助手，可派给他的都是二十几岁的年轻人。

"好，我们这就出发。"

今年台风季要比往年来得早了许多。近期连续两个强台风正面袭击台海，预计四十八小时内也将登陆星源，外头的风不时呼呼地刮着，张程远撑了把伞，还吩咐小警员多备几把，将备用伞和几瓶矿泉水装在袋子里。

"不好意思，让您久等了！"从市局开车出发，抄近路来到津桥河只需要二十分钟，专家组抵达时，张程远他们早已出现在案发现场，负责接洽的警员领着一位看上去三十多岁的女子来到张程远面前，"这位是犯罪侧写专家刘美珏，别看她还年轻，已经协助破获多起国内的恶性案件，在国内声誉很高呢。"

"您好，张警官。"

"您好，久闻刘女士大名。"张程远打量着眼前这位身着便装的美女，皮肤白皙，长发披肩，举止间颇有出自名门的气质，还真是真人不露相。前阵子他刚在市局的图书馆借阅刘美珏的新作《罪案终结者——犯罪现场侧写分析》，原来她正是在业内鼎鼎大名的犯罪心理学专家刘孟生的千金。说实在的，张程远对书中几处过于武断的论调颇有微词，还心想作者应该是个强势、专断的中年女性。眼前这位从面相上看还有些稚气未脱的长发美女让张程远暗暗吃了一惊，"星源市从来没有遇上这样的恶性案件，大伙儿虽然铆足了劲，可经验方面尚且欠缺，还需要您的鼎力相助。"

"张队客气了，我们先看看案发现场吧。"

略微寒暄过后，刘美珏跟着张程远沿津桥河附近走了一圈，等张队长介绍完案件大致情况后，她指着桥下那片芦苇丛问道："尸体是在那被发现的？"

"是，死者的身份尚不明确。最近接到的几起失踪报案，从性别和年龄上判断都与被害者身份不符。"

"张队您的看法呢？"

"最近湖中区这一带常发生毒蛇伤人事件，光是这个月就发生了好几起，因为地处偏远，天气潮湿，这里的确是蛇群出没的最佳场所，前几天在现场勘查的好几个兄弟还被毒蛇咬伤呢。根据我的分析，凶手在分尸之后，驾驶私家车将尸块和作案用的手套丢弃在这里。凶手的目标很明确，对津桥河区域周边情况比较熟悉，至少在这生活过或者工作过。"

"出发前我也在网络上关注过这起案件，基本赞同您的观点。"刘美珏向市局的人要来星源一带的地图，用铅笔在上面做着各式各样的标记，"美国的犯罪心理学专家罗斯姆曾经写过一本《地理学的犯罪心理画像》，将地域特征和犯罪者的心理行为分析完美结合，还从案发地点人口数、增长量、发案率等各种角度证实自己的论点，我们不妨把这个理论用在津桥河的案件中。"

"不愧是犯罪心理学专家，想必一定有独到的见解吧？"张程远思忖着，从前那位协助自己办案、从马里兰大学毕业的高才生也喜欢在命案现场自顾自地发表演说，恐怕所谓的专家都是这副德行。

"犯罪行为地理学主要关注三个问题，一个是空间理论，一个是人与环境的交互关系，还有一个是前两者在特定地区的结合。从移动和距离角度来看，犯罪行为地理学主要探讨'最小努力原则'，顾名思义，行凶者不论是作案还是处理善后工作，都会选择将自己选择的路线和方式所耗费的精力减到最小，就像人们选择出行的道路一样，往往根据最短路程，而非根据'欧几里得几何学'原则去设置。"

"那个……刘女士，请您说得更加浅显易懂些。"张程远发觉自己有些跟不上对方的节奏。

"抱歉，从便于理解的角度分析，作案者在凶杀和弃尸环节都会有意无意地考虑时间、精力和费用成本的问题。"

"这么说我就明白了，凶手会根据自己对这座城市的印象来综合上述三个选项的'最小努力'方案。"

"您说得很对，从学术的角度来概括就是'行凶者的心理地图'。"

张程远总羡慕这些能把浅显易懂的原理包装成高大上概念的人，一番接触下来，他发觉自己似乎误会了莫楠，和他在一起办案时，莫楠总会把他的理论嚼碎，直白地告诉张程远。

"行凶者的心理地图的选择方式有很多，总的来说一共包括五点：第一，终点与起点相似的吸引力；第二，间隔点障碍的数量和类型；第三，对路线的熟悉程度；第四，实际距离；第五，路线的吸引力。"刘美珏自顾自地说个不停，一边用自己的手机调出信息库，郊区的2G网速还有待开发，过了许久，网络页面才显示出来，"行凶者也是和我们生活在一个现实环境中的人，因此他们不得不考虑上述五点的'最小努力原则'，在本案中，他选择津桥河必然有其理由，如您刚才所说，凶手可能在这里工作过或者曾经生活过。另一方面，虽然死者身份尚未明确，但可以肯定的是她绝非这附近的人，从妆容和尸体特征判断，她应该住在城市繁华中心地一带，凶手与死者之间维系着一定的社会关系。我们将受害者、凶手与环境三个维度用中心图解法的数学公式加以分析，并结合发生在国内类似杀人案件的犯罪路程研究大数据，得出72%的可能性凶手的作案地点应在方圆2.5公里内，其住所也极有可能在那附近。"

"方圆2.5公里……那就是思滨区一带咯？"

张程远以前并不相信什么大数据分析、模型整理，总觉得这和胡扯一通的神棍没什么区别，直到前阵子省厅的专家介绍最近在刑侦界推广的几种分析方法，其中一种就是所谓的"中心图解法"。大意是指一个作案者可能有固定的住处，也可能四处游荡，利用该区域内的犯罪点数和坐标定位，通过复杂的加权分析，在地图上梳理出衡量坐标散点的空间平均值，总之是一种极其繁琐的分析方法，从这点上看，非得请专家才能计算出来不可。

"个人判断，如果被害者的居住地在这地图上所覆盖的范围里，那么凶手的居住地及案发第一现场根据心理地图数学公式就不难推算了。行凶者基本上都会在相对靠近自家的区域实施犯罪，也被称为'距离消减原则'，大多数的犯罪活动距离行凶者住所越近，时间上就越占优势，因为这么处理的流动性最小，从行凶者的心理分析，路途上遇到的风险也越小。"

刘美珏继续挥舞铅笔在地图上做着标记，甚至没有注意到市局领导刚通知张程远，思滨区一带新接到一起寻人报案。

第三章 大案

2021·诡异的坠亡

01

莫楠和靳璐抵达现场时，四五辆警车已经停在康湾城4号楼下，派出所的民警在尸体周围布好了警戒线，把好奇的人群隔在老远的地方。冯春燕被警方叫去辨认尸体，所以比他们早到十多分钟。没多久，女孩在民警的护送下脸色惨白地走了出来，她今天穿白色休闲服，披了件深色薄外套，头垂得很低，一双大眼睛哭得又红又肿。

"真的是他？"莫楠问道。

女孩点点头，又开始呜咽起来。莫楠心想，一般的坠楼案只要是面部先着地，尸体多半面目全非，4号楼一共有12层，因此王耀威的尸体恐怕惨不忍睹。对于冯春燕来说，自己的上司突然死在面前，尤其还是在昨晚发生那种事的情况下，打击无疑是巨大的。她浑身一阵阵地发抖，独自到角落啜泣起来。

"你们是……"青年刑警对众人亮出了证件，然后问道。

"啊，您好，我跟您介绍一下。"莫楠站到双方中间的位置，"这位是死者的专属司机柯师傅，这位是我的表妹靳璐，我是死者的朋友，刚才碰巧在酒店遇到柯师傅，所以就和他一起赶来了。"

"原来如此，你们刚才说的'他'应该是指死者吧？"

"对，真不敢相信……我和靳璐受王总的邀请过来谈些业务上的事情。"

"和这里的业主有关？"王警官的脸上掠过一丝诧异的表情。

"应该是。昨晚的饭局上他只是零零星星向我透露点内幕，业主自发组织一个叫什么'自救会'的团体，准备这几天就烂尾楼的事跟他展开谈判，王总希望我从旁协助。说来惭愧，其实一早我们还在计划如何委婉地回绝他。"

"哦。你们是从外地来的？"王警官打量着莫楠。

"不，我们住在思滨区。搭乘地铁过来加上走路的时间大约需要一个半小时，因为原计划今天一早就要来这儿，我和王耀威又是老同学，所以他索性让我们昨天直接住在这附近的酒店，还招待我一起吃了晚饭。"

"冒昧问一句，你的本职工作是？"

"心理咨询师。"

"心理咨询师啊……"王警官轻蔑地重复一句，在他的认知里，这个行业要比刑警轻松多了，光凭一张嘴就能挣不少钱，他随即又言辞生硬地发问，"你和这女孩都在思滨上班？"

"我们开了家心理诊疗室，就在咖啡一条街那里。"

围观的群众注意到了莫楠一行人正在接受警方的盘问，纷纷上前了几步聚拢在一起。搬进4号楼的几户业主早些时候已经被叫去派出所做笔录，目前在现场的围观群众多是这附近的上班族，有的还拿着手机录制视频，但这样的举动很快就被警方制止了。如今，用短视频捕风捉影，在网上发布扭曲事实的不实言论者大有人在。没准莫楠和警方对话的视频已经出现在一些讨论群，被贴上"突发，嫌疑犯正接受警方问话"的标题。王警官见状，马上把冯春燕在内的四人拉到一边，嘱咐道：

"我要请各位都去所里做个笔录，可能会影响到你们原定的计划，但请务必谅解并配合我们的侦办工作。"

"刑警先生，我能向您打听一句吗？"莫楠举起手发问。

"什么事？"

"王耀威他是自杀还是他杀？"

"这个得等调查结果出来后才知道。"

莫楠心想，果不其然，得到这种敷衍的答复。但紧接着，一个窈窕的身影拨开人群，向他们走来。

"现场没留下遗书，天台的女儿墙顶也没有死者的鞋印，按情形推断，他是直接翻越女儿墙坠楼的。一般情况下，想要自杀的人会这么做吗？他们通常选择站在最高处，俯瞰脚下的风景，然后一跃而下。这栋建筑的女儿墙相对低矮，墙厚度也比较大，刚才的说法应该站得住脚才是。"短发女警轻盈地抬起警戒线，来到众人面前，"小王，恐怕你要调查最后和死者见面的人，还有死者昨天的所有行程，以便掌握他当时的心理状态……"

出现在莫楠面前的女子是他再熟悉不过的人，一个曾经给他带来过无限喜悦和悲伤的人。他们在美国马里兰大学犯罪心理学专业的课堂中相识，作为成绩最优秀的两位中国学生，多次获得创新课题奖励，指导老师都是些一流的学术专家。毕业后，他们都选择回国，一个考进了刑侦队，一个当起了心理医师。女子名叫曾旻娜，从警服上的警衔来看，应该当上了刑侦支队长。她刚工作那会儿还扎着马尾辫，如今已经不再是稚嫩的小姑娘，改成干练的短发，她的头发微卷，容貌没有太大变化，身形还是和以前一样苗条。

"怎么……是你？"

"怎么是你？"

两人四目相对，都傻了眼。在场的人无不面面相觑，只有靳璐最先跳了出来：

"咦，这不是嫂子吗？"

"原来曾队和这些人认识啊？"王阳一改方才不苟言笑的模样，像在看热闹似的问道。

"你别误会，我和这个男人已经离婚好多年了。"

曾旻娜冷冷的一句话把热闹的场面瞬间降至冰点，王阳尴尬地咳了几声，装模作样地在刑侦手册上写写画画。莫楠则盯着曾旻娜发呆，久久才问了一句："你……怎么回来了？"

"我刚到任没几天，这案子也是我在星源市处理的第一宗命案。"曾旻娜一副公事公办的口吻，指着莫楠问，"小王，这个男人是命案的关系人？"

"是，正打算把他们带回所里做笔录。"

"旻娜，你不是发誓再也不回国吗？怎么现在……"

莫楠依旧不依不饶。当年二人算是闪婚闪离，婚姻只维系了三个多月。莫楠还记得，去民政局办离婚登记的那天恰好是国庆后不久，也是二人结婚整整一百天。走出民政局的大门时，曾旻娜告诉莫楠自己要去海外深造，以后不会再见面。往日的一幕幕就这么突如其来地冲击着莫楠，让他感到有些无法释怀。

"莫先生，办案时间禁止谈论私事。围观的人逐渐多了起来，依我看事不宜迟，就请你们先做完笔录再离开。"

曾旻娜瞧都没瞧莫楠一眼，只是简单向王阳吩咐了几句，接着又返回到案发现场。

02

"死者王耀威，今年42岁，是康湾城片区开发商致远集团派驻现场的代表。推定的死亡时间大约在今天凌晨一点到两点之间。"

天气虽然晴空万里，浓雾也早已散去，但天台上的风还是把警服吹得沙沙作响。王警官简要地汇报初步验尸结果，剩下需要进一步检验的内容（例如死者体内是否有安眠药物的成分）则须等待法医的检验结果。

曾旻娜探出头去，正好对着空地上用白色粉笔绘出的死者轮廓："小王，法医那儿确定是高坠身亡没错吧？"

"肱骨戳破胸口，如此大的冲击力几乎可以直接判定是典型的高坠伤。"

法医的报告上清楚地描述道：死者的下肢骨折，形成开放性损伤。另外，左肺挫伤，肺膜下片状出血。根据法医初步研判，排除在死亡状态下坠落的可能性，也就是说，他是活生生地被人推下楼。

"你认为刚才关于他杀的推断如何？"

"这点我还是十分赞成的。死者手臂呈弯曲状态，应该是想用手去护住头部，虽然从结果上来说没有任何意义，但这种下意识的本能做法更加能够证明他是在清醒的情况下被人推下楼的。"

"这样的烂尾楼应该连一台监控都没有吧？"康湾城的事曾旻娜多多少少有所耳闻，许多业主掏光所有积蓄买到的却是危险破落的烂尾楼，几家搬进来的住户仿佛生活在远古时代，她惊讶地问，"难道'自救会'的人就睡在这？"

"是的，有的家庭搬来简易的沙发和床，有的则是精心布置了一番，他们这么做的目的就是为了向开发商讨个说法。几年前，开发商致远集团资金链断裂，整个康湾城楼盘施工都被摁下了暂停键，更别说周边配套设施了。听说最近就续建这件事，业主和开发商派驻的代表王耀威的谈判一度陷入僵局，差点演变成暴力冲突。最近政府出面调解，双方才开始真正在谈判桌上达成一些共识。"

"这么看来，'自救会'应该是业主代表们谈判的筹码？"

"最近康湾城业主搬进烂尾楼的事多次被媒体报道，有一天热搜榜几乎都是这件事，后来开发商通过关系才把这些热搜压了下来。"

曾旻娜望着天空叹了口气："看来这回咱们两个初来乍到的人会背负不小的压力呀。"

"如果曾队有什么需要协助的，我都会积极配合。"

"谢谢。"曾旻娜眼前这位年轻人也和她一样刚从外省调来星源没几个月，不同的是，王阳是直接被张局安排到他们队的，"你舅舅的身体还好吧？"

"前几天开车上班路上不小心出了意外，不过只是几处轻微的伤，问题不大。"

"以他的身份，每天自己开车上下班还真不多见。"

王阳的大舅张局在省厅的地位可以说是举足轻重，曾旻娜原以为张局打算塞个关系户进来，还曾为此发愁。但经过一番相处，发现王阳在工作上拼劲十足、踏实肯干，且为人处世低调沉稳。这样的年轻人在"95后"里并不多见，市局也有意栽培他。

"对了，王耀威平日的生活作风如何？"曾旻娜转而问道。

"这个嘛……不只是工作上频繁与'自救会'的人冲突不断，在致远集团内部大家对他的风评也都不佳，受贿、暴力威胁他人、敲诈勒索、和女同事绯闻不断，这些传闻从来就没少过，可以说没几个人能够和他愉快相处。"

"看来这个王耀威确实树敌不少，论犯罪可能性的话，这里的业主谁都有可能把他从楼上推下去。问题就在于王耀威肯这么乖乖听话，到天台和凶手见面？"

如今网络舆论传播范围之广，影响力之大几乎已经到难以管控的状态。不论是好事还是坏事，都可以分分钟让某人成为英雄焦点，也可以立刻让某人成为众矢之的。康湾城的事情上热搜后，不少网民对王耀威进行"人肉"，其中语言过激者还扬言要"杀了这畜生"，开发商颇费了一番周折才将事件的热度压了下来。曾旻娜心想，目前靠动机这个角度无法缩小可疑人员范围。

"案发时间能推断精确吗？"

"如之前所说的，尸体鉴定难度不大，死亡时间段应该可以确定是凌晨一点到两点之间。"

"有没有目击者？"

"根据现阶段的口供来看，目前还没有。"

"有人被推下楼，这里的住户居然没有一个人被吵醒？"

"是这样的，4号楼的布局比较特殊，从平面上看近似两个'U'字形，中间每四层有个联络桥，楼梯和电梯都设置在两个'U'的底部位置，也就是靠近联络桥的两端。搬来毛坯房居住的业主们居住在上方这个'U'的顶部两侧，案发现场则是在下方倒'U'字的两侧，一头一尾确实隔着很长的距离。加上昨天深夜雾气比较重，一直到白天才散去，即使有什么声响，他们也一定会认为是隔壁在建楼盘发出的，毕竟这个小区除了住进来的十几号人也别无其他。"王阳像是突然想起什么似的，将手机相册里的照片递到曾旻娜面前，"对了曾队，因为住在这附近难免会受到噪声的影响,这些'自救会'的住户们睡觉时都会塞上这款耳塞。"

"哦?这还是全国有名的品牌,以超静音、隔声能力强、价格实惠为卖点的,我以前还买过,效果真的不错。"

"所以,综合上述情况,当晚住在康湾城的业主们没有人听到王耀威坠楼时发出的声响也就不奇怪了。"

曾旻娜望向对面正在施工的楼盘,驻场的管理人员正风风火火地指挥工人队伍赶工作业。政府规定夜里10点之后到隔天清晨6点之前原则上不允许施工,所以施工班组下了班基本上都会选择待在现场,这样隔天就不需要太早起床上班,工地里有什么突发事件还能及时应付。其中自然也有不少人夜里不睡觉到外头潇洒。这样一来,即便有人听到王耀威坠楼时发出的声响,也会被误认为是对面施工现场发出的。

"隔壁楼盘的开发商和康湾城小区是同一家吗?"曾旻娜又问道。

"不是,对面的开发商资金实力比较雄厚,施工进度一直按计划推进,许多康湾城的业主心里不是滋味,因此想通过搬进毛坯房的手段引起社会舆论关注。"

"王耀威和这些业主除了康湾城的事,是否还有其他过节?"

"曾队长,我刚想跟您汇报这一点。"王警官瞥了一眼事先影印好的资料,他们已经对昨晚居住在康湾城的几户业主进行初步摸底排查,"我认为这起命案的复杂之处就在于此。"

"哦?怎么说?"

"首先是'自救会'的发起者郭国栋和石永进,都是工程方面的专业人士,在谈判阶段和王耀威的争执不断,有一次石永进理论不成,最后还和王耀威拳脚相加,场面一度无法收拾。然后是这里的年轻人,他们因为各种原因,用好不容易积攒下来的钱买了这里的房,一心以为可以告别租房生活,却没想到如今要搬进烂尾楼里。最后,也就是和王耀威渊源最深的……'自救会'里有个叫李馨旸的女性,是王耀威的前妻。"

"他的前妻?"

"对,听说还是王耀威的高中同学。他们的婚姻只维系了不到两年,育有一女,但是体弱多病,王耀威不肯抚养,索性直接交给女方。李馨旸只是一家民营企业的小会计,工资收入微薄,光靠一个人是养不起孩子的,王耀威当年一次性支付给李馨旸四百万当作女儿近十年的抚养费,双方也在离婚协议书上签字画押。可后来,李馨旸却在同事的怂恿下把这些钱都投到了新居,也就是康湾城。后来她才知道,那个同事是王耀威酒局上认识的朋友,当时王耀威已经知道公司的资金链出了大问题,康湾城很可能烂尾,交房遥遥无期。即使如此,王耀威还设下陷阱诱使李馨旸去投资……"

在曾旻娜眼里,这个王耀威就是个披着人皮的恶魔。虽然死有余辜,但身为警方人员,还是必须将事件的真相查个水落石出,给群众一个交代。

"他这么做的目的完全是因为想看到这对母女可怜无助的模样?"

"是的。在婚姻存续期间,王耀威就常对李馨旸施以暴力,只要一不高兴,就对女方大打出手,李馨旸不堪忍受,因此提出离婚。"

"王耀威现在一定不肯给她们一分钱吧?"

"非但如此,打从李馨旸搬进烂尾楼开始,王耀威就不断上门骚扰。根据其他业主反映,王耀威一点都不疼爱自己的女儿,近来还不时用脏话辱骂李馨旸,当女儿琳琳用言语回击时,王耀威还骂道'傻女儿,好好擦亮近视眼看看你母亲究竟是什么人'。'自救会'的其他成员看不过去,想要上前理论,结果又演变成肢体冲突。"

"母女俩一直住在这里？"

"对，已经住了几个月了。"

曾旻娜感到有些难以置信，烂尾楼阴冷又潮湿，住在这种环境条件下，会对一个小女孩心理造成多大的影响？

"这么说，昨晚也一样？"

"是的。而且她们似乎还和那个莫先生有关……"

"莫楠？"

王警官一边点头一边注意上司脸上的表情："莫先生和王耀威、李馨旸是高中同班同学。目前正在派出所做笔录的莫先生告诉我们，王耀威打着'心理治疗'的幌子，要他帮忙对'自救会'的成员做心理疏导，实际上是想要让莫先生看到李馨旸如今的生活状态。"

"他为什么要这么做？"

"听说他们高中时都曾追求过李馨旸，王耀威这么做也是为了嘲讽莫先生，并对李馨旸造成更大的心理伤害。"

"就为了这点私欲？"

"王耀威的风评向来就不太好，在公司里常传出生活作风问题。就拿昨天晚上的事来说，他的秘书冯春燕就差点被侵犯。王耀威使手段强迫和冯春燕共居一室，企图借工作的名义玷污年轻貌美的冯春燕。我们还在王耀威随身携带的行李箱中翻出避孕套和一些与此有关的情趣用品。"

"这男人简直是个人渣！"曾旻娜眼冒怒火。

"不过后来，莫先生制止了王耀威。"

"哦？"

"他让前台在晚上十点送去法式全餐，最后王耀威气急败坏地离开酒店，声称要到附近散步。因此，莫先生极有可能是最后一个见到死者的人。"

"这倒挺像他的作风。"

或许是王阳的错觉,他看到自己上司紧皱的眉头又有了些许松弛。

"曾队,有个问题不知当问不当问?"

"别像电视剧里那样啰啰唆唆地问这种废话,有什么事不妨直说。"

"您和莫先生……"

曾旻娜眼里闪过一丝犹疑,但常年从事刑侦工作早已让她喜怒不形于色。

"早就离婚了,那家伙是个邋里邋遢的男人。听说现在开了家心理康复中心,不过以他的脾气,多半不是由他在打理,真正辛苦的应该是那个叫靳璐的女孩,虽然那个女孩从某种意义上来说也不算是他的亲戚。"

"什么意思?"

面对王阳的疑问,她顿了顿,心想自己似乎说了太多,而且这样评价那个男人未免太不客观,"他确实是个杰出的犯罪心理学家,不知道什么原因,这几年他很少涉足刑事案件,也许是警局那边也受不了他的脾气吧。"

"原来如此……"

"对了,小王。"

"什么事?"

"照初步询问的结果来看,你们认为莫楠存在作案的可能吗?"曾旻娜故作冷淡地问了一句。

"案发时间段他已经回到下榻的酒店,这点前台可以作证,而且并没有离开过,直到清晨五点被他的表妹靳璐叫醒看日出,一路上都有很多人可以为他们作证,因为莫先生的长相确实比较显眼。"

"也就是说，他不存在犯案的可能性？"

"……嗯，对。"王警官迟疑了半晌，新上任的顶头上司着实有些让人摸不着头脑。

"那麻烦你把他叫到这儿来。"

"曾队，您难不成……"

"刚才不是说过了？他不只是心理咨询师，还是个杰出的犯罪心理学家，你还在读书时他已经在警界威名赫赫，老实说这件案子我希望得到他的协助。"

03

在市局录完口供后，王耀威案的所有嫌疑人坐上市局的大巴，原本"自救会"一派和谐，但当他们共同的敌人莫名其妙地离开人世，气氛一下子又微妙起来。

"郭教授，今后我们如何打算？"

大巴即将驶入湖中区时，与郭国栋一起坐在前排的石永进问道。

"致远集团那边一定会派来新的对接人员，我们见机行事吧。只不过……"

"只不过什么？"

"我也说不上来。"郭国栋朝右后方望了一眼，对石永进使了个眼神，"你认为王耀威的死是意外还是凶杀？"

坐在二人右后方的是王耀威的秘书冯春燕，此时的她仿佛还没从上司突然离世的震惊中恢复过来，从始至终一直茫然地垂着头，让人摸不清她究竟在思索些什么。

"我感觉警方已经认定是他杀案。"石永进轻声低语。

"所以，我们只需要静观其变，康湾城的事可不是这么好处理的，王耀威的死对我们来说还不知是福是祸。"

"有道理。"和郭国栋学者形象截然相反，作为在星源经营多年的老牌装修公司总经理，石永进的一举一动更像是精明的生意人，"教授，我能向您证实一件事吗？"

"什么事？"

"王耀威的死，真的和您一点关系都没有？"

"这什么话？"郭国栋面露愠色，"你看我一把年纪了，哪斗得过像他那样的人？别胡思乱想。"

"是我不对，可我总有预感，如果王耀威是被人杀害的，凶手一定就在这大巴里。"

石永进起身，一一打量着身后的众人，每个人看起来都心事重重。像张磊和孙灿鹏这样因为卷入康湾城烂尾楼盘而负债累累的年轻人自不必说，从头到尾一直在玩手机游戏；陈文霞原本靠着她的丈夫享受了大半辈子优渥的生活，可随着丈夫的突然离世，家境一落千丈，前阵子才又被王耀威奚落一番，可说是怀恨已久；不只是"自救会"的人，连王耀威那贴身秘书都一副心事重重的模样。

"李馨旸去哪了？"石永进想起车里似乎还少了一人，忽然朝众人高声问道。

"对哦，录口供的时候明明还看见她。"那个名叫陈文霞的女人跟着附和，"该不会那个凶手就是她？正在被警方特别侦讯吧？"

"别胡说。我是最后一个录口供的，亲眼看到她女儿昏倒在警局，警察还帮着叫了120。"坐在她身后的年轻人一边说着一边心不在焉地玩着手游。

"那对母女怪可怜的，女儿天生体质弱，一天到晚生病，母亲没本事赚钱，医院和公司两头跑，有钱的前夫非但不心疼她们，还不停地冷嘲热讽。"

"你们说，如果王耀威死了，她女儿是不是能分到几百万的遗产？"

"有道理哦，可能还不止！"

"不是我瞎说，真要论犯罪动机，我们一车人都比不上她！"

大家你一言我一语地议论起来，只有冯春燕孤零零地坐在角落，她望着窗外，那个九年前还被称作津桥河的地方。

——妈，您没想到吧，我又来到这里了，也许这就是"命运"。

自从昨晚被王耀威开启记忆的门扉，冯春燕的脑海始终萦绕着母亲当年的嘱托。

——如果您在天有灵，请告诉我现在究竟该怎么做？

04

"哟，不是要关押我吗，怎么又把我找来当参谋了？" 4号楼天台上，一个身着便服的高大男子正穿梭在侦办案件的刑警之间，显得十分违和，他一会儿和现场勘查人员攀谈，一会儿又窜到曾旻娜身边有一搭没一搭地冷嘲热讽。

"莫先生，当事人配合警方调查是所有公民的义务。"

果不其然，得到的又是波澜不惊的回复，莫楠只好摆了摆手向电梯间走去，"OK。我的义务已经完成了，没必要再纠缠我不放，有时间就去调查真正可疑的人吧。"

"你这就甘心了？"

"嗯？"面对前妻的发问，莫楠停下脚步，却没有回头。

"你的朋友被人杀害，甘心就这么一个人回去睡大觉？"

"真有趣，调查并揪出凶手可是你们的责任。"

"这是自然。"曾旻娜起身站到莫楠跟前，注视着他那隐藏在漫不经心的表情之下闪烁着智慧火花的双眸，"我问的不是身为心理咨询师的你，而是身为警方特聘犯罪心理学专家的你。"

"别给我戴高帽。当你说出这个名头时，麻烦加个'前'字，谢谢！"莫楠似乎不为所动，依旧插着口袋眺望远方。

"多久没配合警方办案了？"

"八九年吧。"

"为什么？凭你的天分和洞察力，警方确实需要这样的人才啊。"

"……"莫楠不语。

"你怎么了？"曾旻娜意识到自己戳中了前夫的难言之隐，语气这才变得柔和了许多。

"这你就错了，大错特错。"

"我……我怎么错了？"

"犯罪心理画像只是侦办案件的辅助手段，而不是破案手段，与其说是一门科学，不如说是一门艺术，绝对不应该替代传统侦查方法。警方真正需要的是像你这样有现场侦办经验的人，而不是每次走到绝境，无法捕捉到新线索时就去求助犯罪心理学专家。"

"很好，我同意你的看法，我需要的就是能从旁辅助的专家。所以，这次肯赏脸一起合作吗？"

"你找我来就是为了这个？"莫楠有些失落。

"同莫先生这样杰出的犯罪心理学家合作是我们的荣幸。"

曾旻娜朝莫楠伸出右手，这是个友好的握手动作，但莫楠仿佛被定格住了一般，杵在那半响，才轻轻触碰了对方。在莫楠眼里，曾旻娜的手就像几千伏的高压电网，刚接触的刹那便将手又缩了回去。

"你不觉得应该先解释一下为什么？"

"根据这个现场，能做出犯罪侧写吗？"

经过了几次碰壁，莫楠终于明白曾旻娜在公共场合绝不谈及私人问题，哪怕吐出一个字都是不允许的。于是，他也装腔作势地走到天台边缘，以专业人士的口吻回道：

"凶手应该是名20到35岁的年轻男性，单身，无犯罪前科。平日里应该是颇具正义感的正直青年，身高大约180公分，社会地位嘛……应该是无业或者在小企业打工，光凭薪水很难维持生计，也有可能负债累累。"说到这里，莫楠迟疑了一会儿，对曾旻娜问道，"案发现场的照片方便让我瞧瞧？"

"有是有，只怕你太久没看这类照片还不太适应。"

"少啰唆，给我瞧瞧。"

莫楠接过曾旻娜递来的案发现场照片。原来王耀威不只是在清醒的状态下被人推下12楼，还在坠落过程中被裸露在下方空地上的两根直径32毫米的精轧螺纹钢筋刺穿左胸和腹部。即便如此，这并没有起到缓冲作用，最终他还是头部着地一命呜呼。王耀威平常每到一个地方总爱拍照留念，他做梦也不会想到自己的最后一张照片竟是怒目圆睁、鲜血淋漓的惨象。虽然莫楠曾评价过王耀威是个"勿以恶小而不为"的魔鬼，但他的人生以这样的姿态被画上句点，还是令人唏嘘不已。

"真够惨的。"

"裸露的螺纹钢筋正好对着王耀威坠落的地点，完全刺穿死者的腹部与心脏两处。"曾旻娜则认为死者完全死有余辜，一点都不值得同情，说话的态度十分淡漠。

"有搏斗的痕迹吗？"

"没有，死者的衣物很整洁，并未受到拉扯。另外，皮鞋的鞋尖也没有被拖行的磨痕，所以我们敢肯定，王耀威是在清醒的状态下被推下楼的。"

现场照片像幻灯片一样在莫楠手中不断切换，突然，他的目光聚焦在王耀威的遗体上，"咦，你看，他手腕上的金表不见了。"

"这个情况我也有注意到，根据死者左手手腕上的痕迹判断，平日里他应该都戴着那只表，而且想必价格不菲。"

"那家伙常对第一次见面的人吹牛，说这表要几百万。"

"所以，我认为这一点可以佐证你刚才的侧写。"曾旻娜对莫楠出众的观察能力由衷赞叹，虽然在学生时代他就已经展现过拔群的实力，连不苟言笑、很少夸赞中国学生的美国教授比尔当时都不禁赞叹莫楠在犯罪心理学研究方面是个五十年难得一见的天才。思绪回到现在，曾旻娜接着问："至于嫌疑人的居住情况、精神病史、身体特征、习惯可以推断出来吗？"

"我们进行犯罪心理画像时，常根据现场情况把犯罪行为归纳为有组织犯罪和无组织犯罪两类。对于前者而言，凶手很可能有一辆车，从家里行驶到较远的距离去作案，他们通常有过人的智力、出众的行为能力和反侦察能力，不会被外界所干扰，有自己独特的见解，遇上这样犯罪有预谋的智力型罪犯往往会让警方感到头疼。"莫楠顿了顿，接着举例道，"而另一种呢，就是无组织犯罪，犯人多半患有精神类疾病，社交能力弱，做事欠周详，通常情况下应是临时起意的犯罪，这类型的罪犯独居者较多，而且百分之九十以上都会在案发地点附近居住或工作，他们犯罪时有强烈的焦虑情绪，做事不顾及后果，因此侦办这类型案件，警方可以根据嫌疑人筛查进行，符合上述特征的嫌疑人应该屈指可数。这件案子现场痕迹明显，犯人没有特意去处理，而且这幢大楼是最近备受争议的烂尾建筑，虽然案发地离住在这里的'自救会'成员有一段距离，但很明显，犯人没有事先考量到住户会被坠落的声响惊醒这一点，直接将王耀威推下楼。再者，王耀威的金表应该也是被嫌疑人扒下的，他丝毫没有顾及可能会被警方搜身暴露，从现场处理的粗糙程度来看，这次的嫌疑人应该属于后者。"

"你觉得嫌疑人是否居住在这附近？"

"能确定烂尾楼里没有任何监控设备，而且特意把王耀威叫到天台，我猜他应该是当夜居住在4号楼的'自救会'成员之一。"

"了解了，正好我也和你持相同的见解。这会儿昨天居住在4号楼的居民差不多都做好笔录了，稍后我们便要挨个对他们问话。"

"不是吧？我也要去？"

见莫楠一副还未进入角色的表情，曾旻娜感到十分诧异，她微微皱眉，温柔的语气中透着一股强硬，"当然。你也是本案的关系人，随我一同过去吧。"

05

莫楠跟着曾旻娜踏进4号楼业主们的居住地，毛坯房潮湿且阴暗，明明外头晴空万里，但房内却一派昏沉压抑，仿佛跨进了另一个世界。黑暗中零星闪烁着几缕微光象征着有人居住的痕迹，曾旻娜一边掸着长裤上的尘埃，一边四处打量。有几户人家为了不让自己暴露在外人的目光下，在家中布置了几扇隔断，不过也有将床、沙发、电脑以及所有家具大刺刺敞开在众人面前的人家，一体机上还插着头戴式耳机，看上去像是年轻人的风格。

由于烂尾楼阴森潮湿，无人居住的房间角落里都结了蛛网，还有的蜘蛛索性在楼梯走道里肆无忌惮地编织起巢穴。莫楠人高马大，一路上只顾跟着和曾旻娜讨论案情，好几回险些触碰到那些蛛网。曾旻娜虽然知晓眼前的情况，却也不提醒莫楠，看着他时而缩着脑袋时而左右闪躲的模样，暗地里乐呵着，当然，脸上一如既往地平静。

两人来到2楼，资料上显示202号房居住着一名男性青年，然而从那里却传来一阵阵吵闹声，听上去至少有三四个人。莫楠和曾旻娜感到好奇，来到门口时发现有三个衣着怪异、染着五颜六色头发的社会青年正围着一个年轻人，后者正挨个向他们磕头道歉，但社会青年依旧不依不饶，还用脏话问候对方的家人，不免让人感到气恼。曾旻娜第一时间想上前劝阻，却被莫楠拦了下来。

"你小子，知道今天是几月几号？"

"我们鸫哥的耐性是有限的。"

其中两位青年俯下身对跪坐在地的小伙子怪声怪气地吼道，他们一边踩踏着对方瘦弱的身体，一边唾沫四溅。

"三位大哥……一周，就一周时间，下周我一定把10万打到鸫哥的账上。"小伙子颤颤巍巍地试图站起身，但又被飞来的一脚给踹翻在地。

"下周？"

"对，下周，我对天发誓。"小伙子惊恐地将身子蜷缩在角落。

"拿你没办法，事不过三，今天只是给你点教训，欠钱不还有什么后果你是知道的。"

"我懂，我懂。"

"而且，下周可不是10万哦。应该说，从上个月开始就已经不是10万了，你多借了一个月，所以这个数还得加上利息，一共是12万。"青年亮出手机里的计算器，最后得出的数字着实吓了对方一跳。

"这不是欺负人吗？"

"老弟，是你先违约的，咱们违约条款里写得清清楚楚明明白白，违约期间的利息是怎么算的请你仔细读一读。"

曾旻娜实在看不过去,直接闯进对峙的四人中央,厉声责问那几个小混混:

"你们几位,发生什么事了?"

"没什么,没什么。"三人一看到警服就傻了眼,方才嚣张跋扈的模样立刻收敛起来。

"刚听了你们的对话,请问几位目前是在从事非法民间借贷吗?"

"不不,只是朋友之间开个玩笑而已。小鹏鹏我们先走了,那件事你千万别忘咯。"

三人见状不妙,匆忙打了个招呼溜之大吉,曾旻娜也没上前追究,她深知非法从事民间借贷者早晚会被绳之以法,这些人只不过是幕后黑手催债的工具罢了。

"那三个看起来不务正业的家伙到底是什么人?"

"……上门催债的。"

年轻人名叫孙灿鹏,年纪约莫二十五岁上下,他抹了抹嘴角的伤痕,若无其事地回道。

"你在外面欠了高利贷?"

"嗯,其实我已经很久没有一份正经工作了,房贷还要按期偿还,如果不靠写代码赚些生活费,这日子真是没法过了。"

"你该不会是……"莫楠越看年轻人越眼熟,忽然脑海中闪过在地铁上看的那篇报道——《"造城运动"现多片烂尾楼盘,15户业主被迫入住》,记者最后采访的小孙一定就是面前的年轻人。

"这位也是警官吗?"孙灿鹏指着莫楠问道。

"只是协助调查的而已。"曾旻娜打了个圆场,"小伙子,你叫孙灿鹏?"

"嗯。"

"程序设计师？"

"已经是过去时了，早被公司辞退了，目前待业。前阵子才有媒体采访过我，问我为什么不工作，现在找工作哪有这么容易？加上我学历又不高，只能找以前工作上认识的朋友推荐兼顾写点代码，偶尔还可以赚些辛苦钱。"

"什么时候搬来这里的？"曾旻娜环视了一圈孙灿鹏的房间，唯一值钱的只有小伙子面前这台电脑一体机。

"这些刚才都和王警官他们说过了，大家都是一起搬进这个小区的。有些人是为了向康湾城的开发商示威，有的就像我一样，倒霉到无家可归，被迫搬来的。"

"在外面一共欠了多少钱？"

"民间借贷、网贷都借过，加在一起应该有二三十万吧。"

"光靠你一个人能应付得过来？"

"你觉得呢？"孙灿鹏耸耸肩，带着无奈的自嘲说道，"现在年纪和我一样的年轻人，多多少少都负点债不是吗？什么三十岁之前必须存款一百万，那只是无良公知给年轻人灌的鸡汤……被公司辞退之后，我只能拆东墙补西墙，民间借贷的利息高到你无法想象。我想下一个从天台上跳下去的人搞不好就是我了。"

"年轻人别轻易想不开，手头紧的话为何不找亲戚周转周转？"

"问过了，没有人肯帮忙。就因为我没了工作，他们认为即使借钱给我也是有借无还。"孙灿鹏自嘲似的笑了，"如果我是他们，也一样不会借给一个一无所有的家伙。"

"可你在证词里说昨晚你去了电影院？"

"是去了。"

"你不是说自己手头很紧吗，怎么还有闲钱花在这上面？"

"因为我是恐怖电影迷，只要有新上映的恐怖片，我都尽量会去影院看。"

曾旻娜注意到正对面的墙上确实挂着三四幅海报，尽是些自己没听过的电影，光看名字就觉得很惊悚。孙灿鹏扶了扶镜框，得意地向警方解释道："你们有看过恐怖片吗？相信我，只有在影院才能感受到恐怖的氛围。再说，这类型的电影排片都在零点过后，电影票真的很便宜。"

"你是用App订票的？"

"对，不信你看。"孙灿鹏手机的App上确实有那部恐怖电影午夜场的购票记录，"昨天那部剧是国外引进的，所以观众不像国产恐怖电影那么少。听说在日本、韩国都很火，特别是在流行'丧尸文化'的日本，比主流电影还要热门，人们被丧尸啃咬时喷溅鲜红血迹的画面感真是太震撼了，虽然是2D电影，但特效完全不输给一些3D电影。"

"看得出来你确实很喜欢这类电影。"

"对，我从高中开始就经常看，这些海报有的都是我收藏很多年的。以前还有一些手办、周边，最近都被我一个个变卖了……"

"你刚才对那些人说，下周可以还清欠款？"曾旻娜顺水推舟地问道。

"呵呵，我每次都这么说，只是缓兵之计而已。"

"你不怕他们用更过激的手段逼迫你？"

"大不了就是要我一只胳膊一条腿，真到那个地步，就从天台上跳下去呗。"

见年轻人正值大好年华却自暴自弃，莫楠忍不住插话道："我看你这小子还是安心找份工作吧，虽然工资可能不会高到哪去，好歹有一份正经活儿。"

"这是我私人的事，不用你管。"孙灿鹏向莫楠投去厌恶的眼神。

"今天凌晨有听到什么声音或者看到什么可疑人士吗？"

"没有。昨天半夜回来都快要三点了，雾很大，一路上很多东西都看不清，因为时间比较晚了，我不敢像上回那样吵醒别人。"

"上回？"莫楠强调道。

"有一次我看完电影回来，喝了几瓶啤酒，一路上头昏脑涨的，不但走错门，还踢翻了郭教授家的那口锅，被他大骂一顿。后来，我半夜看完电影回家时再也不敢喝酒了，郭教授和其他一些住户还买了隔声效果好的睡袋和耳塞。"

"原来如此。你认识死者王耀威吗？"

"在这里的谁不认识、谁不恨透了这个人？"

"怎么说？"

"原本他只是开发商的驻场代表，开发商派人来和我们谈判的目的就是为了缓解和住户之间的矛盾。谁知这个人刚来第一天就对我们大肆嘲讽，一点也不像希望和我们讲和的样子，反而逼我们通过这种手段来示威，真不知道这对他有什么好处。"

"你有和他起过正面冲突吗？"

"没有，一般都是郭教授带着石先生和那个人谈判。"

"但是，王耀威手机里存着你的电话。"曾旻娜仔细观察面前的年轻人，他的眼神里突然充满犹疑和闪躲，显然对警方隐瞒了什么信息，"这不是很可疑吗？你们'自救会'这么多人，他也就存了四个人的电话，一个是郭教授，一个是石先生，一个是李馨旸，还有一个就是你——孙灿鹏，能跟我们解释解释吗？"

"你也知道，我之前被公司辞退，所以一直希望能接大公司的活。私人的小企业回款太慢，而且还不肯支付预付款……"

"你主动找上了王耀威？"

"是的。"

"他有介绍事情给你做？"曾旻娜不可思议地问道。

"有，不过是零零星星的小活，例如软件维护、界面优化这块。"

曾旻娜依旧满腹疑窦，一个十恶不赦的坏蛋居然还会照顾在他眼里理应不具备任何利用价值的年轻人。

"付你钱了吗？"

"这点他倒是很干脆，都按期支付了。"

"付了多少？"

"加起来不过也才三四万。"

"所以，在你眼里他其实没那么可恨咯。"

"不，我还是很讨厌这个人。再说，钱也不是他直接给我的，是他介绍一家安卓系统研发公司的老板给我认识，其实也就给我报了个手机号，后续事宜都是我和那位老板在联系。"

"我明白了，你和王耀威并没什么交集？"

"是的。我们这里的住户和他有交集的似乎还不少。"

"怎么说？"

"郭教授和石先生想必你们都已经知道了。李馨旸是他的前妻，带着女儿住在这烂尾楼里，王耀威那家伙居然一点都不心疼，还三番五次地过来嘲讽她们，小女孩才读小学，体弱多病的，听说连学校体育课都没法上，这点你们稍加调查就知道……另外还有陈文霞和她的儿子吕文栋，虽然看上去和王耀威没什么关系，但陈文霞的丈夫最近才去世，他是一家设计公司的老板，也是王耀威以前就认识的人。前阵子因为公司运营出问题导致他积劳成疾，治病花了一大笔钱。听说他先是变卖了市区里的两套房子给员工发足薪水，再把剩下的两套房子卖了用来治病，谁知道这病治不好，人也走了，留下一对母子。"

"可和她住一起的还有一个人啊。"

"那是陈文霞丈夫请的保姆，因为他们签约是按年计算的，一次性支付一年的酬劳，所以保姆得干到这个月底。"

"哟，你知道得还真不少。"

孙灿鹏虽然很年轻，但说起话来却带着几分老成，莫楠不知该称赞还是责备这个年轻人，他明明可以再找一份合适的工作，却选择自暴自弃。

"我们'自救会'的人平常聚在一起就聊聊各家的事，刚开始不太熟所以大家都很谨慎，后来在这里待久了不说话也闷得慌，所以有些人大事小事都憋不住往外说了。"

"原来如此。"

"对了，那个王耀威身上有丢什么东西吗？"孙灿鹏想到什么似的突然对曾旻娜发问。

"为什么这么问？"

"能告诉我有还是没有？"

"抱歉，这点我们无法奉告，先说说你这么问的原因。"

"好吧。听陈姐说，她丈夫请的那个保姆好像有过做贼的前科……"

06

当曾旻娜看到陈文霞时，她正躺在沙发上若有所思，见到警方也丝毫不曾改变坐姿，阳光穿过钢筋混凝土的空隙处洒落下的几缕光芒映在她的半张脸上。曾旻娜细看，陈文霞的衣着华贵，按说应当颇有些家底。她的孩子看上去像大学生模样，正在书桌旁复习功课，还有一个年纪大约五十上下，半头白发的矮胖妇女，背着身坐在房间一角一言不发，曾旻娜猜测她应该就是孙灿鹏口中的"贼"。

眼下这一幕场景虽然极为诡异，但三人似乎早就习惯了似的，神情都十分坦然，只是陈文霞看上去有些疲态，她说话时一副有气无力的模样，仿佛厌倦了这个世界。

"你们怎么还来找我？该说的我应该都已经在局里说完了吧？"

"不好意思，陈小姐。我们是为了调查王耀威的人际关系，才又来找您咨询的。"

"找我？找我也不会问出什么结果。住在这的人没人不恨他吧？"

"听说王耀威经常上门找你？"

"不知道是哪个长舌的家伙胡说八道，王耀威经常找的人应该是他的前妻才对。"

"李馨旸那边我们自然会调查清楚，在此之前先说说他为什么来找你吧。"

"因为他是王耀威的同学，也是当时生意上的朋友之一。"

"你指的是你的丈夫吕德智？"

"对。说好听点是生意上的朋友，其实也就只是酒肉朋友罢了。王耀威这人的真实品性和他的酒品一样糟糕，我先生以前经常在酒局后送他回家。没想到他去世后，姓王的非但没有前去悼念，还经常上门骚扰我们母子。"

"怎么个骚扰法？"

陈文霞依旧耷拉着脑袋，原本是充满色彩的人生，结婚生子、过上优渥的生活，然而吕德智的去世让整个家庭瞬间崩解。陈文霞的年华逐渐老去，更没精力去寻求第二段情感，因此只能把全部希望寄托在孩子身上，她打从心底想要保护好自己的孩子，希望他尽快成长，成为她丈夫那样优秀的男人。房间的一角摆着一座佛龛，吕德智的遗照就放在台座上，他戴着薄框眼镜，一派知识分子的模样。莫楠注意到，吕德智的照片并未染上一丝灰尘，书架上也摆放着一些生意上的书籍，主要内容大多是如何与顾客打交道、如何管理一家企业，明显都是吕德智平常看的书。

"姓王的明面上表示同情，虚情假意地问寒问暖。起初他送给我几张购物卡，我还心怀感激地收下。结果许阿姨……也就是那边那位我先生请来的保姆，她在超商结账时余额只剩下一块钱！"

"这种行为未免也太掉价了。"

"王耀威他怎么说？"没有理会莫楠的抱怨，曾旻娜继续问道。

"过了没多久，姓王的又来假惺惺地慰问我，提起购物卡的事情他就装傻充愣，告诉我卡是一个朋友送的，他动都没动过。"话说到一半，陈文霞鄙夷地瞥了角落一眼，语气变得尖锐起来，"虽然那个人死有余辜，不过就这件事上看，他的话也许是真的。"

"怎么说？"

"这你就要问问杵在那啥都不干的许阿姨了。"

"……"

从刚才到现在，那位保姆就像尊雕像一样一动不动。即使被陈文霞恶语相向，也只不过面无表情地转过身。曾旻娜看了一眼住户资料，这位被称作"许阿姨"的保姆名叫许茹芸，实际年龄49岁，腰圆膀阔，看上去很结实。据其他住户反映，许茹芸打从搬进这里后，一天说话不超过五句，是个淡漠的人。起初他们以为许茹芸是个哑巴，直到有人亲眼看到她和菜市场的商贩起争执时才察觉她其实会说话。在许茹芸的脸上除了冷漠外，看不出还有其他表情，早些时候王警官摸了个底，许并没有犯罪前科，只是曾经被雇用她打理别墅的主人举报，最后也没能在她身上找到遗失的钻戒,因此称呼她为"贼"的只有陈文霞一人。

"我先生在世时,常和我提起家里的金银首饰隔一阵子就莫名其妙地缺了一些,偶尔塞在口袋里的钞票隔天也会发现少了几张。先生酒后许多事情记不起来,但毫无疑问家里出了个贼。"

许茹芸表情上不为所动,可那张宽脸却慢慢地开始泛红,一说起话来额头、眼角深深浅浅的皱纹更加明显了,她的嗓音很粗犷:"陈姐您别这么说,我以前在家政公司可是零差评的。而且,您这么说我有什么证据吗?过几天我就要离开这鬼地方了,说实话心里高兴还来不及呢。"

"你!你这个见钱眼开的女人!"

"我们只是再简单不过的雇佣关系罢了。我很希望继续为您服务,但以您现在的处境,恐怕连我两个月的薪水都付不起……"

"给我滚,你给我滚!"

"陈姐,我巴不得下午收拾收拾就走,但麻烦您先把尾款支付给我。"

"尾款?你这种人,还有脸提什么尾款?"陈文霞一副气急败坏的模样,"刑警先生,您看,什么叫家道中落,连以前养的一条狗都骑在我头上拉屎撒尿了。"

莫楠心中暗自窃喜,没想到保姆本人看得比谁都通透。像陈文霞这种过惯了富贵日子的阔太太一下要体验苦日子,自己又没任何赚钱的能力,嘴上还不饶人,看上去应该是她自己还没适应身份上的转换。眼看两人马上就要争执起来,陈文霞的儿子吕文栋上前劝阻道:

"妈,您别这么说许阿姨。"

"小伙子读大学吧?"

"对,我快毕业工作了。"吕文栋和他父亲颇有些相似,俊朗的外表、睿智的眼神,看上去也有几分书卷气。

"现在栋栋是我唯一的精神寄托,他很像我先生,精明又勤奋,未来肯定也能成为不起的人物。"

"有这样的孩子真好,起码还能看得到希望。"

"搬进这里实属无奈,家里原本有很多积蓄,全都用来遣散员工和治疗我先生的大病,到最后只能成为'自救会'的一员了,我把珠宝首饰全部变卖,勉强能够维持生计。优渥的日子过惯了,虽然投过几次简历,也有被录用的时候,但出去打工赚钱我实在做不来,试用期还没结束我就干不下去了,所以只好把希望寄托在下一代的身上。"莫楠注意到陈文霞那双细嫩的手,显然出自没有做过任何家务的富贵人家,现在那双手正搭在她儿子吕文栋肩上。陈文霞骄傲地说:"他是211重点大学的优秀学生,学的是金融专业,有家做进出口贸易的大公司已经确定录用他,也是我坚持这么过下去的动力。"

"我相信他一定不会让您失望。"曾旻娜转而问道,"今天凌晨一点至两点之间,你们就在这里休息吗?"

"是的,虽然看着寒碜,习惯后却也觉得能接受,我们就这样裹着睡袋,一觉睡到天亮,也没听到什么动静。"

"不,妈,我听到了。"吕文栋打断母亲的回答。

"咦?听到什么?你没和我说过呀。"

"我听到'咯噔'的一声,应该是电梯停在楼上的声音。"

"你说的是真的吗?"

"千真万确,听声音像停在很高的地方,应该是顶楼。"

"那时候是几点?你知道吗?"

"我看了下手机,应该是半夜两点。"

"这样看来极有可能是案发时间了。"曾旻娜与莫楠对视了一眼,然后继续问道,"后来有看到乘坐电梯的人是谁吗?"

大学生摇摇头:"在那之后我又睡了过去,没什么吵醒我的声音。"

"有没看到其他可疑的人?"

"哦,对了!"

"你想起什么?"

"我看到李阿姨。"

"你是说李馨旸?"

"对!"

"难道是她……"莫楠暗自嘀咕了一声。

"不,她绝对不是凶手。李阿姨就住在我家斜对面,听到那声响的时候,我下意识地往她那儿看了看,发现她也没睡着。"

"我记得昨天雾很大,你是如何看这么清楚的?"

"她开着手机,虽然有雾,但我敢肯定,那确实是李阿姨。"

"照这么看,你有一会儿没睡着?"

"对,这么一想……虽然隔着比较远,但我好像听到上头传来争执的声音。"

"小伙子,你说的可是真的?笔录里并没有提到啊。"曾旻娜翻阅派出所那传出来的笔录文稿,里面确实没有记载吕文栋说的这些事。

"我也是刚刚才想起来。最近一直在烦写论文的事,头有些疼,睡眠质量不太好,早上一觉醒来也不知道究竟是做梦还是真实发生的,所以之前不太方便说……"

"现在都回想起来确有其事?"

"是的。"

"你的证词将作为重要参考。接下来的问题你得想清楚了,听到的争执声是男声还是女声?"

"声音离得比较远,像是从另一头传来的,很模糊,我能听到浑厚的声音，应该是男的。"

"能听清说了些什么吗？"

"太模糊了，再说声音也是隐隐约约传来，没几分钟，我就听到像是什么东西坠地的声音，但当时认为应该是隔壁施工现场发出来的。"吕文栋朝东边的方向指了指，就是先前孙灿鹏提到干得热火朝天的工地，"项目部里住了不少工人，晚上偶尔会有人喝多大吼大叫的。这几个月下来，大家都习惯了。"

"原来如此，如果你的证词属实，那么凌晨两点应该就是案发时刻，当时犯人将王耀威从楼上推了下去。"曾旻娜提示这个大学生证词的重要性，对方也回以坚定的眼神，看上去不像有假，于是她又追问了一句，"除了李馨旸，你还看到其他人在场吗？"

"当然有啊，我的母亲睡在旁边。"

"除此之外呢？"

"许阿姨盖着毯子睡在角落的躺椅上，虽然没露出脸，身子裹得很严实，不过应该是她。"

许茹芸迟疑了片刻，才笃定地附和道："当然是我，这案子跟我可是一点关系都没有。"

"你有和王耀威打过交道吗？"

"只在他上门找陈姐时见过几眼。"

"可有注意过这个人的穿戴？"

"他每次来都穿得一本正经，就是人又矮又胖。"

"有注意到他的手腕吗？"

"手腕？没……没有。"

"许阿姨，你是故意这么说的吧？我还记得姓王的还把那金灿灿的表亮给我们炫耀，当时你也在场。"陈文霞阴阳怪气地从旁插话。

"我确实忘了，经您一提似乎确实有这事情，在那之后陈姐的脸色特别差，原因是王总问到了您先生以前收藏过的另一只金表，就是被您变卖的那只。"

许茹芸的话让陈文霞更加气急败坏，她指着这位没眼力见的保姆大声呵斥道："你不多嘴没人当你是哑巴，依我看姓王的该不会丢东西了吧？"

"不瞒您说，他的金表确实不见了。"

"那我恳请警方仔细调查这个女人，东西肯定在她的包里。"

也许陈文霞的话彻底激怒了许茹芸，只见她站到众人面前，将自己背包里的东西全部抖了出来，只有一些日常生活必备用品和个人证件，除此之外就是便携式MP5播放器、入耳式耳机、自动冲牙器和几本《读者》杂志，并没有可疑物件。

"您看，里面有您要找的吗？"

"……一定是被你藏起来了，有人傻到警方来调查还把赃物放在自己身上吗？"

"可是，刚才这么认为的不是别人，正是陈姐您。"

"你给我闭嘴！"

两人的斗嘴着实把莫楠看乐了。正如陈文霞所言，她的确只能将希望寄托在自己儿子身上。这时，曾旻娜口袋里的手机震了起来，她还是喜欢将来电铃声设置成和座机一样单调的声音，来电的应该是王警官，对方汇报到一半时曾旻娜突然大声问道：

"哦？有这种事？"

"怎么了？"

"小王说李馨旸的女儿录口供时病倒在派出所，幸好离医院比较近，目前她人已经在医院，针对她的调查恐怕要延到明早。"曾旻娜挂断电话，将一张照片从手里那叠影印资料中抽出，"另外，莫先生，我还要请你解释一件事……"

莫楠心底明白她想问什么，因为她是第一次见到李馨旸。不管是谁，第一眼见到和自己如此相像的人都会感到错愕。

2012·凶嫌自裁

案件的转折往往出人意料，刘美珏的犯罪地理学得到了印证，津桥河案的死者名叫佟鑫雅，22岁，上个月刚从江城来到星源。她高中辍学之后，就一直在江城从事不正当的工作，从小就在孤儿院长大的她，似乎对人生并没有什么追求，即便是出卖自己的肉体，只要日子过得下去也未尝不可，有时候遇上垂涎其美色的金主，一天收入能抵得上之前一整年。不过，她之所以离开江城，也是因为和按摩店的老板娘闹翻，佟鑫雅是那种为了金钱不择手段的女孩，老板娘做梦也没想到她居然挖自家墙脚，一怒之下将她赶出店里。

佟鑫雅过去一直憧憬着星源这样的沿海城市，过年之后便准备在星源找份工作，虽然赶在这个当口找份像样的工作并不难，可她依旧喜欢不费脑力轻松挣钱，于是又找了份和在江城一样的活，只是没几天又不见人影。因为试用期是按工作时长每天结账，店老板以为女孩嫌工资低所以没来上班，直到津桥河案发生后第三天，老板才从新闻里看到那具诡异的尸体，虽然已被打上了马赛克，但女孩娇小的身躯不知怎的和佟鑫雅的样子莫名重合起来。老板原本只以为自己想多了，然而没过两天，实在按捺不住内心的好奇，主动联系星源市刑侦支队，经过详细描述外貌特征，津桥河案死者的身份终于水落石出。佟鑫雅在思滨区半山公寓租了套一室一厅,那里租金很便宜,正好在刘美珏所圈出第一作案现场可能的范围内。

案件取得了突破性的进展,当张程远正准备一鼓作气再沿着这条线索揪出嫌疑人时,市局又接到思滨区的一起报案。

"津桥河?你说的是津桥河的杀人案?"

听到这三个字,张程远忽然抬起头望向扯着嗓子的年轻警员,他快步走了过去,一把夺过座机听筒。

"您好,我是星源市刑侦支队队长张程远。"

"警……警察同志,这里有个人上吊自杀了!"电话那头似乎是个上了年纪的老头,语气里还夹带着哭腔,"椅……椅子上还留着一张字条,说……说津桥河的案子是他干的。"

"你冷静点,快告诉我你所在的地址,我立刻就过去。还有,从现在开始不许移动案发现场的任何一样物品。"

一个残暴无比的杀人魔就这么死了?张程远内心里千百个疑惑,古往今来这类案件的凶手不是立即被逮捕,就是过不久继续犯下第二起、第三起,直至身份暴露。他以最快的速度赶到报案地点——星源山公寓,自杀者名叫冯瑞才,他的遗书只有短短两句话——津桥河的案子是我干的,那个女人叫什么我也不知道。想知道真相,你们可以问问名片上这个人。

"这不是之前来认尸的推拿店老板吗?"张程远拾起被吹到地上的名片,姓名和联系方式都和那位小老板登记的信息一致,"老蒋,鉴定的结果如何?"

"应该是自杀无误。"蒋法医指着尸体脖颈上的印痕,"直接死因是颈部遭到压迫,绳结位于颈前,深层肌肉出血明显,其他部位未见损伤。这张椅子上也留有脚趾的纹路,如果这封简短的遗书字迹吻合,那么这次的案件可以说是一起非常单纯的自杀案。"

"他真的不是被勒死的？"

"你在质疑我三十年的法医经验？"蒋法医不以为然地笑了一声，"至于他的胃里是否有安眠药或毒药成分，还得送到局里化验，不过我可能得先恭喜你了。"

"恭喜我？"张程远有些摸不着头脑。

"你是装傻充愣还是真没反应过来？津桥河案已经告破，加官晋爵指日可待哟！"

"原来指的是这个。"张程远一边蹲下身观察着死者手上满满的茧子，一边回道，"功名利禄都是身外之物，我像是在乎这些的人吗？再说了，不管是什么样的职位，我们还不都是为人民服务的？"

"呵呵，我可说不过你。"蒋法医在他耳边促狭地说了句，"你有多久没回家了？当务之急是先休养几天。"

"瞧你说的，好像案子已经完结似的。记得津桥河那双硅胶手套吗？快将手套内侧残留的指纹和这个人的指纹进行对比分析。"

事件的真相果真如此单纯？自缢者的房间凌乱，角落里还有两箱空酒瓶，难道是酒后乱性所致？张程远在命案现场来回踱步——如果遗书和现场鉴定工作都显示这个冯瑞才确系自杀，那么围绕津桥河案的搜查岂非还没开始就已经结束？

断章一　夏日酒吧

一个下午就这么过去了，直到调查结束，曾旻娜也没和莫楠提及关于李馨旸的事，直到莫楠下班后被她叫到星源市中心摩天轮游乐园附近的"夏日酒吧"。今天是世界杯亚洲区预选赛的第六轮，虽然还有四场球，但这场对叙利亚的比赛已经成为中国队的生死战。上半场才进行不到半小时，围在酒吧大屏前的客人们发出一阵又一阵叹息声，期间还夹杂着粗鄙的咒骂，就算莫楠没关注比赛，也能对结果猜出一二。其实他平常偶尔也会看几场比赛，可目前坐在对面的人让他没了这份闲心，莫楠点了两杯啤酒和猪肋排、鸡翅、玉米片等食物，和曾旻娜坐在酒吧里安静的一角。

凭多年的相处，莫楠知道曾旻娜是极其讲原则的一类人，她不允许个人私事凌驾于公事之上，所以当对方提出来酒吧聊聊时，莫楠心里便有了底，不过这个话匣子只能由男方来开启。

"还是无法释怀吗？"

思来想去，莫楠只能装作和对方熟络的语气。不过他一开口就后悔了，曾旻娜最讨厌番茄酱的气味，但他一紧张居然忘了这茬，刚嚼下一片蘸了酱汁的炸薯格就朝曾旻娜开口。这一举动果然起了反效果，曾旻娜认为莫楠是在向自己挑衅，她皱着眉头，脸色更差了：

"释怀？有什么不好释怀的？男人嘴里永远没有真话。"

"我对天发誓，当年真的……"

"行，我替你说……"莫楠还没来得及说完，就被曾旻娜没好气地打断了，"在马里兰那会儿，你意外发现居然有和初恋情人长得一模一样的女生，于是你就拼命在她面前表现，最后如你所愿把她骗到手。怀里搂着她，心里却惦记着那个女人，真有你的。"

"误会，真的是场误会。"

正如曾旻娜所说，莫楠第一眼看到她时心里的确怀疑李馨旸难不成换了个号异地登录了，可搭上话才知道，两人的相貌虽然是一个模子刻出来的，性格却南辕北辙。李馨旸生性柔弱，属于男人都想保护的弱女子，而曾旻娜则是十分要强的女人，只要她认定的事，八匹马都拉不回来，并且和李馨旸不同，她还具备良好的口才和应变能力，倘若和她争论，最终也只能碰一鼻子灰，自讨没趣。

在马里兰攻研犯罪心理学的那段日子，莫楠曾和曾旻娜合作过三个课题，一般情况下，指导教师都是业界的权威，他们给的建议作为学生的只能遵从，连彼时专业课成绩数一数二的莫楠也不例外。美国教授常以居高临下的姿态告诫来自东方的学员们："记住，应该做的只有服从和执行，除此之外别有其他想法，你们自以为的'创新之路'在我看来统统都是死路。"

虽然莫楠对这种高傲的态度感到不适，但是教授毕竟是教授，说起话来头头是道，莫楠只能遵从。而同样身为学员的曾旻娜则全然不同，她先是以出众的口才和教授展开辩论，指出另一条可行的方案，当美国教授提出异议时，她又举出几个颇具说服力的案例反驳教授的观点，让后者气急败坏地捶着桌子。更令莫楠叹服的是，明明都是学员，曾旻娜的语气中却散发着一股不容置疑的压迫感。最后的结果自然是莫楠拼命地打圆场，眼看教授青筋毕露，课题随时可能被驳回，莫楠只能不断劝说曾旻娜听从教授的指示，没想到后者竟将莫楠和教授绑上一块骂，教授分贝是多少，曾旻娜一定会是他的两倍。那段时间里，再没什么比和曾旻娜一起配合完成课题更让人浑身发颤。

莫楠今天特意选了个布置得比较温馨的座位，大多数客人都拎着啤酒围在大屏前，只有零星几个座位坐着人。从刚才开始，莫楠就感到自己正被不明来源的锐利目光注视着，尽管如此，他只认为是自己的错觉，直到坐在斜对面的卷发女生摊开记事本朝他们靠近。

"莫先生，不如你再说详细点，我可以考虑写篇报道，绝对精彩！"

这位穿着知性的女性大约三十出头，她带着坏笑坐在曾旻娜身边，更令莫楠错愕的是，她们俩对视一眼后居然打起了招呼。

"嘿，这人是谁？怎么偷听我们说话啊。"莫楠高声嗔怪道。

"本小姐可是……"

"小姑娘是时尚杂志《新时代故事+》周刊的编辑小何，也是我在这里认识的朋友。"

"警察和记者可不是好拍档，你就不怕她往外写些乌七八糟的玩意儿？"

"本小姐可不是记者。"何美瑞一张美艳的瓜子脸，高挺的鼻梁配上一头柔顺长发，就连亮紫色唇妆都凸显着时尚韵味。

"她是故事板块的编辑。"曾旻娜侧过身来问小何，"我记得你负责的是……"

"恐怖的都市传说哦。"

"都市传说？"

莫楠曾经看过一些所谓的"都市传说"，在他印象里，和那些哄小孩的睡前童话没两样。他无法理解这样的故事竟然有杂志开设专栏，甚至还由专职编辑负责。

"嗯，比如总映着人脸的古井老树、被亡魂附身的巷口妖婆。"女编辑顿了顿，不怀好意地盯着莫楠，"还有挂在人类脖子上的谎话气球，谎话说多了气球越来越膨胀直到把人炸飞，以及婚内出轨的丈夫都会被青蛙神一口吃掉之类的故事。"

"最后两个肯定是你现场编的吧？小姑娘我想你是误会什么了。"

何美瑞并没有理会这样的辩解，反而对莫楠鄙夷似的发出"哼"的一声，然后又好奇起他们刚提到的案件："旻娜姐，你们在调查新案子吗？"

"一起坠楼案，具体细节还不能向外界透露。"

"他杀还是自杀总能跟我说说吧？要不多没意思。"

"他杀，死者是被人推下楼的。"

"哇，杀人事件！"何美瑞夸张地捂着嘴，一副感同身受的模样，"你们听过二十多年前发生在日本的连环跳楼事件吗？死者清一色都是女高中生，从当年六月开始，一个月平均三人，之后每个月都会再增加几个，她们就读于不同的学校，没有丝毫关联性，也没有一个人留下遗书，她们的私生活也没有任何问题，既没有吸毒，也没有沉迷于任何宗教团体。后来，那幢大楼就像被人诅咒一样，即使有女高中生只是到附近买东西，也会情不自禁地被吸引到大楼天台，从那儿跳下去，没有一丝犹豫……"

"然后还有人看到那里飘浮的幽灵，不过那些幽灵最终都被一个十七八岁的少女通通杀光了，你要说的是这个故事吗？"

能把浮夸的剧情说得像真人真事，莫楠不禁感慨面前这女生不去当深夜鬼故事广播节目的播音员真是业界的一大损失。

"旻娜姐，这人好讨厌。"何美瑞就像猫咪一样趴在曾旻娜左肩上抱怨道。

"是不是第一眼和他打交道就感觉他很欠揍？习惯就好，这人平常就这德行。"

"平常？你跟他认识很久啦？发展到什么地步了？要我说，这人虽然长得帅，个性却十分糟糕，不是可以托付终身的对象！"

"莫先生你瞧……连个小姑娘都能一眼看穿你。"

"我……我只是说了实情啊，这家伙明明在拿动画片的剧情忽悠咱们。"

莫楠直勾勾地瞪着面前的编辑，心里叫苦连天。如果眼神能说话，他已经不止十次地朝这个女编辑咆哮，让她赶紧滚，可对方依旧不以为然地当着他的面肆无忌惮地说着他的坏话。

"动画片怎么了？大人就不能看？"

"你不是恐怖小说专栏的编辑吗？我以为你只看恐怖片。"

"当然喜欢啦！像最近新上映的片子就十分受欢迎呀。"

"你说的该不会是那部恐怖片吧？"

何美瑞从鼻孔里哼了一声："你这样的中年人都知道，看来这部片已经火到出圈咯！"

"不好意思，今天才听一个年轻人提到的，满屏幕血花乱溅的电影我可不感兴趣。"

就在女编辑准备反唇相讥之际，曾旻娜朝莫楠挥了挥手："你看，那个人是不是很眼熟？"

"哪个？"

"站在37号桌旁的服务生，我记得……"

"我也记得好像在哪看过，而且就是最近。"

莫楠挠挠脑袋，远处的服务生怎么看怎么眼熟，他正端着托盘为一群像是大学生的年轻人更换餐具。即使酒吧里球赛直播的声音开得很大，球迷们不时传来叹气和抱怨声，那群年轻人发出的叫喊声却还是能从很远的地方清晰地传来。他们似乎在开同学会，三男两女，几个男生看上去都不像是正经人，一个尖嘴猴腮的狐狸眼，一个手臂上满是刺青，另一个留着长发的还是个娘娘腔。莫楠猜测这应该是他们酒足饭饱后的第二摊，正被搭着肩的女生文静腼腆，一副很为难的样子，身边的刺青男则醉醺醺的满嘴胡话。

"嘿，大家肚子都填饱没？接下来不如玩真心话大冒险吧？"

"赞成！"

"同意，这个最能调动气氛了！你说是吧，小雪？"

文静的女生名叫小雪，她轻轻抿了一口酒，接着看了看手腕上的数字表，试图从男生的怀抱里挣脱出来：

"不好意思，我家里还有事，所以……"

"小雪，别这么无情呀，我们这些同学多少年没见了，跟老同学联络联络感情有什么不好的？"醉醺醺的男生依旧不依不饶。

"说不定以后没了工作还得靠我们这些老同学互相扶持哦，我们可是同一根绳上的蚂蚱……啊呸，应该是同舟共济的好朋友。你这样等于是在嫌弃我们，瞧不起这些老同学。"

"瞎说什么呢，真晦气。人家小雪是因为高考那天发高烧才没考好的，要不凭她的本事，还能落到和你读同一所烂大学？"染着褐色头发的另一位女生脱口而出的这番话不知是褒是贬，话音刚落，又刻意捂起了嘴，"啊，不好意思，小雪。"

其余四人见女孩依旧低着脑袋，更开始变本加厉。

"太好咯！小雪还是喜欢我们的！"

"这样吧，我们就从小雪开始，由小雅来问问题。"

"赞成！"

"一定要说真心话哦，小雪。"

"……"

"好吧好吧，就让我来当这个坏人。"

褐发女生晃了晃酒杯，和狐狸眼青年对视了一眼，后者心领神会地从裤兜里掏出一个瑞士糖大小的白色纸袋，贼眼溜溜地盯着小雪。

"小雪啊，你在高二的时候和大家心目中的男神——若彬学长谈了一段时间对吧？"褐发女生顿了顿，名叫小雪的女生确实天生丽质、清纯可人，想到这，她内心深处的恶意便更加强烈了，"你们第一次是在什么时候？在哪里？怎么做的？"

"我，我还是先回……"小雪的脸"唰"地红了起来，她不知所措地做了个起身的姿势，却被刺青男死死摁在沙发上。

"别啊，大家都已经是成年人了，就跟我们说说有什么关系。"

"对呀，小雪别卖关子，我们都很想知道！"

三个男生见势轮番起哄，尤其是娘娘腔的男生，阴阳怪气地翘起兰花指斥责小雪。此时的小雪已是满面通红，她实在受不了这样的氛围，却又无可奈何。

"……那我还是喝酒吧。"

"听着小雪，要是其他人都有样学样，这游戏还有啥意思？"褐发女子也加入到斥责小雪的队伍中。

"对呀，你就说吧，又不会少块肉。"

就在小雪为难之际，褐发女子故意上前为狐狸眼遮挡视线，他趁其不备打开从兜里掏出的小纸袋，原来袋里装的是白色粉末，它们全被抖落到小雪的酒杯里，粉末和啤酒的气泡混杂在一起，加上酒吧内灯光昏暗，常人根本分辨不出。搂着小雪的刺青男朝他微微颔首，然后厉声责备起褐发女子：

"阿雅，你怎么这样呢！人家小雪不愿说就不愿说，逼迫自己的好姐妹像话吗？"他将玻璃杯递到小雪桌前，"但是玩游戏就得遵守游戏规则，咱就干了这杯吧，慢点喝没关系，大家聚在一起图个热闹罢了。"

小雪身子微微一震，她的半张脸已经埋在青年的肘弯里，无法挣脱。在众人期望的眼神下，她拿起杯子，微微张开嘴。就在嘴唇触碰到酒杯的刹那，一个人影一闪，将酒杯一把夺过。

"在座的都是成年人，这么多人欺负一个小女生，真是世风日下。"

那个人正是莫楠他们似曾相识的服务员，眼看计划在关键时刻被破坏，狐狸眼青年气急败坏地捶着木桌，其他两位男青年也跟着起身，桀骜不驯地围在服务员跟前,但他却并未露出丝毫惧色。

"你算哪根葱?"

"服务生,张磊?"其中一位青年掂了掂服务员胸前的牌子,接着朝前台大吼大叫,"喂,老板!你们的服务生都这么嚣张的吗?"

"很抱歉,今天老板不在。"张磊冷冷地答道。

"顾客就是上帝,我看你这个小喽啰是活腻了!"

"求求你们……快住手。"小雪带着哭腔拼命央求。

酒吧里不少看球的球迷也转过头围观角落里的冲突,有些人正拿着手机拍摄,宁可看热闹却不肯上前劝阻。

"臭小子,接招。"

三个青年挥起拳头朝服务生砸去,服务生的反应却很淡然,他将手里端着的托盘盖在其中两位的出拳方向,又闪过刺青男的攻击,接着赶上前去,右脚将对手扫翻在地。服务生看上去瘦小,力道却十足,几秒钟的工夫,嚣张的青年们一个接一个被踢倒在地,捂着小腿嗷嗷地乱叫。朝女孩酒里下药的狐狸眼最先一瘸一拐站了起来,再次朝服务生扑去,没想到右脸结结实实地挨了一拳,嘴角流出了血。

"名泉,你没事吧?"褐发女子上前搀扶起狐狸眼,青年蜷着身子,眼里冒出愤怒的火花,额头上的青筋暴了出来。他回头凝望着小雪,阴阳怪气地发出低吼:

"小雪,这都是因你而起哦。"

"对不起,对不起!"

"老子不接受你的道歉!"狐狸眼尖声咆哮道,"臭小子你给我记着!等你们老板回来,看你还有没有脸在这待下去!"

"想找我随时奉陪。"

服务生耸耸肩,一副若无其事的表情。

"小雪，我都伤成这样了，你还执意要走？"

"对呀，你对得起泉哥吗？"

"真是无情无义。"

"我……"

女孩在他们的道德绑架下只好搀着受伤的青年重新坐回座位上，他们一面厉声辱骂着那位服务生，一面执意要求小雪自罚三杯。曾旻娜实在看不下去，来到那些年轻人面前，像在审讯犯人似的，目光一个个扫视过去：

"不如我来陪你们玩真心话大冒险吧。"

"阿姨你谁啊？"虽然被曾旻娜的气场所震慑，但嘴角淌着血的狐狸眼依旧出言不逊。

"好吧，就让你猜猜我是什么人。"

"呵，清洁工吧？"刺青男跟着讥讽道。

"某种意义上来说是清洁工，清理这座城市里不干净的东西。"

"大哥，这女的莫非是条子？"

娘娘腔察觉情况不妙，对刺青男窃窃私语一番，后者恍然大悟，声势也弱下许多。

"找……找我们干吗？我们又没犯法。"刺青男说罢，开始歇斯底里起来，"我去，今天到底是招谁惹谁了！"

"你们是没犯法，不过如果我顺着你们桌上的那些东西往下查没准就有什么意外的发现，比如小雪小姐的那杯啤酒。"

小雪疑惑地望向桌上的酒杯，她还不知这个同学会就是一场为她精心设置的局。三个青年叫上小雪高中时的闺蜜，暗地里偷偷布置陷阱，他们企图用安眠药让小雪睡得不省人事，而后把她带到宾馆施以侮辱。曾旻娜一眼就看穿这帮人的不良居心，最近类似的事件也越来越多，不少社会青年打着同学会的幌子将班里长得漂亮的女同学约出，实则另有企图。而这些案件的背后，加害者群体中都有一位受害者曾经非常信任的好友，这些人负责穿针引线，将双方约到一起。有时真正出卖受害者的不是别人，正是她们毫无防备的闺蜜。

"真晦气，不玩了，我们走！"

一伙人装模作样地快快离去，夏日酒吧又重新恢复原先的喧嚣。曾旻娜想起原来是在王耀威坠楼案的嫌疑人名单中和眼前这位服务生有过"一面之缘"，她走到男子面前，称赞一番后问道：

"你就是张磊？"

"是，我们见过？"

"我是做这个的。"曾旻娜朝他亮了亮证件，"目前正负责王耀威坠楼一案，本来想明天找你聊聊，结果好巧不巧在这里遇上了。"

"哈哈，刚才献丑了。"

"不，你做得很好。"见酒吧里一切照常，二人又重新回到前台，原来张磊是前台的调酒师，方才只是帮同事上菜，曾旻娜他们的座位正对着前台，"可我以前在这没见过你。"

"因为我上个月刚到这儿，做的是临时工，明天刚好满一个月，正想提出辞职。"

"这件事不是你的错。"

"对呀，刚才你真是帅呆了！"

何美瑞和莫楠也不禁赞叹起来。

"感谢你们的夸奖，我平常就这脾气，看到讨厌的家伙就忍不住……"张磊的语气波澜不惊，他话音刚落似乎想到了什么，又把话题拉了回来，"曾队长，我跟王耀威没有什么往来，更没有直接交流。虽然不喜欢他，不过也谈不上有多恨。"

"这个我们还会详细调查,话说你的下一份工作找好了吗?"

"我从来不刻意去找工作。没钱花时就出去打打零工,有闲钱了就到处走走。"

"柜台上那本书是你的?"曾旻娜指着张磊身后的迷你书架,有一册32开本的书像是刚被翻阅过。

"对,《机密暗语》,还蛮有趣的。如果要说我这人平时有什么兴趣,就是读些关于暗号破解题材的书,世界上的暗号有千万种,它们的破解手法也千奇百怪。"

何美瑞凑上前去翻了翻,好奇道:"这有啥好看的?都是一些看不懂的文字排列呀。"

"乍看之下云里雾里,其实并不难解,这样的乐趣也许只有在破解的时候才能体会得到吧。"张磊向曾旻娜问道,"警校里或许也有类似这方面的课程?"

"有,但它只是其中一个章节。这些就特点来说有点像公务员和事业单位考试的图形和数字推理,那也是我学得最差的章节。"

"真是太遗憾了。"

"话说回来,你年纪轻轻的,为什么和他们一起搬进烂尾楼里?那儿的交通并不方便,而且居住条件也很糟糕。"

"就像我刚才说过的,我并不喜欢一成不变的生活,什么都想去尝试,但这股新鲜感往往撑不了太久。康湾城的那套房是我人生最差劲的一次投资,刚毕业那会儿和女友一起在市中心租房,虽然薪水微薄,但过得很开心。本想再拼一把付完首付后就和她结婚,没想到因为烂尾楼的事,我既没钱又没房住,还欠了一些债……已经老大不小了,同龄人都在自己的事业上取得一些成就,然而我连一份稳定的工作都没有,她家人认为我已经是个废物,就逼迫她向我提出分手。"张磊忽然低下头,和刚才出手制止不良青年的模样简直判若两人，"后来，我得了重度抑郁症，每天必须吃药才稍微踏实些。"

"抱歉，提到你的伤心事。"

"我已经习惯这种生活了，或许你们认为我在混日子。"

"倒也未必，每个人有每个人的生活方式。"何美瑞安慰道，"就和我一样，每次过完年都打算换个新的工作环境，可换着换着就会觉得到哪里都差不多，都是给人打工的。"

"我发现每天都能在这见到这位小姐，不过每次都是独自一人坐在角落。我猜您平时工作地点是在写字楼里，是下班之后才换个环境？所以您总说到哪里工作体验都一样。"

"哇，完全正确，其实在下是一家期刊的编辑。下班无聊时就会来这儿，听听大家在聊哪些新鲜话题，寻找寻找素材。"似乎为了抚慰张磊忽然低落的情绪，何美瑞刻意抬高音量。

张磊转而望向莫楠：

"这位先生则是我第一次见到。您的肤色比较白，看上去平常也在室内办公，加上方才劝架时，您并没有像曾队长那样亮出证件，所以您肯定不是刑警。从相貌上看，您像个杂志模特，可未曾特意地对面部进行保养……当然，我也留意到各位在聊工作上的话题时，您也没有附和或训诫这些后辈，再者，您和曾警官似乎从以前就认识，且谈及工作时相互没有避讳。综合这些特点，我猜您应该是个白手起家、目前正在经营咨询业务，经常向警方提供技术支持工作的专家，再往深处猜测，您的工作应该类似犯罪心理学家的角色。"

"你猜对旁边这位小姑娘我倒不惊讶，但能猜对我的工作，说明你的洞察力绝对在常人之上，没去当警察真是国家的损失啊。"

莫楠心想，若这个年轻男子是犯罪者，那么也绝对会是个难以应付的对手。

"有时真羡慕王耀威这种人。"

"怎么说？"

张磊的感慨让曾旻娜感到诧异。

"因为他是个大恶人，恶得很纯粹，毫不掩饰。"

"哦？这话是什么意思？"曾旻娜警觉地挑起双眉。

"警官您误会了，我并非想表达这个意思。只是这样的人做起任何事情都没有心理负担。回过头看看自己，已经三十岁了却几乎身无分文，有时真想像他那样一死了之。"

张磊若有所思地转动着手中的高球鸡尾酒杯。

"你可不能这么想，未来的路还很长。"曾旻娜停顿了一下，脑海中一时案例匮乏，只好拽上莫楠开导对方，"举个例子，这个人大学毕业之后就没参加过工作，生活也是一团糟，四十几岁了还要靠表妹养活。照你刚才的意思，他早该死上一万回了，可人家还不是活得好好的？"

"喂，过分了过分了。"莫楠不禁反抗道。

"原来莫先生是这样的人啊。我还以为您是成功人士，真是失礼了。"

"你的推理不失礼，但刚才这句话非常失礼！"

在场的三人纷纷投出的鄙夷目光让莫楠只想找个地缝钻进去，这次夏日酒吧之约真是蠢极了。

第四章　线索

2021·二度坠亡

01

每个曾经被称作"女神"的人，最害怕的就是在容颜衰老时遇见当年的倾慕者。

占地近四万两千平方米的星源大学附属医院创建于1987年，已经发展为集医疗、预防、保健、康复为一体的综合性医院。由于医院大楼个别楼层重新布置装修的缘故，消化科上个月刚从二楼C区搬至三楼A区。

李馨旸推开消化科治疗室的门，神情黯然地坐在长椅上。度过了一个难眠之夜后，今晨她看了看镜子中的脸，皮肤干燥、毫无血色，仿佛一夜之间又老了十多岁。医院的白炽灯亮得刺眼，盯着看久了便叫人感到头晕目眩。她晃了晃脑袋，急需片刻歇息，可消毒水和酒精的气味充斥了整个鼻腔，连闭目养神都是件奢侈的事。

白炽灯映照在视网膜的残像还未散去，恍惚间李馨旸只觉得周围应该不止她一个人。当耳畔传来熟悉的声音时，她才确信这一点。

"李……馨旸？"

不知声音源头在哪，李馨旸只是茫然地抬起头望向空无一人的走道。

"李馨旸。"

男人的声音更加笃定了，走道的回声也更加清晰。

"真的是你？"

一只手拍了拍李馨旸瘦弱的肩，原来男人坐在另一个方向。

"啊？是莫楠！你真的一点都没变。"

李馨旸似乎暗暗地松了口气，干巴巴地笑着。年轻时的李馨旸绝对是学校一等一的美女，哪怕十年前的同学聚会，李馨旸的美貌也丝毫不减当年。然而现在的她，已经被生活折磨得不成样子，整个人瘦了两三圈，颧骨突兀地鼓了起来。莫楠打量了好久，才依稀和自己记忆中的女子形象对上。过去的李馨旸性格文静，属于古典式的冷美人，但待人接物都热情阳光，莫楠的内心不由得一阵感慨。

"呵，已经十年没见了，怎么可能一点都没变。"说罢，莫楠的语气低沉下来，"只是没想到在这样的场合下见面。"

"听警察说王耀威他……"

"他是被人推下楼的。"

"发生这种事，警方一定会怀疑我。"

"我想应该不会。"

"咦？为什么？"

李馨旸没有神采的眼睛就像一块被冻住的窗玻璃。

"你认识陈文霞吗？"

"认识，就住在我家正对面。"

"她儿子在案发时间目击到正在玩手机的你，正巧那个时间点他还听到了上面传来的争执声和有东西坠地的闷响。"

"原来如此。"李馨旸还是漠然的表情，并没有一丝欣慰。

事实上，莫楠此行的目的一方面是来看望老同学，这个曾经发誓一辈子都忘不掉的人。另一方面，是受曾旻娜委托，以老同学的身份接近李馨旸。

命案现场王耀威的那部手机虽然已经损坏无法使用，但存储卡和SIM卡通过技术手段依旧可以修复。目前，警方正在从数据卡里的大量文字、图片和影像资料中提取对案件侦破有用的信息。昨日，市局技侦科又有新发现，他们调出了王耀威手机的支付记录，其中有一笔案发前一天下午的私人转账令人起疑。曾旻娜推断，这个疑点很可能与李馨旸息息相关，但她还在医院陪护女儿，不宜在这个时间点打草惊蛇，引发不必要的负面效应。因此，经过深思熟虑，曾旻娜决定先由莫楠出面进行沟通。

今早，市局针对王耀威坠楼案召开临时会议。康湾城在这个节骨眼上又被送上网络热搜，开发商致远集团和业主的矛盾再次被推至风口浪尖，给社会舆论造成不良影响。会议上，市局领导下了死命令，一周内必须侦破此案，给社会大众一个满意的交代。负责此案的曾旻娜在汇报了最新调查进展后也立下了军令状，这是她来星源后处理的第一件大案，不容有失。另外，她还向市局领导提出委托犯罪心理学研究专家莫楠协助调查的请求，恰巧多年前莫楠协助侦破的"横山公寓连环命案"的调查组长正是如今的市局领导，他对莫楠的心理分析手段赞赏有加。自打多年前莫楠不知缘何拒绝涉足案件侦破后，关于他的传说只停留在老一辈警察的记忆里。

如今这个名字再度被提起，市局领导吃了一惊，随后谨慎地向曾旻娜确认莫楠的意向，当然会上也有不同的声音，有些人认为莫楠和死者以及被列为关键嫌疑人之一的李馨旸是学生时代的同窗，不宜参与本案调查，再者，从外界特聘犯罪心理专家的做法这些年并不提倡。曾旻娜看出市局领导有些犹豫不决，因此当即从动机以及作案时间、作案准备多重角度分析排除莫楠的作案可能，且强调他的参与有助于警方从嫌疑人李馨旸的角度作为侦破切入点，经过一番舌战，最终市局领导同意曾旻娜提出的请求，特许莫楠以犯罪心理研究专家的身份协助警方侦破此案。

莫楠一早就被曾旻娜的电话搅了清梦，电话那头依然是几天前公事公办的口气，她先向莫楠重申了一遍作为警方特许协助侦破人员的准则，而后便交给莫楠第一个任务——在李馨旸身上找寻突破口。接到"圣旨"的莫楠只好悻悻地应了个声，几天前才被前妻揶揄，今天开始又要为她打工，不禁感慨年逾不惑却身不由己的人生。

临出发前，曾旻娜一再叮嘱莫楠穿得尽量得体些，顺便还问候了一下靳璐，向她解释莫楠参与调查的前因后果。"星光之岬"少了让靳璐最为头疼的大麻烦，她对曾旻娜感恩戴德都来不及，不由分说地满口答应下来。

最终，惆怅的只有莫楠一个人。

"这些年你真的瘦了很多。"

从两人见面开始，李馨旸就一直低着头，莫楠的这番话让她把头沉得更低了："家里的情况你或许已经知道了，琳琳从小体弱多病，三天两头就来一趟医院。昨天在派出所做完笔录之后，琳琳哭得很伤心，虽然王耀威一点都不疼爱她，我们也早已没有任何感情，但对琳琳来说，好歹也是她的父亲……"

"不瞒你说，王耀威去世前一天还把我叫来康湾城。"

"他打算让你做什么？"

李馨旸吃了一惊，这才抬起头来，在明亮的白炽灯光衬托下，岁月印刻的痕迹更加显眼。莫楠深知对方的遭遇，从事心理咨询工作的过程中也遇到不少生活中备受打击的不幸者，对此，只能在谈话间尽量减少言语方面对她的刺激。

"具体细节没明说，但他的确有提到关于你的事。"

"那个男人简直就是恶魔！"有一瞬间，莫楠似乎变得不认识面前这位老同学，她开始歇斯底里，神经质地咬起手指甲，"他想要报仇尽管冲我来，可孩子是无辜的，他看到琳琳这样非但不心疼，还变本加厉地上门骚扰。他明知道琳琳肠胃不好，有一次故意支开我，倒冷饮给琳琳喝，结果琳琳当晚就住进了医院，那个男人……那个男人死有余辜！"

"这里是医院，不要太激动。"

"抱歉，我……"

李馨旸回想起高中时，有一次无意间撞上高年级的一对情侣出入宾馆，隔天他们被学校处分后出言恐吓李馨旸。明明什么都没做，却被人误会，李馨旸的心里委屈极了。虽然过了一个星期才知道举报那对情侣的正是男方的前女友，但那几天李馨旸情绪一直很低落，恰逢周末时她单独约出莫楠，在公园里倾诉一番。也许正是从那时开始，莫楠对心理学有了新的认知，人们的郁结往往在于内心的扭曲，同一件事情在不同人心中会萌生出千万种想法，心理咨询师正是能开导他人重新走向阳光的职业。那天，李馨旸靠在莫楠的肩上将内心的苦恼统统说了出来，莫楠则是站在好友的角度倾听并加以引导，他的言语在李馨旸看来似乎拥有神奇的魔力，内心笼牢被打开，李馨旸脸上重新恢复了往日的神采。

莫楠的语气一点都没变，恍惚间李馨旸回忆起当时的点点滴滴，差点不由自主地再次靠在这个男人的肩上，但内心千万种愁绪又让她清醒过来。莫楠知道对方的想法，温柔地劝慰道：

"我们也算是老朋友了，别觉得不好意思。既然警方已经知道不是你干的，尽管在医院照顾吧，我想他们最多安排人在这附近巡视。"

"莫楠，这次你是以警方特聘顾问的身份和我见面吗？"大约十多年前，李馨旸在报纸上惊喜地看到关于莫楠的专访，两人在电话里足足聊了两个小时。当时莫楠意气风发，那张修过的个人照现在还被他设为电脑桌面。

"不，我同样是王耀威这件案子的关系人，这两天和警方打交道多了，所以有所了解。"

莫楠向老朋友撒了个谎。

"其实怨恨王耀威的远远不止我一个，可以说'自救会'的每个人都恨透了王耀威。"

"这点警方自然明白。"莫楠望着李馨旸疲惫的状态，不禁感到担忧，"话说，你最近睡眠不好吗？"

"偶尔会被噩梦惊醒。"李馨旸犹疑片刻，最终还是点了点头。

"什么样的噩梦？"

"有时会梦到地震海啸，有时还会梦到自己被人追逐。即使拼尽全力去奔跑，对方还是紧紧跟着我，每次做完这种梦，起床时都会特别疲倦。"

"这就说明你在逃避某种必须面对的问题。"

"逃避？"

"对。人的意识可以分为意识、潜意识、超意识，其中超意识能创造出特殊的信息传送方式，所谓的'梦'就是在这里反复产出。他们意义不明又不合逻辑，将心灵创伤有关的信息转为'梦'这个暗号。"

"也就是说我做的梦都是超意识传输过去的？"李馨旸似懂非懂地问道。

"对不起,我讲得似乎太不直白了。"莫楠进一步解释,"你做的梦属于追逐型的梦,而且多次出现,这就说明你的超意识层正在警告你'别再逃避,需要挑战和面对',如果你始终不去挑战,那么过一阵子还会梦到相同的内容。至于你在逃避什么、为什么逃避,只有自己最清楚。"

"原来如此。虽然有些不明白,但好像着了你的道似的……不愧是心理分析专家。"

"不考虑搬离现在这个地方?我认为烂尾房不适合带着这么小的孩子居住。再说,小孩盖的被子也太薄了些,最近的天气已经开始转冷了。"

李馨旸的双眸闪过一丝惊恐,但很快就恢复淡然:"你看过我的房间了?"

"嗯。"

"刚搬进康湾城的那会儿,只觉得毛坯房阴冷又潮湿,根本不是人住的地方。在那之后,'自救会'的业主越来越多,大家也很团结,生活上遇到麻烦都会互相帮助,久而久之就习惯这个环境了。"

"琳琳怎么认为?"

"她也觉得和'自救会'的人相处很愉快。"

"我看到你的房间还稍稍布置了一番。"

和曾旻娜在康湾城的时候,莫楠便留意到李馨旸的房间特意贴上了墙纸,虽然掩盖不了毛坯房简陋的一面,却也营造出生活的氛围。

"康湾城周边的楼盘最近正在赶工,有时半夜还能听到打桩的声音,许多民工也住在项目部的活动房,所以前不久大家在网上团购了几组消音耳塞,效果还挺好。"

"难怪除了那位大学生外,再也没人听到王耀威坠楼的响声。"

"对，消音耳塞是张磊提议大家一起团购的。"

"张磊？那个机灵的小伙子？"

"你认识他？"

"昨天有过一面之缘，他在酒吧里打短工。"

"他是个正义感很强的人。"李馨旸若有所思，"依我看，'自救会'的人绝不会做出这种事。反倒是三更半夜出现在这幢楼的王耀威，本身就很有问题。"

"话虽如此，并没有人知道他在天台上做什么。动机肯定是仇杀，但能将王耀威推下楼，而且后者没有一点反抗，真的很奇怪。"

"或许这么说很丢脸，我和王耀威结婚后，他至少有过五六段婚外情，这还仅仅是我知道的次数。他在公司里位高权重，据说他连秘书都换了好几个，而且全是因为不堪其扰，主动提出辞职的。"

"不过对你而言，现在没有任何人打扰你们母女俩，也许可以过阵安稳的日子。"莫楠指了指李馨旸刚走出的房间，"能让我看望琳琳吗？"

"请。"

莫楠小心翼翼地推开门，将水果篮子轻轻放在床头柜上。女孩正侧着身熟睡，一本被翻得破破烂烂的漫画书正倒扣在床头。见此情形，莫楠也不便叨扰，只是快速地多瞄了几眼，他发现在那本漫画之下还平放着一本书——《机密暗语》，不禁暗自疑惑：难道现在流行这类书？

"孩子好像很累的样子。"

"医生也不晓得具体是什么原因，琳琳每天都保持九个小时的睡眠，三餐照常吃，菜色搭配也没有任何问题。可她就是经常头疼、胃疼，总是没精打采的，因为体质太弱，连学校的体育课也没法上。"

"照顾孩子确实是门苦差事，所以我完全不想去体会，嘿嘿。"

"莫楠，你还是跟之前一样过着随心所欲的生活。"李馨旸的嘴角淡

111

淡地上扬起来。

"你知道吗？那天听到王耀威提起要带我去见你的事，我就想起咱们读高中那会儿明明感情还挺好，不明白为何有些人说变就变。"

"你想起的应该是校庆那场表演吧？"经莫楠这么一提，李馨旸忽然回忆起那些陈年往事。

"对对，没想到我们还拿了二等奖。"

说到这儿，李馨旸的脸上又重新焕发神采："这全都要托王耀威的福，他的母亲是国家有名的话剧演员，那阵子我们三天两头往他家里跑，模仿不同角色的声音和举止，的确是学生时代比较快乐的回忆。"

"后来，他的父母离异，他和其他人的感情也逐渐开始淡漠了。"

"虽然有些值得同情，但现在的他完全就是个十恶不赦的人，我仍然无法原谅。"

"别提不开心的事了，就让琳琳好好休息。"莫楠心头还惦念着曾旻娜的嘱托，内心深处也极力希望证实老同学的清白，他佯装毫不在意地提议，"听说你午饭也没怎么吃，不如我们去沙尾巷带盒馅饼回来？"

"沙尾巷？那儿不都是网红店吗？"

"对，那家'阿柳仔'每次去都得排长队。现在时间还早，不至于等太久。"

李馨旸诧异地歪着脑袋，在她的记忆中，莫楠一向不爱吃那种味道清淡的馅饼。

02

工作日下午4点的沙尾巷依旧十分热闹。两年前开始，星源市的沙尾巷逐渐被开发成网红商业街，一些看上去像外地游客的青年男女纷纷慕名而来，海滨城市的蓝天白云加上被刻意打造成古色古香的网红店铺颇受年轻一辈的欢迎。像"阿柳仔"这样从半年前加入沙尾巷便开始迅速蹿红的小店不在少数，无论哪个时间段，店外排着长龙的队伍都像黑色缎带般向后延伸。这些网红店刚起步时，大家都觉得这是商家刻意制造的"饥饿营销"，他们不惜重金请来"群众演员"，给消费者带来"东西一定很美味"的幻觉，但一段时间过去了，队伍长度依旧有增无减，有时还能排到临近马路的人行天桥，店员还得额外扮演维护队伍秩序的角色。

"没想到工作日队伍也能排到这儿。"李馨旸一眼望去，自己所在的位置离"阿柳仔"店铺至少有个五十米。

"很正常，吃的东西就是得排队买才好吃。排队就是对食物最大的尊敬！"莫楠望着眼前的人群高谈阔论，而李馨旸则是忧心忡忡地盯着手表。

"我们前面得有三四十位吧，至少也得等半小时。听说这里的馅饼还是限量版的，光排队不一定买得到。"

"放心，这才几点？"

小巷的一头陆续出现几个背着书包的小学生，他们排着队井然有序地穿过斑马线。马路的另一侧，还能看到将外套挂在手臂的年轻上班族，一边摆弄手机回复客户的消息，一边不时抬起头闪避到处乱窜的电动车。尽管只是普通的工作日，整条沙尾巷还是被塞得满满当当。

"好久没有看到这么多人了。"李馨旸发自内心地感慨。

"是啊，你也该转换转换心情。"

"这就是你带我来这的目的？"

"俗话说'阳光这么好，何必自寻烦恼'，只有你放下了，孩子才有可能健康成长。平常多带她出来走走，别总闷在一个地方。"

"嗯……"

不知为何，莫楠的每句话都让李馨旸再度回忆起那段岁月，时光已经过去了十几年，然而某些事物似乎一直都没有变。

"阿柳仔"的装潢正是典型的网红小店设计，一块块刚出炉的馅饼在柔光的照射下显得十分诱人，穿着统一制服的店员正在为外头排着长队的顾客递上热茶，店内整体的木色氛围加上挂着标榜古法工艺的招牌，会让人误以为这是一家百年老店。西人排了半小时的队，最后终于如愿以偿，莫楠看上去一脸得意，嘴上却不依不饶。

"要是排这么久的队还没买到，就伤脑筋啦。老板，还是不肯打折吗？"

李馨旸暗自诧异，这个男人前一刻明明还在灌输所谓"尊敬"食物的理念。

"一盒44.44元，两盒特惠价66.66元，四个六，吉利！"一脸福相的老板像唱戏似的吆喝着。

"连价格都是与众不同。"

"呵呵，所以两盒装的很受欢迎。"

"好吧，那就来两盒。"莫楠掏出手机扫了扫收银台上的二维码，"请问思滨这一带一共有多少家'阿柳仔'？"

"整个星源就这一家。我们一年前才开业，不过年底就有两家分店啦！"

"那可真是太好了，以后不用排几十分钟的队才买到。"

"您也可以选择网上订购呀，比现场排队购买还划算。"

店老板是个五十多岁的中年大叔，口音有点台湾腔，听说在思滨区做生意有十几年了。

"啊……我对快递盒包装的食品一向很排斥。"

"也有您这样的顾客。正如您所说，只要是吃的东西，必须得现场买才好吃。"

"老板，还有件事想请教您。"

"什么事？"店老板乐呵呵地只顾着将馅饼装进礼盒内，并没有抬头。

"最近这个人可有来过？"莫楠话锋一转，向对方递出王耀威的照片，"身高大约一米六出头，体型偏胖。"

"每天排队的人太多，我真不记得了。实在不好意思！"

"没事，谢谢老板！"

莫楠意外的举动让李馨旸吃了一惊，心中隐隐有种不祥的预感。她紧随其后，不安地问道：

"莫楠，你问老板这个做什么？"

"王耀威的手机呀。"

"他的手机怎么了？"

"坠楼前一天下午，王耀威的手机有一笔转账给私人微信账号的记录，金额正是66.66元，四个六。"

"……"

莫楠学店老板的模样比画着"六"的手势，而李馨旸却笑不出来，她的脸色似乎更差了。

"这笔付款是面对面扫码的。其实，我是看到App上的广告才知道有家名叫'阿柳仔'的网红店，我也是第一次来光顾。"莫楠接着问李馨旸，"你以前有来过吗？"

"我……我只是听说有这家店而已。"

"这笔交易的时间是下午五点半，正值下班高峰期。像王耀威这种人，我实在很难想象他会耐下性子排这么长的队。你说是不是很可疑？"

"嗯，的确。不过这儿的老板对他没印象。"

"不奇怪，来来往往这么多人，不可能每张脸他都认得。"

"你认为这和王耀威的死有关？"

"不是吗？他是个大忙人，倘若有这份闲心，只需要交给属下办就行了，何必特意亲自排长队来这买馅饼？"

"莫楠，你觉得是什么原因呢？"

"这是警方的事，我可管不着。"莫楠满不在乎地打开"阿柳仔"，热腾腾的香气果然与众不同，"不过，他下榻的酒店房间里并没有发现'阿柳仔'的包装盒，连同居一室的秘书也没看到王耀威手上提着任何食品。"

"也许是他路上吃掉了块。"

"也许吧。"莫楠递出了一块"阿柳仔"馅饼，形状和广式月饼相似，面上也印着店家的徽标，做工精巧细致，"你一定也饿了，快尝一块。"

李馨旸不断地提醒自己，千万不能在莫楠面前露出不自然的表情。尽管如此，接过"阿柳仔"时，自己冰冷的双手却被莫楠触碰到了。

冰冷到发颤的双手。

李馨旸感觉自己正被某种不可逆的气场笼罩着，周边的空气一下子凝重起来，她能感受到这个好友鹰隼般的眼神。

在莫楠的注视下，李馨旸心不在焉地吃下一枚抹茶味的馅饼。

"味道怎样？"

"还不错，就是馅料太甜，外包装上明明写的是清淡口味。"

"清淡口味？"

"对呀，你看这里……"

"我想你误会了，这正是'阿柳仔'成为网红店的原因。"顺着李馨昐手指的方向，莫楠呵呵一笑，"瞧，其实这家店的馅饼口味并不拔群，只是在馅饼皮面上下了功夫。如果像你刚才那样从侧面吃，就太对不起'阿柳仔'咯。"

"什么意思？"

"'阿柳仔'馅饼其实是个'盲盒'。"

"盲盒？"李馨昐神色茫然。

"他们家的皮面一共有三层，吃的时候要先揭开最上面的第一层，是用做麻薯的工艺铺上去的。瞧，第二层才是'阿柳仔'馅饼的精髓……"掀开软糯的面层，莫楠手中的馅饼展现出的图案就像雕刻品一样精美，两座气势雄伟的大楼造型惟妙惟肖地被刻画了出来，"这次抽到的是思滨双子塔。听说一共会有九种思滨这一带的著名景点，其中'思滨公园'的造型平均十盒里只有一盒才能抽到，有些收集癖的顾客也会一次性购买十盒。店家把这样的小心思用在馅饼皮面上，而不是里面的馅料上，虽然馅料的味道也不赖。"

"……原来是这样。"

"所以，你刚才提到的'和外包装有出入'指的又是什么？"

"只是给我的感觉……网红店不是一般都以清淡健康作卖点吗？"李馨昐撒了个谎。

"也对。"莫楠看了看包装礼盒，"原本我还以为'淡然居'的名字把你给误导了。"

"淡然居？"

"也是思滨的景点之一。外包装上的排版把每个景点的第一个字用大字号凸显出来，所以'淡'这个字就显得很醒目，而且商家用了烫金工艺，的确带有一定的误导性质。"

"你说得对，所以我才认为应该会是低糖口味的馅饼。"

李馨旸能感受到自己心跳正在加速，眼前的这个男人果然没有这么简单，他早在暗中布置好一切。医院的"偶遇"也好，提议到沙尾巷买馅饼也罢，莫楠就像出色的导演，所有的剧情走向由他一人操控。

"可是，'淡然居'三个字旁边正是景点的照片。虽然美化得有点夸张，但只要结合这张照片，都会和'淡然居'产生联想才对。"

"莫楠，你究竟……"

思及此，李馨旸的眼神里第一次流露出冷冷的敌意。

"除非是在光线不足的条件下看到这个外包装。"

"我想起来了！康湾城的光线本来就不太足，之前有户人家买过'阿柳仔'的馅饼，恰好被我看见了，只是一直有个印象罢了。"

"是哪户人家？"

"时间太久，我不记得啦。"

"哦？可是这个带有'淡然居'的系列明明是这周才上市的。"

"莫楠，你找我来的目的该不会是……"

见李馨旸的语气低沉下来，莫楠只好向老朋友摊牌：

"没什么，你拥有完美的不在场证明，大可不必担心。但假设——我只是假设，如果你真的对王耀威做了什么，或者还藏着什么秘密，请你认真考虑一下是否有必要向警方隐瞒……"

"我问你到底什么意思？好像已经把我认定为凶手了。"

"不，我没有，这只是善意的提醒，什么'犯罪心理专家'早就是过去时了。如果事情不是你做的，刚才那些话你不必放在心上，只是作为老同学的一个忠告。"

"莫楠，我告诉你，我没有杀人！"

李馨旸仰着头凝望莫楠深不可测的表情，她心中猛然被触动了什么，一丝痉挛从脸上可怕地掠过……

03

  王耀威的案子已经过去四天，调查虽说不是毫无进展，但离市局领导要求的期限只剩下四天，曾旻娜的压力与日俱增。如今媒体总爱拿热点问题炒作，康湾城的一系列事件已经被他们整理成详细的时间表，更有甚者，还有媒体通过特殊渠道打听到警方处理此案的最后期限，像是幸灾乐祸般地倒数计时。

  昨天，莫楠根据技侦科调出王耀威手机的支付记录，察觉到案发前一日有一笔66.66元的可疑转账，经证实，那的确是支付给沙尾巷那家网红店"阿柳仔"的。上午的部门会议上，办案人员各抒己见，有的人认为王耀威只是路过沙尾巷时顺道买了两盒馅饼，不值得被关注，也有的人认为他是买给别人吃的，那个人有可能是王耀威的客户，有可能是他的朋友，也有可能是本案的凶手。关于这个新发现能否作为突破口，会上一直争论不休，好在莫楠那儿传来新线索——王耀威那盒馅饼极有可能是买给前妻李馨旸的。

  "阿柳仔"开业至今，主打的馅饼品牌一直以"盲盒"营销手段闻名，而这套以思滨景点为创意的"国风系列"本周才在店内上架，李馨旸平时的生活可以用"两点一线"来形容，她绝无可能到网红店排队购买馅饼。那么，她见过"国风系列"的外包装盒本身就十分可疑。一来，她向莫楠撒了谎，声称曾经见过"自救会"的成员带来的"阿柳仔"馅饼；二来，她平日里没什么朋友，王耀威在案发前购买的那两盒馅饼很有可能就是送给李馨旸的。根据上述线索综合判断，李馨旸大概率在案发后将馅饼丢弃，而且很可能一口都没吃。于是，曾旻娜立刻布置警力搜索康湾城附近一公里范围内是否发现丢弃在垃圾箱的"阿柳仔"馅饼礼盒。

国家近些年大力倡导的垃圾分类政策让搜查任务很快有了结果。警方走访了康湾城附近的垃圾分类专员，果然有人主动向调查人员抱怨：两盒尚未拆封的馅饼直接被丢弃在可回收垃圾箱内。不过，当他们把"战利品"带回技侦科做指纹分析时，却发现礼盒上竟连一处指纹都没有，很明显地被人擦拭过。因此，关于"阿柳仔"馅饼的调查又走入死胡同。

"自救会"的每个人似乎都和王耀威有着千丝万缕的联系，然而警方要查出事件真相，必须去伪存真。时间一分一秒地流逝，曾旻娜感到最后期限就像摆在眼前的一座大山。不过，此时她没料到，接下来事件的发展会如此一波三折。

关于"阿柳仔"馅饼礼盒的调查暂告段落之后，曾旻娜接到了一通电话，电话那头的男子自称是康湾城开发公司的人，想要见见负责此案的警官。曾旻娜走出市局大门，一位年纪和她相仿的高个男子带着浓妆艳抹的年轻女孩立刻迎了上来。

"曾队长您好，我是致远开发集团的张远山，接下来会接替王耀威处理康湾城的事。如果有需要我们配合的地方，一定竭力相助。"

"张经理大老远赶来，真是辛苦了。"男人身形健硕，有着一张宽阔的国字脸，谈吐之间也颇为儒雅，可以说和王耀威是截然不同的类型，简单的寒暄之后，曾旻娜把目光转移到他身边面容娇媚的女孩，近看只觉得既陌生又熟悉，"这位是……"

"曾队长我们见过的，我是秘书冯春燕。"

曾旻娜愣了一下，虽然同样穿着职业正装，但四天前的冯春燕明明是一副涉世未深的清纯形象。相比这回简直判若两人，今天的冯春燕一身深色外套，内衬的领口有一圈镂空花边，白嫩的肌肤隐约可见，面庞显然也经过精心打扮，显得更加妩媚秀丽，她光润的脸、雪白的脖颈、耳边垂下的动人发丝，都充满着对男性的诱惑力。曾旻娜仔细打量一番，面前这位美女确实是冯春燕，却不明白她这么打扮的原因，兴许是今天要陪领导见重要客户。

"……冯小姐您好！总觉得您的打扮和上次不太一样，成熟了许多，也漂亮了许多。"

"呵呵，可能是曾队长的错觉吧！"见对方的目光停留在自己身上，冯春燕捂着嘴嫣然一笑，"集团内部这些天针对王总的意外事件开了个长会，昨天中午才确定由张总接替康湾城的工作。"

"原来如此，希望你们能处理好和住户之间的矛盾。关于王耀威的坠楼案，我们已经确定是一宗杀人事件，绝非自杀或意外。"

"这就伤脑筋了。集团昨天的会议上还有人提出一种可能性，袭击王总的幕后黑手或许会是'自救会'的成员，请警方调查这十几号人联合作案的可能性！"

"请你们放心，法网恢恢'疏而不漏'如果真是这样，我们一定会查个水落石出。"曾旻娜接过张远山递来的名片，"目前我们正从王耀威的社会关系着手，然而存在杀人动机的潜在嫌疑人数量有些多，这或许和死者的生活作风有关。所以和普通杀人案不同，排查时间恐怕需要更长，请你们谅解。"

"我明白了，如果有什么需要，我们一定竭尽全力配合。"张远山和王耀威的风格截然不同，他老成持重，看起来像是一位坚定的执行者。

"关于嫌疑人方面，我想听听你们的建议。"

"依我看，这案子八成就是郭国栋和石永进干的！"

"理由呢？"

"有杀人动机啊！"张远山解释道，"他们俩和王总大打出手，甚至抄家伙可不是一两回了。他们只要一碰面，说上几句话，就像被引燃的汽油一样。虽然我司做法也有欠妥之处，可他们从来就没打算在谈判桌上好好说话，每次的调解都是以失败告终。特别是那个石永进，他是一家装修公司的老板，和郭国栋串通一气，想要让他的公司进场施工，美其名曰'自救'，其实就是想中饱私囊、各怀鬼胎，打算要我们当这个冤大头。"

"怎么说？"

"郭国栋最近打着'自救'的旗号在媒体上到处宣扬，他的目的无非就是以业主维权的名义，让装修施工单位进入康湾城，接着展开后续施工，保证尽早交房。这种做法也不是不可行，我们也是充满诚意地走到谈判桌前，谁知石永进在会上力推的永盟装修公司实际上就是他自家开的！后来，我们对永盟装修公司进行进一步调查，这家施工单位所承接的大部分工程最终都会因为质量或结算方面的问题闹到法院，尤其是那个姓肖的法务经理，每回都会想出千奇百怪的理由向甲方申请索赔。你说，我们能让这样的队伍开展工作吗？万一施工期间出了什么事，责任如何界定？"

"这件事处理起来似乎没这么容易。"

"可不是？曾队长，您如果平时只关注网络媒体，那么一定会认为我司总在扮演坏人的角色，但有些事情真的不像大众想的这么简单。现在的社会，往往是局外人对专业人士指指点点，因为他们不用对自己的话负责。赔钱、推进、调解、道歉……他们张口就来，我们总要做个风险评估吧？"张远山眉头皱成"川"字，一副委屈无从倾诉的表情，"郭国栋提出由永盟进场施工，'自救会'负责审计和结算。谁不知道这帮人里有工程方面经验的只有他们俩，他们的诉求本质上就是自己既当运动员又做裁判员，如果后续遇到问题，我们的权益谁来维护？"

"你们的矛盾我能够理解。但您说郭国栋和石永进有杀人嫌疑有什么确切的证据吗？"

"这……我平时只是常听王总抱怨这两人。具体情况嘛……小冯应该更清楚。"

冯春燕和张远山对视了一眼，说道："除了张总刚才说的这些事外，有一次谈判会上，石永进曾经扬言要杀了王总。当时王总还用手机录了音，如果您调查王总的手机应该可以发现那段音频。"

"王耀威的手机在他坠楼时已经摔坏，数据卡也受到一定程度的破损，里面的数据我们还在修复中。您还记得会议召开的时间吗？"

"大概是三个月前的15日。"

"好的，我这就交代技侦科，请他们仔细调查这个时间点的音频资料。"

张远山犹豫了一下，接着摸摸下巴对警方试探道："曾队长，说句实话，王总的私人生活并不是很检点，听说他的前妻也是'自救会'的成员之一。"

"这个情况我们已经掌握，至于郭国栋和石永进的问题我们也会详加调查。这些天也麻烦你们不要离开星源，一有情况我们需要及时沟通协助，请务必配合。"

曾旻娜明白对方的用意，作为康湾城的开发商，他们希望将矛头指向"自救会"的业主们，但站在警方的立场，不应受外界影响，一切都要遵循办案原则。

"知道了，我们就住在康湾城附近的酒店，一定随叫随到。"

"辛苦你们了。"

"那个……曾队长，有件事我想请教您。"冯春燕上前一步，像是突然想到了什么。

"什么事？"曾旻娜问。

"……啊，不，没什么。"很明显，冯春燕欲言又止，曾旻娜留意到身旁的张远山，他正使劲朝冯春燕使眼色，"希望你们尽早揪出凶手。"

"好的，如果想起什么的话随时联系我。"

"谢谢曾队长。"

望着曾旻娜远去的身影，张远山长出一口气，他露出哭笑不得的表情，双手搭在冯春燕瘦弱的肩上，在她耳畔喃喃地嘀咕着：

"小丫头，什么话该说，什么话不该说，我想你是心里有数的……"

冯春燕就像受到惊吓的小鸟一般，紧紧闭上了嘴。

04

"和初恋情人见面的感觉怎样？一定有说不完的话吧？"

莫楠猜得没错，二人独处时曾旻娜第一句话准会提及李馨旸。如果可能的话，莫楠希望昨天是最后一次和李馨旸见面。李馨旸的情绪极其不稳定，警方本想以"阿柳仔"馅饼盒作为突破口对其展开侦讯，不过莫楠从心理分析角度建议针对李馨旸的调查最好等待她女儿完全康复，曾旻娜虽然采纳了他的提议，但李馨旸毕竟是嫌疑人之一，一些取证工作还是得在暗地里进行。

隔天一大早，莫楠来到市局搜查小组汇报后，曾旻娜叫住了他，后者只能一脸无奈地应道：

"这不，到头来两边都不讨好，结果还不是在帮你打工？"

"你怎么看？李馨旸真的是凶手？"

"不确定，只能说比较可疑，人不一定是李馨旸杀的，而且她有提供不在场证明的人证，不过我认为她还是对警方隐瞒着什么。"莫楠接过曾旻娜递来的罐装咖啡，喝了一口继续说道，"倘若她真是凶手，陈文霞的儿子目击到的情况又是怎么回事？她有很明确的不在场证明呀。"

"也有可能吕文栋听到的争执声并不是王耀威的,你想想,王耀威的上衣并没有被拉扯的痕迹。如果发生争执,甚至推搡,他的上衣不可能这么整洁。"曾旻娜拽着莫楠的衣领比画道。

"咳咳,你说的也有道理。这起案件从动机上看,'自救会'的所有成员都很可疑,暂且不说王耀威的前妻李馨旸,其他人或多或少都和王耀威发生过争执。案件蹊跷之处也不少,最受怀疑的人却拥有不在场证明。常人都有可能听到坠楼声,可他们大多都戴着隔音耳塞。死者死前发生过争执但上衣却很整洁,生前树敌无数却又乖乖地被凶手叫上天台……"

曾旻娜认真听着莫楠说的每句话,他的分析不像纯粹站在犯罪心理专家的角度,和他一起聊案子就像同事之间聊天。她沉思了片刻,最后问道:"所以呢,你还是坚持所谓的犯罪心理侧写?"

"我从始至终都在强调,所谓的心理侧写只是作为参考的辅助手段,需要仰仗的是警方的科学调查。"

"行,我正好约了郭国栋和石永进,他们现在已经到楼下了,要不一起去瞧瞧?"

"他们不是已经做好笔录了吗?"

"这两人在思滨都有好几套房子,住在康湾城纯粹只是向开发商施压。据说,他们最近每周最多只在那住两天,而王耀威坠楼那晚,两人全都在康湾城。你不觉得这种巧合很诡异?"

"我明白了,这就是你想亲自问问的原因。"

曾旻娜选择的见面地点在市局的小会议室,郭国栋和石永进已经在房间内等候。据曾旻娜介绍,郭国栋平日里居住的地方离市局很近,开车只要十分钟,而石永进则是经营一家装修公司,他们对建筑工程很是了解,因此,关于康湾城的谈判一直由二人负责。巧的是,郭国栋和石永进身份证上的家庭住址只有一字之差，一个写着"星源市思滨区文溪路328号601室"，另一个写着"星源市思滨区虎溪路328号601室"，曾旻娜看着他们身份证的国徽面忍不住笑了起来。

郭国栋身材瘦高，一副老学究的模样，谈吐间可以看出其文雅的气质，他不断地叮咛石永进，一定要沉住气，康湾城的后续工作不能因为王耀威的死而停滞不前。莫楠望着石永进的背影忽然感到特别熟悉，不禁和王耀威的形象重叠在一起，他们都属于矮胖型的中年男性，年龄看上去也相差无几，就连长相看上去也都有点凶。

"感谢二位百忙之中配合我们的工作。"

莫楠就像小跟班一样跟在曾旻娜身后，门外的两位小警员正围绕着他们的小八卦窃窃私语。

"这是我们应该做的。"郭、石二人仿佛商量好了一般很有默契地应道。

"闲话不多说，之前对二位已经做了比较详细的询问。这回找你们来，是因为在王耀威的手机里存着的这段音频。虽然他的手机摔坏了，但技侦科的同事将里面的数据提取出来，其中几个月前的一段录音引起我们的注意。"

曾旻娜打开笔记本电脑中技侦科最新传来的音频资料，几个小时前张远山和冯春燕曾经提到的这段录音果然在王耀威的手机里被找到，时间点也与他们的说法相吻合。郭、石二人对视了一眼，心里似乎已经有了底。

音频时长一共半小时，录音的效果很好，每个人的说话声都清晰可辨。曾旻娜将录音快进到七分五十秒处，随着谈判的深入，郭国栋和石永进的声音逐渐由小转大，最后义愤填膺，与王耀威展开激烈对峙。

——王耀威，别忘了是你们违约在先，以你这样的态度，恐怕没有继续谈判的必要。

——郭教授,别跟他说理,没用!姓王的,总有一天我要宰了你!

——宰了我?行啊,你有本事现在就来砍我。我知道你们在打什么小算盘,用你们的人进场装修,然后在结算报告里动动手脚,个个赚得盆满钵满。呵呵,石永进,听说你的装修公司最近经营得不怎么样啊,你们有资质承接大楼盘的装修工作吗?

——话我已经说得很清楚,这个阶段只是推荐、推荐!我没说一定要让永曌进场,你们也可以推举其他装修单位。

——是啊,永进有这方面的施工经验,到时现场的监管和最后双方的结算工作一样由他负责,我们双方要本着公平公正的态度看问题。

——这么说就没意思了,哪个人没有自己的小九九?先是带着那群乌合之众搬进去,然后借此机会通过装修方案,借此大捞一笔,算盘倒是打得好。

——我不想多说什么,一句话,你们肯不肯在这份意见书上签字?

——抱歉,我不会在没有风险评估的情况下拍板。

——所以王总,这件事又不了了之了?

——大概也许吧。

——姓王的,你什么态度?

——呦,还急眼了?你们可以继续买热搜,让致远成为全民公敌。如果想借康湾城项目赚钱,这种招数未免太下三烂啦。

——你给我记住,姓王的(捶打桌子的声音)。刚才说要宰了你不是在开玩笑,我石永进说到做到!

——我伸长脖子让你宰,你敢吗?

——你放心。我就算用踹的,也要把你从楼顶上踹下去!

"这……我确实只是在吓唬他。"

石永进用粗壮的手臂挠挠脑袋，对在众人面前公开这段录音显得有些羞愧。其实，"自救会"和开发商的每次谈判都以不欢而散告终，一开始双方和和气气地谈问题，但当争论的中心逐渐触及核心时，他们逐渐严肃起来，红着脸你一言我一语，争执到最后就差没抡起拳头抄家伙了，一提到搭档的暴躁性格郭教授同样懊悔不已。

"唉，当时小石还是太莽撞了，会上大家都开着录音笔，我们说的每一句话都会被记录下来的。原本理都在咱们这，可你一折腾，开发商反而指责咱们态度恶劣、不肯配合。"

曾旻娜没有理会教授的抱怨，直截了当地问道："案发时，二位都在自己的房内熟睡？"

"是啊，因为隔壁工地很吵，我们'自救会'的人都戴着隔音耳塞，很难被吵醒。"

"你们在笔录中也没提供什么值得被关注的信息，即使是四天后的现在，你们也没记起其他可疑的人或事吗？"

"虽然王耀威死了，可康湾城的纠纷还在继续，昨天一个叫张远山的人和我联系上，说以后由他代替王耀威和我们谈判。"

"对对，他也和我联系了，听上去是个性格比较稳重的人。这几天我和郭教授也在商讨解决的方案，希望和对方能达成一些共识。"

"关于'自救会'的其他成员，你们没觉得有谁比较可疑？"

"曾队长，我知道你想说什么。"郭教授的回答依旧滴水不漏，他高明地将话题中心转移出去，"李馨旸是个负责的母亲，也是很好相处的人，我相信她不会做这种事。"

"依我看，除了李馨旸之外，王耀威得罪的人不算少吧？"

"的确，以他的作风来说，和他打交道的一百个人里，九十九个都会成为他的敌人。"

"郭教授,有一件事我想请教你。"曾旻娜熟练地转着手里的黑色水笔,双眼直直盯着对方。

"哦?什么事?"

"你就没其他要交代的?"

"我不明白,那天晚上我睡得很熟……"

"好吧,既然你选择装傻,我就直截了当地说了。"曾旻娜见状也不再绕弯子,"在笔录里,你似乎没有提到关于你女儿的事。"

"……"

"据我们调查,她五年前曾经在致远集团工作过,可是做了没几个月就辞职了。致远集团的人证实,郭晓玲正是王耀威的第一任秘书!"

"啊,郭教授,这是真的吗?"石永进似乎也是第一次听说,难以置信地望着郭国栋,不过教授依旧沉稳地坐在座位上,连面部表情都十分淡然。坐在对面的莫楠不由得感慨,这种处变不惊的能力足以看出其道行颇深。

"没错,可我之前真的不认识王耀威啊。晓玲一向比较独立,工作方面从没让家里人操心过,是去是留全由她一个人做主。"

"这么说,你不知道关于王耀威私生活方面的事?"

"曾警官,我真的不知道。晓玲从来不和家里人谈这些。"

"你连她为什么辞职都不明白?"

郭国栋摇摇头,叹气道:"那阵子我能看得出晓玲情绪很低落,问她什么都不肯回答,没多久她就辞职了。她现在已经三十多岁,却还没成家,当父亲的心里也很着急。致远集团的事,她真的一丁点儿都没说,我只知道后来她去了一家民营企业干了一段时间,再然后就考上事业单位,好不容易稳定下来。"

"原来如此。我希望你们毫无隐瞒地向警方提供线索，而不是遮遮掩掩，等我们查到了才说。"

"不好意思，给大家添麻烦了。"郭国栋垂头道歉。

"下一步你们怎么打算？继续和致远集团谈判吗？"

"是的，我们还是坚持由建筑装修公司完成康湾城的后续工作，上周我已经拟好了报价书和细目，原本准备和王耀威谈判的，不过新的驻场代表看上去像是个通情达理的人，也许会有些进展……"

——丁零零。

这时，曾旻娜的手机突然响了起来，屏幕上显示着"王阳"的名字，她滑过通话键，对方气喘吁吁的像是有什么急事汇报。莫楠心里泛起一丝不祥的预感，几秒钟后，曾旻娜放下握在手里的水笔，面色凝重地站了起来。

"好的，我马上到，你立即安排人封锁现场！"曾旻娜最担心的事果然发生了，即使如此，她仍然面不改色地应对突如其来的变故。

"发生什么事了？"莫楠上前问道。

"情况不妙，康湾城又有人跳楼了。"

"谁？"莫楠的心脏仿佛被人踢了一脚。

"咱们在酒吧见到的那个小伙子，张磊。"

2012·完结之后的开端

三月底到四月初是星源的雨季，津桥河案引发社会舆论的一系列风波最终以冯瑞才的自杀告终。技侦科的鉴定结果和张程远设想的相差无几，那封遗书确系出自冯瑞才之手，经过解剖，他的胃里也没有任何毒药和安眠药的残留。

冯瑞才是一家房地产开发集团的劳务派遣工,平日里专门负责汽车维修和保养,技术上自不必说,他在这方面绝对是一个专业能手,领导也有意把他转为正式员工,但冯瑞才是个沉默寡言的人,除了工作之外的事,从不和领导们套近乎,就算一起出差也没在车里说一句话。另外,冯瑞才喜欢通过打牌、打麻将结交一些社会上的朋友,但酒品很差,喝多了就管不住自己的嘴,稍有话不顺耳,还会和酒友起肢体冲突。他和妻子数年前就已经离异,后来一直独居。据推拿店的老板指认,佟鑫雅当晚就是被一身酒气的冯瑞才带走的,当时他坚持要佟鑫雅陪他去公交站,没想到一去不回了。

冯瑞才遗体被发现的当天下午,技侦科蒋法医在电话里告诉张程远,津桥河案现场遗留的那双硅胶手套内侧的指纹与冯瑞才的指纹完全一致。至此,张程远终于可以断定,津桥河案的凶手就是自杀身亡的冯瑞才,所有证据链全部闭合。案件毫无预警地发生,又毫无预警地结束,局里一方面对张程远进行嘉奖,另一方面给久未归家的他放了三天小长假,让他多陪陪家人。

"张队,豪华假期马上就要到了,为啥还眉头紧皱呀?"同事小胡端着杯咖啡走了过来。

"还不是担心你们这帮新兵蛋子趁我不在惹出什么麻烦?"张程远将批复的假条收进抽屉,跟小胡开个玩笑。

"咱们保证只争气不添乱总行了吧?"

"胡光荣,这可是你说的。"张程远拍了拍桌子,"那行,这三天不管有事没事都别找我。"

"搞不好等您回来都得叫您一声张局了。"又有小同事起身打趣道。

"喂,没影的事别瞎说。咱们张队才不稀罕这些功名利禄呢。"小胡

131

跟着附和。

"对了,小胡。这两天围绕冯瑞才周边的调查资料整理好了吗?"张程远像是想起什么似的,忽然问道。

"正准备给您看呢。"小胡将打印出来的一沓资料递了过去,"冯瑞才这人虽然是个闷葫芦,但因为沾上酗酒、赌博,狐朋狗友还真不少。"

"好家伙,调查了这么多人。"

"起码有个二三十人吧,大多是他的同事。对了,佟鑫雅案发生前,冯瑞才本来和几位同事一边喝酒一边打牌,十一点结束后,大家就各回各家了,据他同事所说,那段时间他们几乎每个星期都会聚上一回。"

"当晚冯瑞才也是独自离开的?"

"嗯,和他一起喝酒的几位同事都这么说。这是他们的笔录。"

小胡在文件上一一圈出他们的证词:

老冯这个人其实还不错,对待工作认真负责,我怎么也没想到他会做出这种伤天害理的事。那天大家明明玩得很愉快,也没喝太多酒,至少离开酒店时大家都是清醒的。虽然他是劳务工,可我们也没人瞧不起他。(黎程翔)

他对同事一直很热心,没怎么说话是真的,喝起酒来却说个没完。啊,他的酒品的确不太行,那天他喝了大半箱,那桌饭是我请的,所以记得很清楚。五个人一共吃了913元,后来店老板把零头给去掉,离开时大约晚上十一点前后。(宋磊)

他的性格算是比较内向、偏激的那类人,不过对机械维修这块很在行,我的私家车还是他帮忙修好的。他这个人外冷内热,不说话永远没人知道他的心里到底在想什么。我们俩的交情仅限于此,听说他私生活挺乱的,这也和他的性格有关吧,一把年纪了还没找到媳妇,在公司的

周年庆上一喝多就开始挑衅平常和他处不来的几位同事,有几次还大打出手,惊动了不少领导呢。(韩赫野)

其实,我看到老冯没往车站走,而是去了另一个方向,当时本想叫住他,结果想想可能又去哪快活了。老冯四十多岁还是独居,平常也喜欢找年轻姑娘,这点大家都很清楚,所以我也没拦着他,谁知道最后会变成这样呢。他是机械工,力气又大得很,不是我事后诸葛,以他酒后的脾气,真可能做出这种事来。(王耀威)

第五章　圈套

2021·遗书

01

深灰色石材将市局一楼的大堂布置得很有庄重感，墙壁一角挂着本市和国内的地图，再远处则是社区赠送的匾额，匾额的一左一右分别是会议室和等候室。从曾旻娜打电话通知莫楠在外头等待会议结束已经过去两个小时，后者百无聊赖地坐在塑料长椅的一端摆弄起手机。整个市局的一楼静谧无声、气氛压抑，莫楠调整了坐姿，正想从口袋里掏出一支烟，却被值班的民警上前阻止了：

"先生，不好意思！这里禁烟。"

"啊，抱歉抱歉，真不愧是训练有素的民警，光是一个动作你就看穿我想干什么了。"莫楠笑盈盈地将那支烟塞进了口袋，转而问道，"请问里面的会还得开多久？"

"不知道，听说连省厅的人都下来了，快不了。"

"也是，打开微博，十二条热搜占了八条。"

今天一早，关于康湾城连续坠楼事件都有深红色的"爆""沸"等字眼出现在热搜头条，浏览率已经超过7亿人次，目前许多记者围在事发地附近，就连不少自媒体、网红也开起了直播，这件事一下子被推向风口浪尖。

"可不？这件事闹得很严重，谁知道会不会有第三个人跳楼。"民警小声嘀咕道，"听说那个年轻人死得很蹊跷。"

"怎么说？"

"我一个朋友参与侦办这件案子，所以了解得比较清楚。那个年轻人听说不到三十岁，和之前那起案件中跳楼的开发商一样，半夜从楼顶的天台跳下去。现在那块地已经是鬼屋啦！谁敢买被诅咒的房子？"民警神秘兮兮地顿了顿，准备继续说下去时，一个高个子刑警从会议室走了出来，"哎，你看你看，有人出来了！"

那刑警看上去很年轻，大概二十五岁上下，莫楠上前问道："小兄弟，请问里面的会快结束了吗？"

"还没。"

"那你怎么出来了？"

"你是什么人？"小伙子冷冷地问了一句。

"我不是记者，是协助办理这起案件的心理咨询师。"

"心理咨询师？哦，你就是那个鼎鼎有名的莫先生对吧？"

"鼎鼎有名可不敢当。"莫楠自嘲般笑道。

即便如此，年轻刑警的戒备依旧没从脸上消除："原本要从省厅加派专案组的人手，现在不必了。"

"为什么？"

"既然参与了这起案件，你早晚都会知道。总之，案子大概率已经结束了。"

"这话又是什么意思？"

"我猜你在等曾队吧？她出来之后你问问，我可没工夫跟你解释，手里的案子还有很多呢。"

"不好意思，打扰了。"

莫楠说罢，只得怏怏地坐回等候室，而一百米远的会议室内，则围绕着这起案件讨论得热火朝天。庄严的大会议室里，二三十号人围坐在椭圆形的会议桌前，每个人面前都摆放着一份调查简报，蓝底的幻灯片映在投影幕布上——"康湾城连续坠楼事件案情分析会"。首先是年轻的法医小付通报尸检意见，他紧张地站起来，这是头一回当着这么多人的面做报告，老法医蒋云峰年底马上就要退休，上头给他的任务是赶紧将小付培养起来，不过照目前的情形，似乎还得费些功夫。

"死……死者张磊，殁年二十九岁。经研判，死亡时间大约在昨天凌晨一点左右，头部受到猛烈撞击，系明显的高坠伤痕迹。在毒化检测方面，没有发现甲喹酮、安定等镇静催眠药物，也没有中毒迹象……由此推断，张磊是在清醒的状态下从楼上跌落。"

付法医身旁的王阳紧接着报告现场勘验情况："足迹方面，张磊的运动鞋底沾有黏结的泥土，因此我们很幸运地在4号楼天台的楼顶提取到一组完整的鞋印，与张磊的运动鞋大小一致，底面纹路一致。各位领导，请看幻灯片，两组鞋印的磨损痕迹经对比显示重合率几乎百分之百。综上，虽然有可能凶手的鞋子并没被沾上泥土或者说凶手刻意没去破坏张磊的鞋印，但综合各方面情况，我们可以初步得出结论，张磊坠楼时并没有其他人在场，自杀的可能性极高。"

王阳有意强调"各方面情况"二字，是因为他在张磊的身上发现其他可靠且有力的线索。张局听完二人的汇报，面色凝重地看着投影，相比王耀威的凄惨死状，张磊则要体面得多，尸体出血很少，主要集中在头部。他擦了擦镜片，问道："这小伙子坠楼的地点和上一起案件一样？"

"是的，都在康湾城4号楼。死者最近刚从一家名叫夏日的酒吧辞职，目前处于待业状态。"曾旻娜接着切换投影，张磊阳光帅气的生活照出现在画面中，背景是雄伟壮阔的八达岭长城，张磊穿着一件蓝外套，意气风发地张开双臂，"我们今早在死者的遗物中发现一封遗书。"

"技侦科鉴定过笔迹了吗？"

话音刚落，一位看上去颇有些年岁的老专家站了起来。司法意义上的笔迹鉴定主要是通过观察和分析笔迹，根据笔迹特征来辨别真伪或异同。老专家将遗书的照片和死者的记事本、手写文件放在一块。

"大家看，不论从笔迹的空间特征、笔压和书写稳定性判断，该遗书都和小伙子生前手写的文件基本一致。从笔记心理学的角度分析，撰写遗书时，小伙子的心态比较复杂，心理波动大，因此个别字体有变形、涂改的痕迹。人类是复杂的生物，同一个人不同时期的生理条件和心理条件都会影响笔迹的形成。这封遗书的中后段，小伙子的情绪逐渐亢奋，神经反应明显，肌肉力量逐渐增大，文字的转角处理得比较僵硬。尽管如此，这并不影响最终的结论，这封遗书确系死者亲笔书写的无误。"

"自杀的动机呢？"张局并没有听完老专家的长篇大论，他只需要知道结果，然后直接向曾旻娜发问。

"关于动机……死者在遗书中承认是他把王耀威从天台推下的。据了解，死者生前患有重度抑郁症，曾为此就医过三次，明显的症状为较长时间的情绪低落，最近的一次发作时间是在去年，死者出现幻觉、妄想等精神病性症状，一段时间内情绪极不稳定，还会定期去医院取抗抑郁症的药。个人猜测，这也是死者无法在一个固定的岗位、固定的办公地点持久下去的原因之一。"曾旻娜将投影出的遗书照片转至结尾处，这封遗书可以说是张磊对王耀威坠楼案的犯罪自白。

"哦？这么说，两起案件并不是连续杀人，而是凶手坦承罪状后选择和王耀威一样的死法？"张局凝重的表情稍有缓解，若是如此，这宗案件将形成闭环，上头传来的压力可以缓解许多。

"可是，张局，我觉得还有不少疑点……"曾旻娜有些犹疑地回道。

"怎么回事？"

"首先，在张磊的遗书中声称是他当晚一通电话把王耀威约到了案发地点，也就是4号楼的天台，却没有告诉我们是以什么理由让桀骜不驯的被害者在那个特殊的时间段去那儿的。"

"你说的有些道理，有调查过张磊的通话记录吗？"

"在王耀威案当晚，张磊并没有去电给任何人，也未从微信、QQ等社交软件中提取出可疑的信息。"

"小曾，你怀疑张磊在遗书里说谎？"

"是的。"曾旻娜肯定地答道。

坐在张局右侧、满脸胡楂的刑警名叫姜文涛，是个出了名的急性子，他向来要求属下办案必须干脆利落。虽说是名优秀的刑警，但骨子里重男轻女的思想作祟，他对曾旻娜一直不怎么客气："人之将死，其言也善。曾队，你怀疑那个小伙子死前还要对世人撒谎？有意义吗？你会不会太武断了点？"

"老姜，凡事皆有可能，如果仅仅凭借一封遗书结案才是武断的行为吧？"曾旻娜轻描淡写地做出反击。

"你！"

两人剑拔弩张，像随时就会被点燃的汽油桶一样，张局见状连忙劝道："老姜，你别那么激动。我们纯粹只是探讨案情，曾旻娜这么说也有她的道理。"

"张局,不是我太激动,而是根据我三十年的断案经验,没有一个将死之人会在自己的遗书里扯谎的。遗书是死者留给这个世界最后的几句话,哪个不知轻重的家伙会在上面胡说八道一通?"

"小曾,你还有什么看法?"

"第二个引起我怀疑的就是王耀威的衣服并没有被拉扯的痕迹。既然被人约上了天台谈事,而且对方还站在自己的对立面,可以说连朋友都算不上,那么必定会在交谈中有所防范、时时留意才对。换作是我,突然被一个陌生人叫到天台,一定会觉得对方可疑,要么拒绝对方的邀约,要么以人身安全为重,选择其他地方见面。王耀威的体内也没有发现安眠药之类的催眠物质,他是在清醒的状态下被人推下楼的,所以怎么看张磊的描述都无法和案件闭合。"

"调查过这两人的社会关系吗?说不定他们原本在工作中有交集,互相认识。"

"张磊自从大学毕业后就一直从事兼职工作,打的都是短工,最长不超过半年。和现在部分年轻人的工作习惯一样,没钱了出来打工挣钱,有钱了就去游山玩水。这几年张磊过的一直都是这种日子。"

"那么他还买得起房?"张局感到不可思议。

"有一部分首付源于他父亲去世后的遗产,在那之后,他的母亲很快就改嫁给了一个有钱人,于是就把遗产全转给张磊。张磊不愿待在北方生活,于是就来到星源工作。那笔理赔金加上向朋友七拼八凑借来的钱,首付自然没问题,但他似乎没考虑之后的月供,打工挣来的钱只能维持生计,根本存不了几个钱。我们查过他的银行账户,四张卡加在一起也才三万多元,除此之外还有定期偿还的网络贷款。不管从工作经历还是社会角色来看,他们唯一的交集只能是康湾城。"曾旻娜开启PPT的标记功能,将红色的粗线圈在康湾城的坐标点上。

"总之，你认为还有必要进一步调查吗？"

"个人认为十分有必要。"

"据说这次特聘的犯罪心理专家曾经对王耀威坠楼一案做过侧写，当初的结论和张磊的特征基本符合。遗书加上犯罪侧写，你认为还不足以支撑他是凶手的事实？"张局反问道。

"如果犯罪现场还留有矛盾之处，身为警方就有义务查个明白，给群众一个交代。"

"……好吧。"思忖片刻后，张局还是做出了妥协，"我给你三天时间。现在关于康湾城的事已经被媒体炒作得沸沸扬扬，在这个当口又出了第二宗命案，我们警方的责任也很重大，上头的意思也是希望尽快平息这件事。如果没有足够的证据推翻现有结论，到时如何处理你应该明白。"

"感谢领导的信任！"见老领导格外开恩，曾旻娜忙不迭地答应下来，"我相信一定能给出一个合理的结论。"

02

（摘自张磊的遗书）

人是最脆弱的动物，一旦撒了一次谎，就会心神不宁，生怕谎言被戳穿，所以要用上千次谎言来弥补。其实我早该写下这封信，向警方坦承自己的罪行。曾警官，自从那次的偶遇之后，我的脑海里时常闪过这种奇妙的想法，最后决定以这样糟糕的方式让您知晓事件的真相，我感到很抱歉。不记得上一次提笔写字要追溯到几年前？如今笔法生疏，竟然还忘了不少字的模样，想到这里，我不禁莞尔。

西方有句谚语：少数人的邪恶成为多数人的灾难（The wickedness of

a few is the calamity of all）。加入"自救会"以来，我才发现身边和我一样遭遇的人还有很多，郭教授他们不遗余力的奔走也让大家十分感动。虽然居住条件简陋，有时甚至连喝水都成了件麻烦事，但所有人聚在一起共同奋斗的感觉真的很棒。原本康湾城的开发商请求和谈，大家都以为事情很快会有结果，哪怕给我们一个承诺都行。谁知开发商居然派出王耀威这样的人作为驻场代表。在谈判桌上，我还从未见过被声讨的一方颐指气使、对对方指手画脚的蛮横模样。郭教授和石先生作为"自救会"的代表，每次开完会都像憋了一股气似的，青着脸向我们交底，更甚者，王耀威有时还一边叼着烟一边咋咋呼呼地走进大家的居住地，听说他和"自救会"的几个人还颇有些渊源，大家餐叙时间多多少少也会提及，当时的我无法想象这辈子会遇到一个真正的恶魔。他不仅对前妻和老友的家人极尽嘲讽，还对自己的女儿毫无怜爱之心，三天两头往前妻的住所里跑，就像苍蝇一样赶都赶不走。据说，这个男人还是某个技术领域的专家？我不明白一个说句话都带一串脏字的人凭什么能当上所谓的专家。总之，他对待故人的种种恶行就不赘述了，和他们相比，我的遭遇可以说是不值一提，然而我的内心始终抹不去一个人的身影，一个曾经发誓要共度一生的少女。

女孩名叫秋静，是我就读大学时认识的，当时她是学校芭蕾舞社团的成员。因为几个前辈都比她大两届，刚加入的秋静只能白天为学姐们的演出和排练打打下手，晚上自己在空无一人的芭蕾舞室努力练习，日子过得很是忙碌。有一天，我为了应付周末的宏观经济学期末考，在自习室里挑灯奋战到凌晨三点，回宿舍的路上原以为走道和大堂一片漆黑，没想到隐约能听到乐曲声。靠近一看，一个身材颀长、体态优美的身影出现在芭蕾舞室。她穿着舞蹈服，略显单薄的身形被清晰地勾勒出来。虽然舞蹈动作还不是很熟练，但骨子里透出一股年轻的活力，简直就像是青春少女的典型化身。我就这么呆呆地杵在那儿，不知不觉站了十分钟，也许这是我第一次对女生动心。说来惭愧，尽管当年的宏观经济学不可避免地挂了科，我还是不后悔去了那趟自习室，那天是我和秋静的第一次相遇——7月7日，一个美好的日子。

　　女生的内心都是敏感的，自那以后，我都会定期去舞蹈室隔着窗观看她们的排演，偶尔也会在正式演出中为她喝彩，亲眼见证她从一名小配角成长为社团演出的台柱。有一次演出结束后过了好久，她都没有离去，待观众和其他演员纷纷散去后，大礼堂里只剩我们二人。我的内心忐忑不已，她似乎就是为了和我说话才留下的。"第三十次了吧，你看我演出的次数。"这是秋静对我说的第一句话，她的声音很甜，当时我的脸也许正泛着红晕，僵在那里久久无法回应她。没想到，秋静微微一笑，扁桃仁形的眼睛闪闪发光，"第一次应该是那天凌晨。"事情过去很久，至今我都不记得当时是如何回应她的，那晚我们聊了很长时间。其实她早就注意到我了，第一次公演跳《天鹅湖》时，她还感到很紧张，但她注意到观众席上的我，还和平日里在远处观看练习的我联想在了一起，心里渐渐有了一种"拿出平时练习的状态就好"的暗示，紧张感随着一次次成功的表演烟消云散，她还笑说之所以能有现在的成就都要拜我所赐。我们的闲聊很愉快，共同话题越来越多，半年之后便正式开始交往。原来，秋静也是想要远离自己的家庭才选择到南方念书的，有时候整个暑假都不会回家，对她来说，宁可在舞蹈室里练舞都比待在不和睦的家里舒服些。而我，则是无牵无挂，平日里偶尔出去打打工，悄悄地存储些积蓄，毕业那年账上已经存了六万多元。出社会之后，秋静选择了文员的工作，白天在写字楼里上班，每周二、四、五的晚间回到学校教授新学员舞蹈动作，也算是社团里的顾问。我们租了间两室一厅的房子，每个月的租金从1300元变成六年之后的3100元，早知城市里房价涨得这么厉害，当初就该直接咬牙买下一套房，这也成为我和秋静关系出现转折的原因之一。男人想要和对方谈婚论嫁，不管感情如何，必须以物质为基础，任何没有物质基础的婚姻现在看来都是空中楼阁。秋静的父母是电子厂的工人，两年前去她家时她的母亲刚刚办理完退休手续，本就不富裕的家庭一心指望女儿的另一半是户好人家。秋静长得漂亮，在我们正式交往前追求者不在少数，但这其中在城市里无房无车的恐怕只有我一位。秋静的父母对我的不满肉眼可见，那晚秋静一直对在角落里抹眼泪的我好言相慰。没多久，我的母亲再婚了，对方家庭条件不错，因此她把父亲的遗产全部转到我的账上，还给我发了条短信，大意是日后两不相欠。我当时心里盘算着，这笔钱已足够支付一套两室一厅的首付，加上打工挣来的钱，足够撑一段时间的月供了。于是，我打算给秋静一个惊喜，偷偷买下康湾城的房子……

"水晶悦郡三年前刚交房，现在的房价和当时相比已经翻了倍！"售楼小姐信誓旦旦地画着大饼，"未来康湾城附近会有两所中小学名校的分校，还有大型卖场，虽然地段不是很好，不过两年后地铁站就在小区附近，出门前往市中心全程不到半小时。"当时的我只顾着给秋静一个惊喜，在她不知情的情况下购买了康湾城4号楼5楼的一套两室一厅。本以为会是我们今后生活的基础，谁知秋静的母亲实在拗不过女儿，于是转给她八十万元，这是秋静父母一辈子的积蓄，她要我们合资买套房在城市扎根下来。我只觉得是命运弄人，知道我已经支付康湾城房子首付后，秋静愤怒不已，我第一次看见如此生气的她。说实话，我完全能够理解她的心情，她这段时间为了说服父母而做出的努力化为泡影，那时的我心里明白，嘴上却不肯承认错误，和她斗了几个月的嘴，最后以秋静搬离出租房告终。我们的关系淡了大半年，有一日，秋静主动找我，说要和我复合，我答应了。她向单位辞职之后，可以选择离康湾城较近的一家小公司上班，每每想到这里，我就觉得十分过意不去。康湾城的开发商在几个月内接连爆出资金链断裂的新闻，起初开发商老总频繁在社交媒体辟谣，拍着胸脯准备发律师函谴责造谣者，当时我们怎么也没想到康湾城的房子就这么成了烂尾楼。波折一而再再而三，秋静实在受不了了，提出和我分手，和几个月前一样，我也答应了，甚至没做出任何挽留的举动。分手时恰好也是7月7日，将近十年的情感，就在现实的摧压下草草结束。那之后我哭了两天，但我并不觉得受到任何委屈，只想作为告别昔日情感的一个仪式。我们曾经彼此私定终身，但如果想要过上好日子，我们缺少的东西实在太多太多。在这座大城市里没有物质基础作为依靠，我整天在酒吧里辗转，而她则朝九晚五领着微薄的薪水，这样的情感是不会有任何结果的。那年的十月，我看到大剧院外贴着一张海报，是一出芭蕾舞剧演出的海报，站在主角位的不是别人正是秋静。海报上的她比以前更光彩夺目，我深感当初的决定是正确的，不能因为自己耽误了她的大好人生。没过多久，秋静和经营外贸公司的富二代完了婚，她也成为媒体争相报道的业界新宠。我明白，以我现在这副穷酸模样不配和她相提并论，但一想到过去的点点滴滴，泪水还是在不经意间从眼眶涌出。不过，事情远远没有结束，直到隔年的秋天，电视里的一则新闻让我瞠目结舌。

羊入虎口——用这个词语来形容秋静的婚姻再恰当不过。不常看新闻的我并没有留意，原来她选择的富二代正是她的初中同学，他们是在一次同学会上重逢的。半年前开始，就有媒体注意到秋静表演时刻意用服装遮掩伤口，对此她声称是练舞时受的伤，其实背后的真相正如媒体当时所料：她的丈夫实施了家暴。家暴的次数只有一次和无数次两种，只要她的丈夫一喝酒，就对秋静极尽苛责，最后总会演变成暴力相向。

隔年秋天电视上播报了秋静的死讯，她在一次演出中突发心梗，抢救无效死亡。接着，媒体不断爆料，在分析病因时，医务人员发现秋静身上有多处淤血和新鲜的伤口，这些都是她丈夫的杰作……这段日子，我每每想起这些痛苦的回忆，心里都会有种想要报复的想法，报复的对象不是她的丈夫，因为这是秋静自己的选择，别人无从干预。我真正想要报复的是眼前这个十恶不赦的大恶棍。如果开发商的资金链没有断裂，如果不是因为王耀威从中捣鬼致使谈判毫无进展，康湾城的项目也不会是现在这个局面，秋静也不会毅然决然地离开我……曾警官，看到这里您应该明白，杀死王耀威的人就是我。当晚，我一通电话将他叫到了天台，然后趁其不备将这个大恶棍推了下去，至于整个身体被裸露的钢筋刺穿的凄惨死相无疑是上天给予他的惩罚！不过，杀死恶魔的勇者自己也会成为恶魔，因为我杀了人，所以要赎罪，我的赎罪方式很简单，就是和这个人一样从天台跳下去。看到这封信的时候，我不奢求您会同情我的遭遇，只求您将这封信的内容从头到尾交予我的伙伴，交予"自救会"的朋友们，让他们知道案子的真相，我便心满意足，得以瞑目。

张磊

2021年10月20日

03

"心理学专家，你怎么看？"

"别问我，我又不是元芳。"

"你也觉得张磊是凶手？"

"不是白纸黑字这么写着吗？"

从市局出来的一路上，曾旻娜和莫楠就像一对相声演员。曾旻娜叫上莫楠的目的是去王耀威家进行现场调查，会上提出的疑点一直让她无法释怀，而莫楠和王耀威是老同学，兴许可以提供些警方未曾留意到的线索。

王耀威家离市局不远，走路只需要十五分钟，郭教授家虽然也离市局近，却是在另一个方向。根据多年相处的经验，曾旻娜认为莫楠和自己有着同样的想法，只是不便表露出来，不知对方心里打着哪门子小九九。

"现在整个局里都在夸赞你，一看到尸体便能做出精准的犯罪侧写，听说张局还准备给你颁发奖状哦！"

"既然如此，你能告诉我一大早挖我起床，到王耀威的家里干什么吗？"

"当然是为了得到一个让人释怀的答案。"曾旻娜带着莫楠继续沿着白瓦红墙的住宅区向前走五百米终于抵达目的地，王耀威就住在悦享花园的别墅区，这儿最便宜的一套都价值一千五百万，普通工薪阶层打拼几辈子也存不来这么多钱，"如果能解开我的疑惑，案子这么完结我不会反对。"

"依我看，张局的意思应该是支持以凶手自杀结案吧？"

"他在会上反复询问我是否继续调查疑点，为的就是让我妥协。虽然调查小组还在，不过王阳他们已经被抽调去查其他新案子，张局的态度显而易见。"

"和上司意见相左可是职场大忌呀！"莫楠揶揄道。

"我们查案子的目的又不是为了升迁，别把电视剧上的宫斗画面和警局联想到一块。"

向门卫出示证件后，曾旻娜和莫楠穿过一片小花园。系统监测到有访客路经花园中心，音乐喷泉自动运作起来，这是悦享花园的亮点之一，但两人无暇顾及，径直走向王耀威居住的220号楼。

"张磊的遗书不是说得很清楚吗？难道你认为他是为了替别人顶罪？"

"你不这么认为？"曾旻娜反问道。

"这话什么意思？每个人的生命都很宝贵，我认为张磊没有理由在遗书里诓骗世人。"

"常规状况下确实如你分析的一样，不过我总觉得张磊的事没那么简单。"

"不然呢？"莫楠瞅了眼遗书的影印件，步伐慢了下来，"如果要说有什么可疑之处……"

"遗书有什么问题？"

"你那有张磊平常写的文章吗？最好是他的日记。"

"这个只能从他的微博和QQ空间里找，你认为这封遗书有疑点？"

"还记得酒吧里他对我们说的话吗？"

"你是指……"

"关于所谓的'暗号'。"

"嗯，《机密暗语》对吧？那天在酒吧翻了几页，里面收录了世界各地从古至今的暗号模式，还挺有意思的。书上做了不少笔迹，看得出他很热衷于这方面的书籍。"

"虽说这封遗书完全是情感的抒发，情真意切，关于他初恋情人秋静的经历也经得起警方查证，貌似没有别的疑点。不过，我总觉得那个小伙子不简单，这封遗书可能也只是表达字面上的意思。"

"呵呵，难不成犯罪心理学专家怀疑遗书上还设计了暗号不成？"曾旻娜指着照片笑道，"你看清楚，文章里可没有奇怪的数字和符号，每句话的表达都清晰合理，一个准备赴死的人怎么可能惦记着他那些暗号？"

"这可不一定，我得看过张磊那本暗号百科，结合他平时的行文习惯才知道。"

"好吧，如果你找到什么新的线索一定要及时跟我说。"

曾旻娜早上刚把遗书的影印件交给郭教授他们，这是张磊生前的嘱托。"自救会"的成员在了解他的遭遇后都唏嘘不已，如今牵扯到康湾城的问题已经不是开发商三言两语的承诺就可以解决的，连续两起坠楼案不仅影响到楼盘本身的市场售价，也让附近正在施工的其他楼盘纷纷提出索赔，致远集团从上到下一片焦头烂额。他们明白这些问题刻不容缓，但企业本身负债数十亿，前阵子才解散三家子公司，转让几处固定资产，尽管如此，所获资金也只是杯水车薪，对改变现状并没有太多助益。

"那么问题来了，你特意找我过来一起调查，不会纯粹是为了想和我独处吧？"

"你……"

曾旻娜正欲还嘴，却不知从哪个角落突然冒出几名记者，一支支印着电视台台标的话筒电光石火般递到她的面前。

"我是易新闻的记者！听说昨天康湾城那个跳楼自杀的年轻人写了封遗书，对此警方还是怀疑是谋杀案吗？"

"你们来到王耀威家的目的又是什么？"

"曾警官，这是你来星源后接的第一个大案，对此你怎么看？"

曾旻娜心里寻思着这些记者究竟从什么渠道打探到的内部消息，表面上则是神色自若地回答：

"请你们相信警方会给群众一个满意的交代！案件的具体细节现阶

段不宜披露，请你们配合！"

然而这些记者并不买账，更甚者还有人用手机对着曾旻娜，用挂着的蓝牙麦克风为视频画面做起解说："这里是易播客，警方现在前往康湾城第一位受害者王耀威的住所，他们是否已经掌握新的线索？面对记者，警方人员三缄其口，难道康湾城系列坠楼案还会继续上演？受诅咒的小区、毛坯房里的住户、都市里的死角……各位观众，这起发生在你我周围的案件扑朔迷离，背后的真相到底会是什么？让我们拭目以……"

"你这样做是在妨碍警方调查，如果有什么关键信息被披露出去，可是要被拘留的。"莫楠上前一把拔下对方的耳机，黄毛小伙打量着眼前这位高个男子：

"你又是什么人？没穿警服，你的证件呢？"

"少啰唆，叫你别拍听见了吗？"

"不拍可以，不过先得让我看看你的证件。"

"快住手！"眼看二人就要扭打起来，曾旻娜连忙挡在莫楠面前，对黄毛小伙亮出证件，"请你们赶紧离开，也不要把消息添油加醋地扩散出去制造不必要的恐慌。当然，相关影像资料也不允许公开。"

"曾队长，我们只想知道事实的真相。"其中一位短发女记者依旧不依不饶。

"查明真相是我们的义务，在此之前，请不要影响我们的调查。今天很冷，各位还是赶紧离开吧，没有什么独家新闻好让你们播报的。"

驱散闻风而来的记者可不是什么容易事，他们为了抢夺头条，已经在小区里埋伏等待很久了。莫楠叫来小区保安，还要对这些记者和自媒体主播好言相劝，以免他们将负面信息传到网络，给警方造成不良影响。两人就像刚打完一场硬仗似的，来到王耀威的住所时已经筋疲力尽。先前王阳已经进行初步调查，并未发现明显的疑点，在上午把房间钥匙交给曾旻娜后，自己去处理其他新案子了。

悦享花园有不少业主依照自己的审美在自家庭院内布置一些古色古香的中式元素，整体环境既休闲又古朴。曾旻娜和莫楠穿过前庭的假山流水，一条用鹅卵石铺筑的小路引领他们来到别墅门前，大门的外立面简约雅致，客厅和卧室都设有低窗和六角形观景窗，餐厅南北相通，别墅右侧车库还停着王耀威的劳斯莱斯汽车。总之，这的确称得上是极富生活情调的豪宅。

"这家伙的房间这么整洁？"

莫楠本以为王耀威的卧室应该像自己的诊疗室一样乱，毕竟王耀威看上去一点也不像会把心思花在这上面的人。

"听说他每周都会请家政公司清扫，其实平常就他一个人居住，不会乱到哪去。"曾旻娜将手套和鞋套交给莫楠，后者像个乡巴佬似的打量着客厅的名画和玉质雕像，嘴里还念叨着"这家伙肯定收了不少黑钱"。曾旻娜走进王耀威的卧室，就连这里都挂着价值不菲的画作，搁架上还有几个贵重的装饰品，缺乏整体的协调性似乎表明这些都是源于他人的馈赠。根据王阳几天前传来的现场照片，她率先留意到主卧书架上的一沓文件，对着大厅方向喊道："你快过来看看这个。"

"怎么？"

"单项工程造价汇总表，这是……"

"康湾城装修工程……应该是郭教授所说的预算报价单和细目吧？"

文件一共六百余页，分为三册用骑马钉钉上，预算的落款时间是上周，其中几页有被折角和铅笔注释的痕迹。

"怎么会在王耀威的房间里，不是还没开始谈判吗？"曾旻娜不禁心生疑窦，郭国栋明明声称这份预算是刚做好的。

"难道郭教授撒了谎？"

"也不尽然，有可能王耀威提前获得了他们的报价。"曾旻娜仔细翻阅文件的批注，那笔迹显然出自王耀威之手，"你看，上面还用铅笔涂涂改改，还列了几个谈判的重点，看上去像是准备传给集团的报告。"

"多处分项工作内容与原设计图纸不符，虚报装修工程造价约400万元，抹灰面积重复计算，该处应核减66万元……王耀威看得很认真啊，给的意见也够专业。"

"不是佩服他的时候，你不觉得他老早就拿到这份资料了？"

"你说得对，从死亡时间往前推断，这份资料应当是郭教授刚做好没多久就被王耀威搞到手的。"

"莫非有什么人把这预算提供给他？"

"难说，得回去问问郭教授。"

曾旻娜继续在王耀威的卧室里翻找新线索，根据王阳的初步调查，死者的衣柜里藏有大量纸钞，金额共计十八万元整。

"他在柜子里放这么多现金干吗？"

现金一共被分为十八捆，全都是新版一百元人民币。如今连菜市场的小摊贩都用扫码收付款，纸钞只有在婚礼份子钱以及包红包的场合才派得上用场。

"也是哦，我一介平民都已经一整年没看到新版人民币长什么样了。"

"咦，这里好像夹着什么。"

曾旻娜在其中一捆纸钞中发现一张珠光纸质地的名片。

"黎程翔……"

"这名字怎么这么熟。"

"广宇酒店总经理。"

"啊，就是王耀威那晚下榻的那家酒店。"

"这儿还有一张名片，看上去比较旧。"曾旻娜在柜子里侧摸索着，"黎程翔，致远公司副总经理。"

"咦？他本来是致远的人？"

"好像是。"

"这么说王耀威和黎程翔早就认识咯。"

"我明白了，那天冯秘书的事很可能是王耀威和这个黎程翔安排好的。前几天我们去了趟致远集团，有几个员工反映王耀威总爱趁酒店客满时让秘书订房间，最后用各种理由和秘书同处一室。前几任秘书不是一个接一个辞职吗？听说王耀威有时会借口房间脏乱、隔音差等借口让秘书重新订房间，恰巧每次酒店都已经客满，在没有多余空房的情况下，只好'将就'和秘书住一块了。"

"这个恶棍，原来早有前科！"莫楠想到那天王耀威的嘴脸，不禁握紧了拳头。

"说到这个，你最近见过冯春燕吗？"

"没，她怎么了？"

"上次她和新任领导来局里时，吓了我一跳。坠楼案发生那天的装扮明明是淡妆，看起来也像刚出校园的清纯女生，上回见到她时完全是另一个人。"

"哈哈，她一个单纯的姑娘还能怎么变？"

"我敢保证，就算她从你身旁走过你也绝对认不出！整一个浓妆艳抹的形象，气质和之前完全不一样，不知道是不是受了什么刺激。"

"年轻人可能喜欢标新立异吧，也有可能受身边人的影响。现在95后小女生的心思可不是我们能猜度的。"

莫楠不以为意地笑了笑，他认为曾旻娜的说法未免有些夸张。

"就像你很了解她们似的。"

"别忘了我的主业是什么。"

"那我说件你不知道的事。"曾旻娜故作神秘地卖起关子。

"哦？"

"你可知道她的父母是谁？"

"我怎么可能知道。"

"九年前，湖中区津桥河案曾经轰动一时，你应该有印象吧？"

"当然。"莫楠还记得现在的张局当年还是支队长，曾经就这个案件询问过他是否加入调查组的意向，却被他回绝了，彼时莫楠因为婚姻的打击不想再和警界人士扯上任何关系，"我记得那起案件的凶手是个四十几岁的工人，案发后没多久他就自杀了，后来舆论逐渐平息下来。"

"那个工人名叫冯瑞才，就是冯春燕的父亲！"

"你说什么？"莫楠着实吃了一惊，"这么说冯春燕以前生活在星源？"

"是的，做笔录的时候她刻意不提及冯瑞才的名字，后来我们调查了她的背景，没想到还和津桥河那起案子有瓜葛。"

"对了，我记得那个工人的工作单位还是……"

"就是现在的致远集团！"

"这么巧？"

"该说世界太小呢，还是致远集团的恶人太多？十年前的事应该和这起案件没多大关系，不过有点让人无法释怀。"

"嘿，让人无法释怀的东西多着呢。"莫楠意有所指地哼了一声。

"你……难道……"曾旻娜欲言又止。

莫楠察觉二人谈话的气氛在不知不觉中已经变了，他有预感，眼前这位曾经发誓要携手共度一生的伴侣此次突然回国一定隐藏着无法言说的秘密。

"好吧，你希望了解当年我们离婚的真正原因？"曾旻娜思虑再三，还是把话挑明。

淡淡的曙光透过卧室的窗帘射进屋里，自打二人重逢以来，这是曾旻娜第一次如此深情地盯着莫楠。莫楠的身体变得僵硬起来，他不知该说什么好，这个女人突如其来的反问让他有些无所适从。

在马里兰初见曾旻娜时，她就是个心直口快的人，遇到了什么事都不会藏着掖着，从另一个角度来说，则是不会逢迎他人，经常把场面整得让对方下不了台。她就是这样的性格，喜欢她的人自然喜欢，不喜欢她的人基本都会成为她的死对头。时隔多年的再次相逢，莫楠觉得曾旻娜变得有些不同，也许是变得成熟了，而刚才的话却像在肚子里藏着掖着很久才说出口的。

"其实，我一直打算找个机会好好向你解释清楚。"

莫楠正等待着曾旻娜主动说出口的这一刻。

2012·恶魔就在身边

昏黄的灯光左右摇曳，几只从外头飞进屋的大水虫正猛烈地撞击着锈迹斑斑的灯罩。时间已经来到夏季，这天王耀威工作上有应酬，电话里告诉李馨旸如果回来晚了要她早点休息，毕竟肚子里的小生命要紧。

距离预产期只有两个月，李馨旸变得格外注重饮食和睡眠，在这个非常时期，应是她最需要人照顾的时候，然而丈夫却以饭局来推托。自从两人结婚以来，王耀威对李馨旸的态度一天比一天冷淡，缺少另一半的关爱对她来说已经习以为常。此时的她正翻阅起王耀威落在抽屉里的电话簿，当指尖停驻在某一页时，她小心翼翼地对着上头的座机号码拨了过去。

"您好,请问是杨女士吗?"

"你是哪位?"电话那头的声音既冷淡又充满警惕。

"不好意思,晚上特意打扰您!"李馨旸放缓了语气,似乎不那么紧张了,"我是王耀威的妻子李馨旸。"

"李太太吗?您好您好,真是好久不见啦,声音都认不出了,我记得上次见面还是……"

"好像是一年前的水上乐园吧?"

"对对,您记得可真清楚,咱们两家人一起去的。"

"呵呵,时间过得真快。"

"的确,也发生了不少事。"对方的声音忽然沉寂下来,不过没多久又恢复了生气,"李太太是有什么事需要我帮忙吗?"

"其实也没什么……是关于两个月前那件事……"

"两个月前……你说的是小黎和你先生公司的那个修车工?"

黎程翔和王耀威是同期进入致远集团的,在工作上,二人一直比较合拍,不过他们都不喜欢拖家带口地出门聚会,所以杨慧珍和李馨旸两人并没有建立起较为深厚的友谊。

"没错,我记得那天晚上他们的确是在一起喝酒吧?"

"他们俩都这么说,真是太可怕了!谁知道在一起喝酒搓麻将,看起来闷不吭声的人居然会是杀人不眨眼的恶魔。"

"看到新闻时我也不敢相信。"李馨旸的食指缠绕在电话听筒的连接线上,她在犹豫如何向对方开口,"其实,我今天是想问您……那天您先生回家的时间。"

"我想想,应该是半夜一两点吧。怎么了?"

"不不,没什么,那天我先生也差不多是这个时间。"

"他们俩似乎一起从酒店那儿散步回家的。李太太,突然问这个做什么?"

"啊,没什么。我……"

李馨旸话还没说完,黑暗中她忽然感到身后似乎有种微妙的气息。转过头去时,几乎吓得厉声尖叫起来!在幽暗处竟浮现出那张散发着酒气、阴沉而可怖的面容,男人上前将电话听筒从李馨旸发颤的手中夺过。

"喂!李太太你怎么了?"

电话被无情地挂断。

"这么晚了,跟谁通电话呢?"李馨旸吓得不敢说话,而一脸怒容的王耀威正步步紧逼,一边抚摸着对方肚子里的小生命,一边用低沉到发颤的嗓音说道,"你应该多注意休息,现在可是最关键的时候……"

"你……你怎么这么早就回来了?"

"饭局临时取消,改明天了。"

"哦,可你开门进屋怎么一点声音都没有,多可怕。"

"因为我看到你在讲电话。"王耀威丝毫没有结束质问的意思,那张暗沉的脸几乎快要贴着李馨旸令她喘不过气来,"电话那头的人是谁?和你是什么关系?为什么趁我不在家的时候打给她,你们在聊什么悄悄话?"

"不,她是黎程翔的太太,你们认识的。"

"小杨啊……你们在聊些什么呢?"王耀威的气似乎消去半截。

"没有,就是打算像去年那样约出去玩玩。"

"原来如此,是我多心了。"王耀威渐渐松开搭在李馨旸瘦弱双肩上的手,刚才的力道几乎要把她的锁骨给捏碎,"昨天是我不对,不该对你动手。"

"没事,反正又不是第一次了。"

王耀威轻抚着李馨旸贴着创可贴的额头，四周还残留着淤青的印记。

"原谅我，好吗？"

李馨旸没有答话。

"下次别让我这么生气了。亲爱的，从明天开始，手机由我帮你保管，电话线也拔掉，这样就不会有人打扰你了。"

"你！"

"亲爱的，我是在关心你。手机的辐射对孕妇影响是很大的，说太多话也不太好，尤其是聊些有的没的，对谁都没有好处。"

李馨旸明白，王耀威已经意识到了什么。

因为怀孕居家的关系，李馨旸几乎把围绕津桥河案的来龙去脉包括访谈节目都看过一遍，凶案现场发现的两副硅胶手套上的十指指纹经查实和冯瑞才的十指指纹完全一致，这也是警方锁定他就是杀人碎尸案凶手的主要原因之一。但是，李馨旸分明记得，去年冯瑞才上门帮王耀威修车时，曾拒绝她递来的硅胶手套，还笑嘻嘻地说自己对硅胶过敏。

该不会……

李馨旸的内心不禁瑟瑟发抖，如果她那不祥的预感成为现实，那么她之后的人生将变得成宛如地狱般无止境的黑暗。

断章二　夏日酒吧

还是几天前那家名叫夏日的酒吧，还是那个用黄铜横木串在一起的吧台桌，一切都没有变，只是面前的调酒师已经不再是那个沉迷于暗号推理的青年。今天是普普通通的工作日，也没有许多聚在一起看球的球迷，酒吧里的氛围比前次安逸了不少，连轻音乐都听得很清楚。莫楠点了两杯特调鸡尾酒，再加上迷你汉堡和烤章鱼。他注意到酒吧前台的那排书架上还摆放着那本《机密暗语》。

"记得今天是什么日子吗？"

"今天？"面对微醺的曾旻娜忽然发问，莫楠立马掏出手机将日期输入搜索栏，"10月21日，华侨节？"

"笨蛋。"二人碰了碰杯，酒吧里的灯光很暗，穿着一身休闲装的她看上去减龄不少，"今天是我们离婚十周年纪念日。"

"哦。"

见莫楠兴致寥寥，曾旻娜话锋又开始尖锐起来："看你这副吊儿郎当的样子，和你离婚果然是正确的选择。"

"虽然现在提这个毫无意义，不过正如之前所说，我很想知道你瞒着我什么，这些年又到底发生了什么？"

"你还记得我们结婚那年，市局侦办的那宗跨境杀人案吧？"虽然曾旻娜的措辞和平时没什么两样，但嗓音中还是隐含着哀伤的情绪。

"记得，凶手是东南亚一带的大毒枭，许小明队长为了将他绳之以法，自己误入毒枭的巢穴，被他们一刀一刀活活砍死。不过这些都是听你说的，市局本来想邀请我以犯罪心理学家的身份参与这件案子，但是后来他们单方面取消了这个计划。"莫楠嘟囔着答道，随即观望着对方的神色，"十多年前的案子和你有什么关系？"

"其实，我当年对你说了谎。"曾旻娜痴痴地望着手中的玻璃杯。

"什么意思？"

"那段时间我从事的并不是文员工作，而是这宗跨境凶案侦查组的成员之一。为了做好保密工作，组织上让我连家人都不许透露。因为牵涉的人员关系重大，许队长三天两头组织重案组召开秘密会议，有时还要和各国刑侦部门视频通话，每天都有处理不完的事。"

"我明白了，所以你常常加班，而且电话也联络不上。"莫楠脑海中浮现出当年为了等待妻子一通电话甚至一条回复的短信陷入焦躁而恼怒的模样。

"嗯。我们万万没想到，这个贩毒团伙的组织规模横跨东南亚多个国家，犯罪手段和涉案人员数据无比庞杂。当年中国边境的贩毒窝点出了事，他们走私的一大批毒品被海关查获，贩毒窝点的相关人员一个接一个被集团首脑雇人杀害。发生在思滨的案子，死者正是那个贩毒窝点的小头目，他原本计划先在星源市躲藏一阵子，然后改名换姓逃往国外，结果还是没能逃过贩毒集团的耳目。那起命案乍看像一场交通意外，背后的真相要比我们预想的可怕得多。"

"这么说，你向我提出离婚的原因……"

"别误会，如果没其他因素干扰，我们离婚也是迟早的事。之所以向你解释这些，完全是为了让你明白当年的情况。"

被曾旻娜浇了盆冷水，莫楠怏怏地转动喝到一半的酒杯，杯中冰块互相撞击着。察觉莫楠心有不悦，曾旻娜缓和下语气，接着说道：

"我真正参与那起案件，大约是在结婚后的第二个月。从那时开始，所有侦查工作严格对外界保密，一有新进展必须立刻向许队长报告。不过，贩毒团伙反侦察能力极强，他们安插了很多眼线探听到警方内部情报，甚至还要到了我们家的住址。"

"可我……"

"我知道你毫无察觉。因为当时你的上班地点离家远，天天早出晚归。那些恐吓信、塞满蟑螂和毒虫的包裹已经被午休时间从单位溜回来的我清走了。其实，那段时间我的精神状态一直处于崩溃边缘。记得10月19日那天，我收到一条短信，有个包裹放在小区的快递柜，输入取件码之后，你猜柜子里放的是什么？"曾旻娜顿了一下，脑海中再度浮现那不堪回首的一幕幕，"你见过拍戏的蜡像人头吧？那些人居然把两颗蜡像人头塞在纸箱里！为了不吓到小区里下棋的老人家，我把纸箱拎回家拆开——原来他们以我们的模样为原型做了蜡像人头，在脑袋上直直插了把斧子，脸上还被贴满了符咒！"

"抱歉，我真的没想到背后发生了这么多事……"莫楠微屈着上身，有意将座椅往曾旻娜的方向挪了挪。

"这不是你的错。身为警察，破解命案是我们的责任，但有时候必须在家庭和工作上做出选择。"

"所以你选择了后者……"

曾旻娜心忽地一沉，她想不出别的话来搪塞。当年她考虑过各种可能性，唯独走这条路才能保证另一半的生活。想到自己的家人随时可能被犯罪分子报复，她就十分痛苦，但又不能整天把这种痛苦挂在脸上。这样郁结的情绪就算好不容易等来休息日，也会感到筋疲力尽，那段日子里，她的脾气可以用易燃易爆来形容，只要莫楠的行为举止不合她意，两人立刻就会爆发争吵。短短几个月的婚姻并没有给曾旻娜的生活带来什么深刻的印记，他们原本打算婚后第二年再要孩子，结果到了四十多岁两人都还没开启人生的下一个阶段。

"说来这都是我的问题，其实你的精神状况不佳我早就发现端倪，当时我还以为你对这段婚姻感到后悔，所以和我闹别扭。我真是个笨蛋！"

"你知道我这次回国的原因吗？"

莫楠看着对方摇了摇头，曾旻娜用手指沾上酒杯外的冰露，在吧台上一笔一画地写下这个字：

萤

"什么？又是'萤'？"

"别这么大声，搞不好我们正被'萤'的人监视着。"曾旻娜煞有介事地望望周边，确认没有异样后才继续说道，"刚才说到那起跨国集团在星源市犯下的案子，有证据表明为犯罪分子提供犯罪计划的正是一个叫'萤'的犯罪组织，他们从不具体参与犯罪，只为心怀邪念的人指引罪恶的道路。我们关注这个组织已经很久了，不知为何明明已经销声匿迹了一段时间，最近似乎又开始活跃起来。"

"也就是说你是因为这个才回国的？"

"是的。"

"原来如此。实不相瞒，我怀疑王耀威的案子幕后也有'萤'的踪迹。"莫楠将几天前发生在"星光之岬"的惊险遭遇告诉曾旻娜，事后警方人员告诉莫楠，那天袭击靳璐的病患刘采薇造访"星光之岬"并非偶然，她声称有一位自称"萤"的男子推荐这家心理康复中心。

"看来这起案件并不单纯。可以得知的是多年之后，'萤'这个犯罪组织又有重现江湖的迹象。"

"所以……你会继续待在星源吗？"

"等'萤'的案子处理完再说。"曾旻娜轻轻抿了一口鸡尾酒，"这次回国一路上我想了很久。我们当时都太年轻，没有经营好那段婚姻并不是你的错。"

两人沉默良久，他们曾经相爱过，但如今这样的情感却已淡然。吧台前的烛火让气氛分外温馨，莫楠心里甚至产生错觉，自己仿佛回到十多年前，那个刚从马里兰大学毕业的小伙子。然而，这个美好的瞬间下一秒却被耳畔传来的尖锐嗓音打破。

"不对，就是他的错！"

"喂，你是什么时候冒出来的！"

破坏气氛的不是别人，正是整天游手好闲的杂志编辑何美瑞，她穿着像睡衣一样的便装搂着曾旻娜，后者则是一脸尴尬。今天何美瑞似乎喝多了，不仅双颊通红，连走路都歪歪斜斜，她一边打着嗝，一边说道：

"我都听到了，原来你们早就认识，妻子为丈夫默默做了这么多，而麻木不仁的丈夫十年后才发现，下期月刊又有新素材啦！"

"少把别人的事当谈资，我最讨厌的就是这些记者。"

莫楠捂着鼻子，这些所谓的都市白领、文学从业者，在这种场合往往肆无忌惮，他们平日里张口闭口的气质、涵养什么的，完全不存在。

"跟你说了多少遍，我是文学杂志的编辑。"

"今天又来这找灵感？"曾旻娜打了个圆场。

"其实也不是，昨天半夜在电脑上看了那部最近大火的恐怖片，整宿没睡好，满脑子都是丧尸的画面。"何美瑞侧脸靠在曾旻娜肩上，一副有气无力的样子。

"哈哈，你怎么不到电影院看？"

"又没有3D效果，凭什么花钱去电影院？"

"我记得这部片还没有下架，你在网络上看到的应该是影院录制的枪版吧？你这样做可是违法的。"莫楠揶揄道。

"要你管！"

杂志编辑看上去真的喝多了，连吐字都开始含混不清，甚至还朝莫楠摆出挥拳的姿势。莫楠心想她要么刚被上司训斥要么就是被人甩了，总之此时此刻他正面对着一个喝多的女人，决不能在这里引火上身。曾旻娜拍着何美瑞的肩问道：

"听说这部影片在国内影院上座率还挺高，电影票也在打折，你怎么不考虑上电影院看？喷溅鲜血的画面得在电影院看才有氛围吧？"

"鲜血？少胡扯了，那明明是石油，石油好吗？"

"石油？"曾旻娜有些诧异。

"不然呢，一看你就没上影院看过。"何美瑞喃喃道，"这部片子头几天票房确实挺高，可后来观众才发现国内上映的版本喷溅的鲜红血液全被处理成黑褐色，这叫人怎么看得下去！"

"你说什么？"莫楠像意识到了什么，"唰"的一下忽然站起身，紧紧抓住何美瑞的肩。

"无礼的家伙，你想干啥？"女编辑捂着胸口，做出防范色狼的动作。

"快回答我，你刚才说那部片子国内上映的版本有什么不一样？"

何美瑞被莫楠突如其来的反应吓得有些手足无措，酒也醒了一大半。

"有什么好大惊小怪的？不仅丧尸喷出的血被处理过，国内上映的版本还删减了四分钟的亲热镜头。所以很多观众都会去看国外的原版！"

"孙灿鹏在说谎！"

莫楠拍着桌子，眼神中透出一丝愠意。

"他突然在自言自语些啥？曾姐，我看这个人真的有点怪哦，你们离婚是对的。"

曾旻娜没有理会，而是凑近莫楠身边问道："你刚才说的话是什么意思？"

"那天孙灿鹏明明告诉我们这部片子里人们被丧尸啃咬时喷溅鲜红血迹的画面感真是太震撼了，你还记得吗？可在国内公映的版本里的血迹是被处理后的黑褐色，他既然是恐怖电影迷，不可能不注重观感方面的变化。孙灿鹏之所以这么说，可能性只有一个，他根本不是在影院里看过这部片子，而是跟这个女人一样网上下载国外片源观看的。"

"那购买记录又怎么说？"

"有可能是他提前购买了电影票，后来又因为其他突发事件没去成。依我看，王耀威手机里存着孙灿鹏的电话本身就十分可疑！"说到这里，莫楠的思绪停顿了一下，他像是想起了什么，叫住了前台的调酒师，"对了，服务生！能把书架上的那本书给我看看吗？"

　　"这本《机密暗语》？"调酒师像是来这里兼职的大学生，一副白皙文弱的样子，他沿着莫楠指尖的方向回望。

　　"对，就是《机密暗语》。"

　　"听说是之前打工的小哥留下的，他离职后没把书带走。"

　　年轻的调酒师将张磊留下的书递给莫楠。

　　"怎么表情这么严肃？"

　　"这本书能借给我一段时间吗？"莫楠问道。

　　"送给你都没问题。老实说，书架上的几本书我们翻都没翻过，权当装饰品在这里摆着，而且这类冷门的工具书只有他才感兴趣。"

　　"好的，谢了。"莫楠朝调酒师打了个响指。

　　"这本书和案件有关？"

　　"你就别卖关子了，快说说呀！"

　　没有理会曾旻娜和何美瑞同时发出的疑问，莫楠翻阅着张磊的《机密暗语》，额头上不断地沁出滴滴汗珠。这并不是酒吧环境闷热的缘故，如果莫楠猜得不错，不仅孙灿鹏的行为举止需要深挖，就连张磊的那封自白遗言都很有问题。

　　《机密暗语》里记载着古今中外的暗号模式，通常在人们的认知范围内，所谓的暗号都是由意义不明的数字或者字母组成，只有依靠固定的模式才能破解其本意。莫楠不断翻阅着张磊做了笔记的暗号类型，虽然对遗书中的暗号尚未可知，但他敢肯定自己的猜测，张磊绝对是个高明的玩家，在这封遗书里已不留痕迹地把要传达的讯息透露出来了。如果暗号得以破解，那么这宗围绕康湾城的连续坠楼案背后还有巨大的秘密可挖。

"你看了这么久，到底觉得哪里可疑？"

莫楠摇了摇头，淡淡地回了句"还不知道"。

"呵呵，你看吧，这家伙永远在故弄玄虚。刚才这一顿操作，我还以为之前误解你了，破案电视剧看多了吧？"

"这次真是多亏有你，酒钱我来付！"何美瑞的嘲讽并没有刺激到莫楠，他反而拍了拍对方的肩，接着回过头对曾旻娜吩咐道：

"事不宜迟，咱们赶紧去找孙灿鹏！"

莫楠将几张百元大钞放在吧台上，拎起挂在座椅上的外套，带着曾旻娜匆匆离去，只留下一脸错愕的何美瑞。

第六章 推理

2021·夜半诡影

01

琳琳第一次病倒是在小学一年级的体育课上，孩子们被安排在大操场的一角列队，那天下午在阳光的炙烤下，孩子们都能看到地面上一股股热气在蒸腾，豆大的汗珠滑过每个孩子稚嫩的脸颊。不知为何，琳琳觉得额头上的汗水就像被拧开的水龙头一样，不断地往下淌着，呼吸也变得急促起来，连老师的指令都快听不见了。最先注意到琳琳异样的是她身旁的男同学，根据他的描述，琳琳昏倒前整个眼珠是向上翻的，可怕极了。

琳琳被推到医院的时候，李馨旸第一时间奔了过去，看到她那和被单一样惨白的脸色，双眸紧闭，就那么无助地躺着，泪水不禁夺眶而出。不管李馨旸如何柔声地呼唤琳琳的名字，她似乎都没有听见。就在此时，李馨旸的手机震了一下，原来是收到了王耀威的短信，他告诉李馨旸自己决定和一位年轻貌美的姑娘再婚，对方是某金融大企业的中层，从照片上看，穿戴十分洋气。李馨旸握紧了手机，身体却无力地靠在墙上，洗漱台前的镜子映出她的容貌，镜子里的她已是面容消瘦，长长的睫毛在眼睛下投着一圈暗影，她的脸颊轻轻抽动了一下。望着躺在急诊室的琳琳，她似乎听到有什么东西破碎的声音，几滴泪珠从眼角迸了出来。要不是右手还撑着长椅上的扶手，她几乎也要跟着瘫倒在地。

——你看孩子的母亲都累成这样了。

——真不容易，一定很辛苦吧，偏偏前夫又是那么不靠谱的大混蛋。

——琳琳，你要好好努力，不要让母亲的辛劳白费！

周边的人不时投来怜悯的目光以及热心的劝慰，让李馨旸感到一丝温暖与慰藉，她觉得只有这时，自己的努力才是被肯定、被赞同的。十年如一日，学校、医院、家，似乎每天都在这三个地点奔波，委屈和泪水只能往肚里咽。

恍如噩梦一般，李馨旸又回想起多年前的一幕幕，裹着睡袋的她辗转反侧。最近失眠的日子多了起来，她不断安慰自己，在这世上最憎恨的人已经死去，往后不会再有人羞辱她，而且王耀威去世后，琳琳也能拿到一笔遗产，不应该在这时伤感才是。

李馨旸将身子靠向琳琳，她的嘴唇泛白，小脑袋在睡袋里左右蠕动，似乎还在呻吟着什么。李馨旸连忙摘下耳塞，将琳琳的身体从睡袋中扒出来。

"琳琳，你怎么了？"

"妈，我冷……"琳琳嘴里轻轻呻吟着。

"今天明明比较闷呀，让我看看……"手背触碰到琳琳额头的刹那，李馨旸吓了一跳，"天哪，好烫！"

"妈，我真的好冷。"

"怎么办，从医院出来时还好好的，怎么就……"

李馨旸焦急地翻着电话簿，时间已晚，李医生应该也已经下班。最近去医院报到的频率逐渐高了起来，自己的积蓄眼看就要见底……想到这里，她的手指停留在医生的手机号上，没有拨出去。

"要不我再泡杯水，你把药吃下去，就会好的。"

"那盒药……就是吃了那盒药才开始头疼的。"

琳琳指着保温杯旁的那盒退烧药。

"瞎说，这是医生专门为琳琳开的，不会有问题。"

"可是，我真的……"琳琳半眯着眼，情况似乎不容乐观。

"算了，我们还是赶紧去趟医院吧。"

"我不喜欢待在那里。"

"小孩子别总挑三拣四的，那医院环境已经不错啦，再说，你不是一直都很喜欢李医生吗？"李馨旸温柔地呵责道。

"妈。"

"又怎么了？"

"我是不是快要……死了？"

琳琳低垂着头，小手僵在那里。

"又瞎说，谁告诉你的？你就是太虚弱了，李医生不是告诉过你，就算不喜欢体育课，也多少要做些简单的运动。"李馨旸摸摸她的头，"之前说的早操动作没准你都忘了，等你病好之后记得天天做呀。"

"……好。"

"我们拉钩，康复以后每天都要坚持锻炼。"

"好，拉钩！"

"琳琳真乖。"

双指缠绕时，冰冷的触感从琳琳的指尖传递开来，女孩嘴唇越来越白，李馨旸赶紧从拉杆箱中取出一床薄被把琳琳裹住。女孩体弱多病，每年的体检报告结论都是营养不良，从一年级开始慢慢从轻度发展到中度。李馨旸为此寻访了很多医生和专家，也从网上下载资料细心钻研，但都收效甚微。琳琳不喜欢吃牛肉和海鲜，也不喜欢吃蔬菜，如果勉强吞下，不是立刻吐在桌上就是过阵子胃痛难忍，着实令人伤透脑筋。

在此期间，李馨旸也拜访过几位心理医生，意见出奇一致，琳琳的身体其实并没有突出的异常，他们希望李馨旸能够在节假日带上琳琳适当做些运动、适当结交几位好朋友，只有在身心健康的状况下才有可能摆脱病痛。李馨旸原本就不是开朗的人，在公司也只是个小职员，两点一线的生活本来就没几个朋友，心理医生的建议让她十分为难。她也曾经想起熟悉的同学，如今经营心理康复中心的莫楠，但越是相熟的人，越是无法据实相告。她不知道莫楠看到如今的自己，是否会回忆起当年那段告白？如果没做过保养，女性容颜衰老的速度比男性更快，这样一来，即使莫楠嘴上不说，她也能预料到届时的场景将有多么尴尬。在高中时，李馨旸是那种身上仿佛有特殊光环的人物，甚至连高年级的学长都曾给她写过情书，即使是现在，她依然忘不掉过去的自己。正因如此，前几天的莫楠更令她感到厌恶，表面上声称要帮助老朋友，实际上只是为了试探她而已。不过多年未见，莫楠的洞察力依然是那么惊人，李馨旸一方面忙于应付琳琳的状况，另一方面又生怕自己的"秘密"被人察觉。

对，那是个不允许任何人挖掘的"秘密"。

一个都不允许。

"琳琳，我们走喽。"

因为饱受病痛折磨，琳琳的身子很轻，李馨旸抱着她一点也不觉得吃力。走道的灯光昏暗，她只能小心翼翼地放慢脚步。刚下二楼时，几声突兀的犬吠吓得她几乎要叫了出来，除此之外，她还听到窸窸窣窣的声响，像是有人向楼上走去。4号楼的楼梯分布在前后两侧，李馨旸所在的梯道位于后方，在阴暗的一角，她眯起眼睛低头观察对面梯道的人影——一位瘦高的男性和一位身着制服的警官。

"咦，那不是……"

李馨旸把脚步放得更轻了，她轻轻捂着琳琳的嘴，将身子完全隐匿在黑暗之中。

02

曾旻娜和莫楠抵达康湾城孙灿鹏的住所时，小伙子正戴着头戴式耳机坐在沙发上打网络游戏，一开始他并没有发现二人，直到曾旻娜来到他面前朝他亮出警察证件。孙灿鹏摘下耳机，似乎还不明白状况。

"曾警官，大晚上的怎么……"

"孙灿鹏，我劝你还是从实招来。"曾旻娜冷冷地呵斥道。

"从实招来？"孙灿鹏愣了一下，又重新拾起微笑，"该说的我都说啦。"

"看来你打算顽抗到底了。"

"不，曾警官，我还没明白您到底找我有什么事？"

"好吧，既然你选择装傻，那我就把话给挑明了。"初次见面时，曾旻娜认为眼前这个小伙子还算老实憨厚，天知道他到底撒了多少谎，"孙灿鹏，已经有证据证明你根本没去影院观看那部恐怖片。"

"我说的都是千真万确的，再说，手机里……"

孙灿鹏正要掏出手机，却被曾旻娜给打断了。

"你买了票没错，可你因为某个突发事件没去成。"

"……我确实去了！如果你们不相信，我可以把剧情统统说出来。"

"你还记得自己说过的话吧?"莫楠在孙灿鹏的屋里绕了一圈,并没有被那群社会青年光顾的痕迹,孙灿鹏的脸上也没有新的伤口,看来上次的风波已经平息。从这里眺望过去,斜上方正是李馨旸的住所,但看上去并没有人,"那天你对我们说电影里人们被丧尸啃咬时喷溅鲜红血迹的画面感真是太震撼了,根据我们的调查证实,由于画面过于血腥,国内影院播放的版本对鲜血进行了技术处理,观众看到的血迹都是深褐色的,这也是这部剧票房高开低走的原因之一。当晚,你并没有去影院看这部电影,而是通过网上下载其他国家已经放出的版本观看的。说吧,为什么要扯这种谎?"

"我……"

莫楠俯下身子直视孙灿鹏,突如其来的压迫感让他感到心慌,不仅眼神闪烁,右手还不断挠着头发,这是人们在说谎时伴随的典型特征。

"那天晚上就是你把王耀威推下楼的吧?"曾旻娜进一步逼问。

"不,不是我!"孙灿鹏拼命摇头,矢口否认。

"那你还不快说实话!"

"曾警官,你们就饶了我吧,人真的不是我杀的!"

"既然你死不承认,只好在警局里听你细细道来了。"

"孙灿鹏,依我看你应该是收受了王耀威的好处吧?"

"莫楠,你什么意思?"莫楠突如其来的推测让曾旻娜也吃了一惊。

"还记得王耀威家里那份预算报表吗?"

"你是说,把那份资料提供给王耀威的人就是他?"

"确切地说,小孙你是王耀威安插在'自救会'里的眼线,我说得对吗?"

"……"

孙灿鹏感到心底像被蔷薇刺扎了一下,低垂着头噤声不语。

"王耀威正是看上你负债累累,才在私底下联络你,要你通过暗中透露消息来赚取好处费,这是偿还巨额贷款最快也是最省事的方法。这样一来,预算报表会提前出现在王耀威手里,以及从始至终致远集团在谈判桌上一直处于主动的原因就不言自明了。王耀威也不笨,他假意对外界宣称介绍私活给你,其实用来走账的费用都是你泄露'自救会'的情报挣来的。"

"对……对不起!"

"事到如今我们不追究你为什么非得通过这种手段挣钱,只是想知道案发当晚你到底去了哪里,见了谁。"

"是王耀威先打电话给我的。"

"王耀威?"

"对,那天一早我已经订了电影票,按计划大概在晚上十一点半出发去影院,不过当天下午王耀威打了通电话给我,要我在那个时间点在大楼等他。"

"就是4号楼?"

"是的。"

"没说什么事?"

"没说,只是让我等他的短信通知。"

"后来你们见了面?"

"不,到了十二点我还是没等到王总的消息,就睡过去了,一早起来才知道他已经坠楼。"

"你之所以撒谎,是因为怕我们知道你和他之间的关系?"

"真的很对不起,还请你们替我保密……求求你们了!"

"你确实没隐瞒其他事?"

"没有!真的没有!"

莫楠观察对方的反应，不像是在撒谎，他与曾旻娜对视了一眼，后者回道："如果后续有其他问题我们还会再来找你。"

"给我等一下！"

三人没料到，刚才的谈话竟被第四个人听见，石永进涨红着脸，吼叫着冲了进来。

"啊！石……石先生……"

"你这畜生！"

石永进右拳直勾勾地砸在孙灿鹏宽扁的鼻子上，孙灿鹏的下半张脸全是鲜血，曾旻娜连忙拉开两人。即使嘴边正不断出血，孙灿鹏还是跪着紧紧抓住石永进的裤管。

"请你原谅我！我……我真的是万不得已！如果不把消息卖给王总，我会被那些小流氓打死的！"

"那是你活该！你这狗杂种不配活在世上！"

"石先生，请冷静点。"

石永进眼中冒出愤怒的火花，肌肉绷得紧紧的，血管暴了起来，他疯狂地甩动着右腿，像对待路边的野猫野狗似的将孙灿鹏一脚踢开。

"姓孙的，今天有警方在场，我不会打你。但是你给我听着，从今天开始，你已经不是我们的一员，你赶紧给我搬出这里。"

"如果搬出去，我真就没地方住了！求……求求你让我留在这里！"

"拜托你照照镜子，你对得起郭教授、对得起我吗？"石永进的咆哮声震耳欲聋，还没睡下的住户都注意到这边的情况，纷纷从楼上向下望去，"大家辛辛苦苦几个月，还不是为了让每家每户尽早入住康湾城？你也是其中的一分子，却当了叛徒，依我看，就活该被那些小混混揍！"

"对不起！对不起！对不起！"

孙灿鹏扑通一声跪了下来，像上了发条的机器似的不断道歉，然而这并没有平息对方的怒火，眼看石永进又要扑上前去，莫楠赶紧劝阻道："石先生，时间已经不早了，这件事等明天再说吧。"

"抱歉，这是我们'自救会'自己的事。这家伙就是个人渣！我最唾弃的就是这种人！"

"别激动，千万别激动。如果你们互相殴打起来，还是在警方眼皮底下，会被拘留的，这划不来呀。"

石永进听罢这才收了手，他鄙夷地望着蜷缩在房间一角的孙灿鹏，朝他吐了口吐沫。眼看风波基本平息，莫楠转而来到孙灿鹏身边。

"对了，你刚才说过，王耀威出事那天你昏昏沉沉睡了过去，我可不可以认为你睡着的时候并没有塞上耳塞？"

孙灿鹏用纸巾抹了抹嘴唇边的血，照方才的气势，平日里石永进和王耀威的争执场景可见一斑，他们两人互不退让，都不是好惹的人物。待神志清醒后，孙灿鹏才答道："中途我被一场噩梦惊醒，也不知道当时是几点钟。"

"如果你没戴着耳塞，王耀威坠楼的巨大声响八成会吵醒你。"

"……我想起来了！"孙灿鹏沉思了片刻，"在迷迷糊糊的时候，的确看到有个人影从大雾里面穿过去，当时还以为是做梦呢。"

"看清楚那个人的脸吗？"

"雾那么大，谁看得清。"

"身高或走路的姿势呢？"

尽管极力试图回忆起当晚的场景，但孙灿鹏脑海里的记忆恍恍惚惚。他紧蹙着眉头，当时的情况确实如同电影里的一幕——在大雾弥漫的场景下，一个漆黑的人影在他的眼前急速穿梭过去，那个人影的脚步很轻，几乎一晃而过。

"看身材应该是个女人，而且那人有点胖，我想想我认识的人里有谁长得像她……"

孙灿鹏还在皱着眉头沉思，房间外出现了另一个人。方才被石永进的吼叫声惊扰的陈文霞快步走了进来，她瞅了一眼被打倒在地的孙灿鹏，接着神秘兮兮地来到曾旻娜身边，似乎要诉说什么秘密似的。

"陈太太，不好意思，把你给吵醒了。"

"不，警官，我正要找您呢。"

"有什么事吗？"

"我要向您汇报一件要紧事。"

"您说。"

"我的保姆，那个毛手毛脚的女人，今天是她合同期满的倒数第二天，一大早她告诉我要到市场上买些新鲜的水果和蔬菜。结果一整天过去了，我都联系不上她。依我看呐，杀害王耀威的就是这个许茹芸，她现在已经跑路了！"

"有联系雇用她的劳务公司吗？"曾旻娜警觉地凑上前问。

"当然，他们也说联系不上那个女人！"

陈文霞的话似乎激发了孙灿鹏的灵感，他沉思了片刻，那个雾气中诡秘的黑影形象渐渐明晰，原本紧蹙的眉头忽然间舒展开来。

"我想起来了！那个人就是她家的保姆！"

03

许茹芸贼眼溜溜地瞅着柜台前的男子，他正端详着那块金光闪闪的手表，尽管有些许擦痕，但从成色看，绝对价值不菲。许茹芸深知这一点，却也不能暴露它的来路，为了谨慎起见，她一整个下午一路打听，才在街头巷口找到这家当铺,它位于星源火车站附近,不过必须经过狭长的巷弄,七拐八弯地才能寻到。

当铺店面不大,窗户上还贴满深色的遮阳贴纸,偶有戒指、项链、表链等高价物品摆放在玻璃展示柜里,上面一一标了价格。看着价位表上的数字,许茹芸心里一阵激昂澎湃。干这行实在太折磨人了,从业至今许茹芸遇见不少对自己颐指气使的主人,不过这些人着实有雄厚的家底。过去,许茹芸偶尔能从他们的钱包或者送去干洗店的衣兜里搜到几张百元大钞,就这么收入囊中绝不会有人追究,因为他们都是有"格局"的人,这点小钱连塞牙缝都不够。可现在是数字支付时代,她已经一整年没见过纸钞长啥样,就连卖菜的摊贩都把收款二维码打印出来给顾客支付。

后来许茹芸开始打起陈文霞这家人的主意,她知道陈文霞的丈夫瞒着妻子将一些值钱的首饰赠给自己的情人,愚蠢的妻子似乎还没看穿枕边人的另一面。陈文霞是个粗心大意而且嫉妒心强的女人,几乎什么事都不做,只想当她的阔太太,在许茹芸看来,吕德智娶了她真是家门不幸。许茹芸服侍这家人已经有些年头了,她知道的事甚至比陈文霞还多。有一次,许茹芸在打扫卧室时不小心打开男主人的衣柜机关,她不晓得是推开哪件大衣,只听到大衣柜发出"咯咯"的声响,原来里面还有一层木质暗格,她小心翼翼地打开它,暗格内竟藏着各种值钱的金银首饰。许茹芸喜出望外,就算男主人怀疑这些珠宝缺失了几件,也不会公开质问一个保姆,而且在日常生活中,许茹芸都会在不经意间将陈文霞的举动添油加醋地描述给男主人听,很快,夫妻俩的感情出现了波澜。陈文霞正值更年期,脾气自然变得很差,几句随意的话语都会成为争执不休的导火索,几场风波过去,男主人认为陈文霞开始怀疑他的私生活,正巧那些日子,他也发现暗格里的珠宝少了几件,许茹芸一面装好人劝说男主人原谅陈文霞，一面将这些珠宝寄给他的儿子换钱花。

天真的男主人被许茹芸忠实的外表所蒙蔽，直到他去世为止都没怀疑这位保姆。但好景不长，许茹芸之前服侍过的另一家人通过监控录像发现她偷窃的事实，并向其所在单位举报，许茹芸不得不将钱财如数退回，哭求那家人放过她。在家政公司一番教育后，她又被扣了三个月薪水，这才有所收敛。

不过，她发誓，这次绝对是她干的最后一票，等金表换成一张张百元大钞，她就可以安心享清福，回老家过上梦寐以求的日子。

"老板，这只金表你看大概值多少钱？"

许茹芸见老板端详了好久，却没给个准数，心里不禁焦急起来。为了掩藏真实身份，她还特地换了另一种口音，那是她在外地打工的日子里学会的。

"哟，你等等，因为这可是上等货！"老板摆弄着放大镜，不时用喷着清洁剂的擦拭布小心翼翼地抹着表面，"看你也不像有钱人，怎么弄来的？"

"是俺的一个亲戚，最近做生意亏了不少。他以前可风光咯，现在觉得没脸见人，所以求俺出来找当铺给当掉换点生活费花花。"

"原来如此。"老板神秘莫测地笑了笑。

"给俺个数，五六十万都成。"

话音刚落，老板的动作停了下来，他挑起眉毛瞪着许茹芸。

"五六十万？这是你亲戚说的？"

"对呀，他跟俺说这金表老贵了。"

"确定跟你说的是这个数？"

"咋了？莫不是给得太高？给俺打个折也行！"

老板摇摇头，像失去兴致似的将金表放回玻璃台面："哈哈，不是他不识货,就是你在忽悠我。说吧,这表怎么来的?"

"俺没骗你,没骗你!"许茹芸焦急地问道,"这玩意儿到底值多少呀?"

"至少也得五六十万的十倍。"

老板摊开双手,朝许茹芸比划着"十"这个数字,她不禁喜出望外,连呼吸都跟着急促起来,手也不听使唤地哆嗦着。

"你……你说的是真的?真……真有六……六百万?"

"你得相信我的眼光,我在这行已经干了三四十年了。"老板不以为意地笑着,"不过,你得跟我交代清楚,这块表应该不是你亲戚的吧?"

"就是他的,以前啊,他可珍惜这块表,现在是没招,非得当掉不可。"

"你跟我说说,他是怎么珍惜的?"老板将放大镜举到许茹芸面前,转轴处似乎有一块深色的印记,"看到这个没?"

"哎呀,一块红斑而已。"

"什么红斑!少糊弄人,这分明是血!"

"……"许茹芸心里大呼不妙,表面却佯装镇定。

"我看,这玩意儿是个赃物,再怎么值钱我也不收!"

"老板……"

"别解释了,赃物就是赃物。趁我还没报警,你还是请回吧。"

在老板的呵斥下,许茹芸灰溜溜地离开了。她扇了自己一巴掌,送给老板前居然没留意把血痕擦拭干净,如今只得找另一家了。她打开手机,显示屏上的时间已经到了晚上十一点整,距离动车发车时间只剩下四十五分钟。

穿过长长的街巷,许茹芸终于来到公交车站前。

——还是回老家把东西当了吧。

她打算回去后打电话向公司请辞，至于陈文霞那家人，等金表换成大把大把钞票后，她根本不在乎短短一个月的薪水。五六百万，这可是个天文数字，再干两辈子也挣不来的钱！

"哎呀，许姐，怎么在这见到你？"

"小芳！"

一个热情的声音打断了她的美梦。抬头一看，好巧不巧竟是劳务公司的同事梅芳，矮矮的个子，一身粉色的套装，打扮得土里土气。虽然只比自己小一岁半，可不管到哪都喊许茹芸一声"姐"以凸显自己年轻。正巧在这个节骨眼遇上了在公司里最黏人的家伙，许茹芸恨不得一块砖头拍晕她。尽管如此，她还是堆着微笑，尽管看上去很假。

"许姐现在不在我们单位干啦？"

"不，还在。"梅芳的话显然意有所指，可许茹芸佯装不知，"今天请了个假而已。"

"这样啊。你是来这找人？"

"办点私事，现在准备回去了。"

"咦，许姐，你额头怎么这么多汗？"

"没事儿，刚才走得急。"许茹芸擦了擦额上的汗珠，"话说，这么晚你还在街上干吗呢？"

"阿英的小孩刚满月，也算老来得子了，我是刚从她家出来。"

"哦。"

"听阿英说，傍晚公司的人在到处找你，不知道什么事。"

梅芳好奇地打量着许茹芸手里的提包，许茹芸心里直打哆嗦。在这家公司，如果要问谁最喜欢拿同事的私事当八卦宣传，梅芳说第二，没人敢称第一。只要有什么东西被她盯上，就一定会被打破砂锅问到底。别提能不能赶上动车，能改签到下一班都是幸运。

"……没事，下个月合同到期了，上面问我是不是要续签。"

"原来如此啊。"梅芳似乎察觉许茹芸焦急的心态，故意装腔作势地问，"咦，你这会儿准备上哪去？"

"……我现在租在火车站附近，准备回去了，明早还得早起呢。"

"巧了，我也住在那附近，一起走吧！"

"好好。"

许茹芸内心暗暗叫苦，也不知道梅芳说的话是真是假。一路上她老盯着提包不放，似乎很想弄明白许茹芸究竟在隐瞒些什么。这类人直觉向来敏锐，每当梅芳有意将话题引到提包上时，许茹芸都巧妙地回避过去。不知不觉，二人已经走到了火车站附近，许茹芸远远都能看到"星源火车站南站"七个大字，胜利就在眼前，她内心已经奏响了胜利的号角。

"前面怎么这么多警察？抓酒驾吗？"

许茹芸感到不妙，劝道："小芳，我们往这走吧。"

"许姐，你怎么了？"

"前面警察多，逮着人就问身份证，我又没带，懒得跟他们絮叨。"

"哈哈，也是，也是。"

这些年星源市着手创建美丽花园城市，因此少不了对旧小区大动干戈，整个市区仿佛一片大工地，走到哪都能听见机械轰鸣的声音。不过现在已是深夜，工地的喧闹声逐渐停了下来，取而代之的是大排档和夜市，许多工人忙碌了一整天，都想去那儿喝上一杯，顺便吃几道可口的夜宵。来来往往的人流多了，许茹芸带着梅芳躲进深巷中也不会令民警怀疑，她没有料错，这些民警手里拿着的正是她的照片。曾旻娜和许茹芸所在的劳务公司取得联系，许茹芸注册的姓名属实，接着她又向铁路中心查询得知，许茹芸已经预订了晚上十一点四十五分开往紫藤市的动车。按说只要在火车站来个守株待兔即可，但曾旻娜认为许茹芸不一定真的选择乘坐动车，如果她察觉情况有变，保不齐已经乘坐汽车逃离星源，于是她在火车站以及长途汽车站周边增派警力，加大搜索力度。

"这条路常走吗？连盏路灯都没有。"

许茹芸选择的路线几乎让梅芳看不清眼前的路，而且越走越窄，她走着走着不由得抱怨起来。梅芳举起手机打开手电筒功能，没想到光线正好对着面前庄严的土地公雕像，映照出的模样着实把她吓了一跳，她连忙双手合十对着土地公拜了拜。原来巷子的中心有座古庙，庙前有株高大的古松，看上去大约是几十年前的古物。庙宇前设有两三个茶座，供此处的居民歇息，左右两侧都有路可走，许茹芸告诉梅芳再往右侧的小路走便可来到支路上。

"应该就快到了。小芳，帮我看看现在几点。"

"十一点二十分咯。"

"咦，你听，好像有什么动静。"

"没有呀，我没听见。"

深夜的巷弄里，除了几声猫叫外，哪还有其他声响。

"你仔细听，巷口那儿传来的。"

"是吗？"梅芳竖起耳朵，还是什么都没听见。

"那儿有个人……啊，看身材好像是阿英？"许茹芸故作神秘地指着右前方。

"阿英？在哪？我怎么没看出来。"

"你看，就在那！"

梅芳正要探出脑袋，许茹芸早已找准一块在施工现场砌墙用的红砖，结结实实地朝对方后脑勺砸去，梅芳"扑通"地一声晕倒在地，鲜血顺着水泥路面流向排水沟。不出半分钟，血已经流到了坡底，许茹芸心怦怦直跳,黑暗中自己下手的力道似乎太大了!她连忙轻手轻脚地把红砖丢在地上,沿着巷子越走越深。她已经有所预感,陈文霞那女人一定向警方说了些什么,为今之计还是躲避警方的追查要紧。她的内心已有几分悔意,早知如此自己就不去刚才那家当铺了,一切都是金钱惹的祸。天上掉下了一块馅饼,却让自己成了众矢之的。

许茹芸拼了命向深处跑去,却发现那是个死胡同。她气喘吁吁地扶着红墙,面前的这幢小别墅装修得十分豪华,可主人养的看门犬却朝她大声吠了起来,叫声惊动了附近的住户,原本幽暗的巷子里陆续开始有了亮光。

"这人是谁啊?"

"三更半夜的,在做什么?"

"伍哥,你们家进贼了!"

声音从四面八方朝许茹芸袭来,她思来想去还是朝原路飞奔。正在此时,身穿警服的民警已经悄无声息地来到她面前,其中一位正是王阳,他恰巧在星源火车站附近办案,接到曾旻娜的通知后立即布置警力展开搜索。

"许茹芸,别跑了,你跑不掉的。"

"警察同志,您是不是抓错人了?"

平生第一次见到这么大的阵仗,许茹芸手脚都开始哆嗦起来。

"你还真别哆嗦,一哆嗦王耀威的那块金表已经从提包里滚到地上了。"王阳朝许茹芸脚边努了努下巴,"不打算和我们解释解释?"

"这块表不是王耀威的,是我一个亲戚……"

"少跟我瞎掰,到市局一切都能查个清楚。这是你的逮捕令,巷子里那女人也是你敲晕的吧?不愧是做家政的,平常应该没少锻炼臂力,使的劲真大。杀人未遂可是罪加一等,别挣扎了,乖乖跟我们回局里。"

04

李馨旸独自走出思滨中心医院，任由寒风掀动淡紫色长袖棉毛衫的下摆，两眼无神地伫立在公交车站。夜已经深了，最后一班公交运营时间早已结束，可街道上的私家车依旧川流不息，也许是附近新开业的24小时酒吧备受青睐的缘故，不少年轻人深夜都会聚集于此。李馨旸搓了搓有些发冷的双手，现在正值秋冬之交，昼夜温差很大。

"就如同我之前所说的，女孩的健康状况并没有太大问题，归根究底恐怕来源于她的心理状况。"

方才李医生对她笃定地总结道。

尽管琳琳每天坚持服药，从未中断过，但身子一天比一天弱。别说体育课了，就连平常在教室里坚持听半天课都成问题，打瞌睡、肚子疼、头晕，甚至课上到一半就急匆匆地跑到卫生间呕吐不止。李馨旸为此没少挨班主任和科任老师抱怨，他们认为一定是做母亲的没照顾好女儿，当他们充分了解情况后，只是一个劲地叹气，为这对母女感到可惜，班主任还安慰李馨旸："你也不容易，琳琳有这样一个母亲也算是难能可贵。"每当琳琳在学校感到身体不适时，她一接到消息便会立即把琳琳接回家或送到医院照料，老师们看在眼里，也十分同情这个母亲的遭遇。

远处驶来一辆打着双闪的汽车，李馨旸看了一眼App，那是她叫来的网约专车。在后排刚坐定，车窗外立即闪出一个黑影，黑影"砰砰砰"地敲着车窗。李馨旸被这突兀的声响吓了一跳，她定睛细看，窗外映着那个每天都会在医院大门外乞讨的中年妇女凄苦哀怨的脸庞，看上去年纪要比她大个三四岁。妇女左手搂着几个月大的婴儿，沿着车流一路上敲击着每辆车的车窗。

"行行好吧,我和孩子已经两天没吃饭了。"司机摇下车窗,对妇女呵斥了一句,但她还是颤巍巍地朝李馨旸哭求,"姐姐一看就是大慈大悲的人,请你可怜可怜我们母女俩吧!"

李馨旸没有转过头,妇女见状随即拉下脸来。

"瞧不起谁呢。我认得你,每天都往医院跑,你也很缺这个吧?"

李馨旸凝视着妇女手中的婴儿,还有塞在襁褓里那两张钞票,应该是其他车主施舍的。妇女的话触动了李馨旸内心的逆鳞,她的脸颊瞬间泛起怒容,涨红着脸狠狠瞪视窗外的女人。

"我是缺钱,但不像你,四肢健全的不去工作挣钱,整天像废物一样跪在这求着别人施舍!"说出这句话时,李馨旸的泪花盈满眼眶,似乎下一秒就要顺着脸颊流下,她紧咬着嘴唇,哽咽地冲着外头大喊,"滚!像你这样的寄生虫给我滚远点!"

一脸刻薄相的妇女被李馨旸的气势吓得不轻,她攥紧原先压在襁褓下的钞票,逃也似的穿过绿化带间的缝隙。一阵令人窒息的狂乱心跳击打着李馨旸的胸腔,她觉得自己擦拭泪水的手几乎不听使唤地颤抖起来。

夜深了,但围绕着许茹芸的侦讯才正要开始。

一宗案件侦破的关键往往是靠看上去微不足道的物件。福尔摩斯能从一滴水推断整个太平洋的气候状况,法医宋慈能从一只苍蝇寻到一把杀过人的镰刀,而王耀威坠楼案的真相很可能会因一块金表而改变。

市局的侦讯室里,王阳的心情有些激动,再过不久就是他的大喜之日,在这个时间点王耀威一案又有了新的突破。尽管市局几乎所有人都认为这件案子随着张磊的坠楼已经宣告结案,但是他的心里还是和曾旻娜的想法一致,案件背后似乎另有隐情。坐在对面的妇女是个偷窃惯犯,案底还不少,雇用许茹芸的劳务公司在没有对家政人员征信做详细调查的情况下就签了劳务合同，也会被要求做出赔偿。面对这样的嫌疑人，王阳决定先采用恫吓手段。

他挺直了身板，打算在监控室看现场审讯实况的领导们面前好好表现。

王阳："姓名、年龄、职业。"

许茹芸："……许茹芸，49岁，在丽腾家政公司上班。"

王阳："对你同事都能下得去狠手，明明长得一副老实样……说吧，为什么杀害王耀威？"

许茹芸："警察先生，我真的没杀他！"

王阳："那块金表又怎么解释？我们请技侦科分析过了，明明就是王耀威的手表！你说，你不是把人杀了之后放到自己的提包里准备变卖，难道还想当收藏品不成？"

许茹芸："……我真的什么都没干！"

王阳："你的公司已经向我们证实，你从业以来，已经被人举报过五次，看来你的手脚一向不怎么干净啊。"

许茹芸："我是被别人陷害的！警察同志，您得替我主持公道呀！"

王阳："被人陷害？你说那块表自己长脚钻进你的包包里？"

许茹芸："是……是被人塞进去的。我真的没有偷拿那个人的表！"

王阳："你什么时候在包里发现它的？"

许茹芸："早上买菜的时候。"

王阳："然后你就准备跑路了？"

许茹芸："我原本真的打算买菜，连清单都写好放进提包里。没想到，一打开提包……那……那块金表就在里面！真的是有人想要陷害我！"

王阳："你的前科实在太多，连家政公司都计划和你解约，要相信你实在很困难。"

许茹芸："我……我承认以前的事都是我干的，可那块金表真的不关我的事！警察同志，您还记得吧？录口供那天，我的提包还有其他随身物品你们都查过了，当时那块表还不在我包里，肯定是被哪个人事后放进去的！"

王阳："当时的确没从你的包里搜到金表。"

许茹芸："我就说没有撒谎了。"

王阳："没有对我们隐瞒其他事？"

许茹芸："……没有。"

"王警官，请你等一下。"

监控室内聚集着七八位警官和工作人员，参与侦办此案的警官都在围绕许茹芸的话题窃窃私语，有的还在称赞王阳这回又立下大功。只有莫楠从始至终紧紧盯着屏幕里的女人，她的一举一动在这位犯罪心理学专家的眼中都具有重要的意义。

"怎么了？"大屏幕传来王阳的声音。

"你再问问许茹芸关于王耀威案发那天的情况。"

曾旻娜凝视着莫楠的侧脸："你怀疑许茹芸在说谎？"

莫楠颔首道："只要人类说谎，都会不可避免地给自己带来强烈的内心冲突，这种内心冲突又会引发个体生理和心理上的消极体验。在第一次现场调查时，我已经注意到吕文栋谈到案发当晚的情况时，许茹芸先是瞳孔放大，很明显内心发生了冲突，接着她看起来有些紧张，而她一紧张就会不自觉地打起哆嗦。你看，刚才的问话也是如此。"

莫楠让工作人员回放了刚才侦讯室的录像，许茹芸的脸部僵硬，双手交叉叠放，将视频图像放大后的确能看到她的手脚正轻微地哆嗦着。

"你认为她有事瞒着我们？"

"没错。古时候有一种用来判断受检者是否撒谎的方法，叫作'嚼米法'。裁判者让嫌疑人咀嚼稻米，几分钟后，嫌疑人将稻米吐出。如果嫌疑人能够十分轻易地从嘴里吐出稻米，那么就表明他没有说谎；如果很难从嘴里把稻米吐出来，并且许多稻米黏附在嫌疑人的上颚或者舌头上，就表明那个人在撒谎。道理很简单，人在说谎时精神一定是高度紧张的，在这种状态下会抑制消化系统的功能，他们在生理或心理上一定有着激烈冲突。"莫楠将录像投影到大屏幕上，"各位请看，刚才那段侦讯中，嫌疑人许茹芸眉毛紧锁，过程中还下意识地抿嘴、咬牙，这都说明其紧张的心态。即使在讯问后期招认了关于金表的问题，她的紧张情绪依旧没有任何缓解，这恰恰说明许茹芸一定在掩饰着某些事。曾队长，请你继续要求王阳对嫌疑人施压，让她供出隐瞒的事实。"

"好的。"曾旻娜转而拿起蓝牙耳机，对另一头的王阳做出指示，"可以考虑换种手段试探许茹芸是否隐瞒其他事，别忘了她还有家人在另一座城市。"

王阳："许茹芸，我最后给你一次机会，你确定没隐瞒其他事？丑话说在前头，如果我们在后续的调查中发现你有所隐瞒，那么你的罪名可不止盗窃罪这么简单。"

许茹芸："……"

王阳："据我所知，你的儿子今年就要参加高考了，我想你这两年开始偷盗并不完全因为习惯使然，有一方面也是为了将来能供儿子读大学吧？"

许茹芸："……"

王阳："孩子成绩如何？"

许茹芸："……他很乖，在年段一直名列前茅，前不久的模拟考还得了班级第二。"

王阳："看来你很以自己儿子为荣。"

许茹芸："我们夫妻俩都没什么文化，但小冰他非常勤奋，每个老师都夸奖他将来一定会有出息。"

王阳："原来如此。那么你有想过这么做对得起你的儿子吗？将来他大学毕业，即使考上公务员或事业单位，政审时也会因为你的盗窃罪而不予录取，这点你是否有考虑过？孩子在工作时被同事们指指点点，只因为他的母亲是个窃贼，你认为那时他还会打从心底尊敬你这个母亲吗？你不仅毁了自己的家庭，还把这么优秀的孩子都给毁了！"

许茹芸："警察先生，我说，我说！"

王阳："说吧，你究竟还隐瞒什么？"

许茹芸："那天陈文霞的儿子对你们说案发时间曾经看到我，一定是他在撒谎。"

王阳："这话什么意思？"

许茹芸："我想既然合同都快结束了，不如从那个姓郭的教授身上找些值钱的东西，刚好那天晚上他住在这边，所以我就……"

王阳："你这家伙真是不可救药！"

许茹芸："对不起！以前我是个老实人，但这种事只要做一次就会停不了手……"

王阳："然后呢？你从郭教授那偷到什么东西了吗？"

许茹芸："我知道他最受不得吵闹，每周都只在康湾城待个一两天。别人我不敢保证，但是这个人睡觉一定是塞着耳塞的，所以我偷偷上楼在他包包里翻些值钱货。"

王阳:"翻到什么了?"

许茹芸:"包里都是些生活用品,只有两张一百块钞票,我把它拿走了,郭教授好像也没有发现。"

王阳:"这么说来,孙灿鹏那晚见到的人影果然是你!"

许茹芸:"实在对不起,我以后一定重新做人。"

王阳:"别再干这些偷鸡摸狗的勾当了,好好为儿子的将来考虑。"

许茹芸:"我知道错了,但是那块金表真的不是我干的!"

王阳:"你为什么会认为吕文栋在说谎?"

许茹芸:"那天晚上我在郭教授的房间待了大约一刻钟左右,其实他说的声音我也隐约听到了点儿,可当时我明明没和他们在一起,那小子是不可能看到我的。"

王阳:"既然听到声响,为何不在笔录里说清楚?"

许茹芸:"那个情况咋解释,两个人两种说法,你们肯定会怀疑到我身上。"

王阳:"好吧,你确定吕文栋所说的那个时间点你本人并没有和他在一起?"

许茹芸:"没有,绝对没有。"

王阳:"知道了,如果你是被栽赃陷害的,我们一定还你一个清白。可是之前那几宗盗窃案尽快交代清楚,别抱有侥幸心理。"

监控室内,曾旻娜又犯了愁。这次的系列案件表面看像一个闭环,但如果往深处追究,每个节点都会引申出不同的分支,有的可能是岔路,有的可能是通往真相的大门。从王耀威案到张磊案,几乎每个嫌疑人都隐藏着各种各样的秘密,这些秘密是否都值得一一挖掘,曾旻娜不得而知,但可以肯定的是,两起案件绝对没有想象的这么简单。

189

"你觉得是谁把金表塞进了许茹芸的包里？"曾旻娜走到莫楠身边问道。

"不知道，参与笔录的人那么多，谁都有嫌疑。"

"照你看来，吕文栋像在撒谎吗？"

"没必要。第一次笔录时他并没有提供任何有用的信息，但警方现场走访后，他反而能够回忆起一些东西。"如果把案件的全貌比喻成一副拼图，那么许茹芸所说的话正是其中不可或缺的一块，但该将这块拼图放在框格中的哪个位置，莫楠还不得而知，"如果吕文栋是为了指认谁，那么他应该会提出一个很清晰的证词，而不是含含糊糊的。我觉得他没有对我们撒谎。"

"可是，那天晚上他醒来后明明看到保姆许茹芸，却被后者否认了。"

"他看到的真是许茹芸？"

"什么意思？"

"吕文栋的原话是，看到沙发隆起了一块，有人盖着被子睡觉，应该就是许茹芸。"

"你的意思是……沙发里另有其人？"

"这也难说。沙发上的可能是某样大件物品，也可能是某个人。如果是人的话，这又会是谁？那个人在陈文霞的房间里做些什么？"

莫楠脑海中不禁浮现当时的场景。如果说被子底下的是人，当时一定是刻意藏在那儿的，他的目的是什么？他几乎可以想象，大雾弥漫的深夜、躲在暗处的人影、透过被子向外张望的眼睛……这又是一块不可解的拼图。

"哎，这案子越查疑点越多。刚以为找到了突破口，原来只是个死胡同，甚至平白无故多了更多疑问。"

"别气馁，我们离真相越来越近了。"

"难道你已经知道凶手是谁？"曾旻娜用机敏的双眼观察莫楠脸上的神色。

"这倒还没有，不过我想再问问孙灿鹏。"

"孙灿鹏？我们昨天都已经问过一遍了。"

"不是关于王耀威的事，是关于张磊。"

"张磊？"

"你忘了，他和孙灿鹏是同辈人，长期待在一起没准会对他透露些情报。"莫楠像是想起什么似的迟疑了一下，然后朝曾旻娜比画道，"另外，能麻烦你帮我准备个果篮吗？普通点的就行。"

"提果篮做什么？"曾旻娜歪着脑袋问。

"当然不是自己吃！听我的就对了，这都是为了办案。"

05

整整一天，记者们都跟在郭国栋和石永进身后，不时有人向"自救会"的其他成员打探情报。孙灿鹏被那些像是狗仔队的家伙搞得烦透了，不知是谁走漏了消息，现在人们都给他贴上了"叛徒"的标签，他的照片也被打码公布在网上。前阵子，孙灿鹏才配合媒体报道康湾城"自救会"居住者的事，还拍了一组照片，这回"叛徒"的负面消息不胫而走，眼尖的网友把那张照片中打了马赛克的脸和着装与之前那组采访照片进行对比，发现照片里的马赛克形同虚设，很快知道了他的身份。更有甚者还把孙灿鹏以前的工作单位搜了出来，一部分自媒体在那里搜罗关于他的负面新闻。

"自救会"里出了叛徒，还是开发商指使的，虽然王耀威已经不在人世，可致远集团的压力并没有减轻一分一毫。记者们跟随郭国栋和石永进来到了集团门口，一位自称是总经理秘书的年轻女士将众人挡在门外，仔细一看，这位美女正是冯春燕，她和安保队长简单交代了几句便乘着电梯来到了最顶层。

会议室里，几位集团高层眉头紧锁，让他们寝食难安的问题有很多，不只是关于康湾城烂尾楼的事，还有集团的资金链再次出现问题，这其中的许多人早已暗自联系好了新东家，只是秘而不宣，各自心里打着小算盘。

敲门声响起，冯春燕进来了。

"外头的情况如何？"坐在会议桌正中，年纪最长的就是致远集团现任总经理马振华，五年前他刚上任就撞上前任老总被带走，集团资金链问题浮出水面，这五年来，他眉头上的沟沟壑壑一天比一天显眼，出了这档事更是几宿没合过眼。

"'自救会'的人带着记者把楼下围得水泄不通，我已经吩咐过安保队，让他们维持现场秩序。"冯春燕以职场女性特有的干练口吻答道。

"你也下去跟他们解释情况。"马振华向坐在一角的营运科副科长努了努嘴。

"马总，现在已经是风口浪尖了，我一个小小的副科长说这些有用吗？或许您本人现身说法会比较合适。"

马振华勃然大怒，狠狠地瞪了他一眼。

"李云轩，别以为我不知道你们营运科背后那些事，你昨天递的辞呈我还没批呢，集团有集团的离职审计制度，你的事查清楚了再走！"

"马总，我……"

"别说了，集团内外部问题很多，这点我有不可推卸的责任。当前的情况很复杂，但其中康湾城的事问题最大，社会影响最恶劣，这几天下来我不知接了政府部门多少个电话，已经焦头烂额了。现在王耀威不在，他的那些烂账我们根本没法清算。"

"马总，不如这样吧，我和小李下去打发那些媒体。"说话的是张远山，他是在座的副总中为集团效力时间最长的。

"你去我也放心些，知道该说些什么吧？"

"明白。"

"行，你带着小李一起去。"

二人起身离开后，会议室只剩下五人，场面再次陷入可怕的沉默。

"马总，我觉得有些蹊跷。"

"你说的是……"

马振华瞥了一眼坐在身旁的王副总，身子侧了过去。

"关于王耀威的事。"

"怎么个蹊跷法？"

"把王耀威推下楼的是那个自杀的小伙子，他还写了封遗书，可几天过去了，警方仍然没有结案，他们这些天到底在查些什么呢？"

"这点远山已经向我汇报过了，据说负责这件案子的警官怀疑凶手可能不是那个姓张的小伙子。"

"啊？不是他会是谁？遗书还能有假？"

"具体情况我也不太清楚，但市局的领导也在向侦办案件的警官施压，如果这周内他们还没能查出新问题，那么这件案子就会以凶手自杀来结案，这对我们来说也是件好事，至少和'自救会'那些人在谈判桌上不会那么被动。"

"这倒是。"王副总若有所思地看着一脸疲态的马振华，"您觉得警方还在调查些什么？"

"警方的事我怎么知道？"

马振华淡然地笑了笑,掀开瓷杯盖,喝了几口冒着香气的肉桂茶。

"马总,我是在担心。"

"有什么好担心的……"

"因为案发现场好像没有那个东西。"王副总小声地说,"我在王耀威那家伙的办公室找了半天也没找到,也派人向警方打听过了,的的确确找不到那东西。您说……他们会不会……"

马振华喝茶的动作旋即僵了下来,沉思片刻后又小心翼翼地合上杯盖,语调格外冷静:"应该不至于,如果他们找到了,一定会和我们取得联系。现在没消息就是最好的消息,这事情一旦泄露分毫,我们几个都得玩儿完。"

"王耀威这老小子成事不足败事有余,到最后搞得自己身败名裂小命不保。"

"那家伙真是死有余辜。"

马振华盯着空无一人的副总办公室,那是王耀威生前待过的地方。他狠狠攥紧手里的派克钢笔,记事本里"王耀威"三个字逐渐被晕开的浓墨吞噬。

06

趁着媒体声讨致远集团的当口,莫楠来个暗度陈仓,偷偷见了孙灿鹏一面。因为受不了舆论的指责和网络暴力,孙灿鹏决定搬离康湾城,现在的他已经被断了财路,尽管漫天撒花似的在星源人才网上投发简历,可至今还没一家单位给予反馈。心灰意冷的他收拾行李准备搬去郊区的单身宿舍暂居,正要离去时被莫楠叫住,莫楠向他详细询问了关于张磊的情况。

正如莫楠所料，张磊的确曾找过孙灿鹏制作一款 App，那是夏日酒吧的老板所托，以三万元的价格让他设计酒吧内扫码订餐、点歌的一套系统，如果酒吧的点歌系统内没有想要的曲目，客人们还可以通过本地上传的方式扫码后将歌曲传至系统。一款软件的设计、试运行到正式推广使用需要几个月的时间，如今夏日酒吧还在使用这款 App，老板对此十分满意，将余款一次性打入孙灿鹏的账户，他可以靠这笔钱勉强支撑两三年房租。

见过孙灿鹏之后，莫楠又来到市人民医院见过李馨旸母女。孩子连续发了两天高烧，正在病房里挂着点滴，莫楠不敢多打扰，好在李馨旸的心情似乎有所平复，对那天的事向莫楠赔礼道歉，两人还简单聊了几句。莫楠此行的目的在于琳琳手里那本《机密暗语》，他原本以为上面可能标有注记，却没想到书本内页还是崭新的，那是张磊在儿童节送给琳琳的礼物，不过这类书对小孩而言未免太过晦涩，李馨旸还笑着说书里的内容连她都看不明白。

"搞半天你是为了见她啊……"

回到市局，曾旻娜刚开完会，思滨发生一起外卖投毒事件，张局正为此伤脑筋，关于王耀威案的社会舆论这几天逐渐升温，领导的意思是尽快结案以平息舆论热度。张局几乎对曾旻娜下了最后通牒，如果两天之内没有新的发现，案子就以凶犯张磊自杀的结论向社会公布。曾旻娜并非故意压着案子不放，而是坚信这其中一定暗藏不可告人的秘密。会议结束后，莫楠给她发了一条微信，他已经在门口等着了。曾旻娜向食堂订了两盒简餐，食堂的天花板很低，采光不佳，二人在窗边找个空位坐了下来。

"确切地说，是去见她的女儿。"

"难道小女孩还能告诉你谁是凶手？"

"上回在医院初次见面的时候,我注意到琳琳也带着本《机密暗语》,和张磊放在酒吧里的那本书一模一样。"

简餐菜色并没有莫楠想象中的那么好,尤其是苦瓜炒肉,连肉片都是苦的,他只好把黑猪烤肠和回锅肉吃干净,再喝上几口紫菜蛋汤。对面的曾旻娜比莫楠吃得更快,她正翻阅着莫楠向李馨旸借来的《机密暗语》,莫楠歪着脑袋探问道:"你不觉得很蹊跷吗?"

"看上去也不像什么畅销书。"

"下午我问了琳琳,她告诉我这本书是张磊在去年儿童节时送给她的礼物。"

"送这个给小孩,她能看得懂吗?"

"也许他认为薄薄的一本书,而且还有彩色插画,小孩应该会喜欢,实际上琳琳对里面的内容完全不感兴趣。"

曾旻娜百无聊赖地随便翻了翻,书本里前半段在介绍古今中外的各种暗号,后半段则是实践部分,作者自己编写了几十组暗号,读者要运用前半段介绍的方法去破解。整本书谈不上高深,但曾旻娜对这种暗号的解读提不起兴致,没多久又将书本放回桌面。

"这么说你又白跑一趟咯?"

"哈哈,也不见得。你看《机密暗语》里有这样一段话……"

暗号(密码)是通信双方按约定的法则进行信息特殊转换的一种重要保密手段。依照这些法则,变明文为密文,称为加密变换;变密文为明文,称为脱密变换。暗号(密码)在早期仅对文字或数字进行加、脱密变换,随着通信技术的发展,对语音、图像、数据等都可实施加、脱密变换。暗号(密码)的类型主要分为四种:

1. 错乱。按规定的图形或者线路,改变明文字母或数字的位置成为密文。

2.代替。用一个或多个代替表将明文字母或数码等代替为密文。

3.密本。用事先编订的字母或数字密码组,代替一定的词组、单词等变明文为密文。

4.加乱。用有限元素组成的一串序列作为乱数,按规定的算法,同明文序列相结合变成密文。

"原来你还在怀疑张磊的遗书隐藏着某种暗号?"

"以我对他的了解,我几乎可以这么断言。遗书本身是'密文',而他要传递信息的那个人掌握着'明文'的诀窍。"莫楠将那封遗书的照片摆在曾旻娜眼前,一副胸有成竹的模样。

"可我特意咨询了局里破解暗号的高手,他的看法也和我一致,一个将死之人在遗书里述说自己的经历,看得出是真情流露,整篇文章中并没有可疑的数字、字母或者符号,应该不会隐藏其他信息才对。"

"这么说,你已经照着张磊的日常写作习惯核对过了?"

"那倒没有。"

莫楠又把手机相册翻了出来。

"你看,这是他上个月和上上个月发的微博,第一篇只有一百多字,当时他刚找到酒吧的新工作,连配图都是特意做过滤镜的,所以这短文可以被认为是他的写作习惯。"

惊喜!居然在这里遇到海子!

如各位所见,照片里对着镜头傻笑的是我的老朋友海子,我的初中同学,好几年没联系了。

世界就是这么小,几年之间这家伙的发际线都快顶天(笑)。

海子得意洋洋地对我说：

"哥们儿现在可是×音上的当红主播，随随便便带个货就是一两万的收入。每天从早唱到晚，从天黑唱到天亮，都是你一年挣不来的钱。只要一不开心，分分钟就可以跟老板拍桌子走人。"

可把他美的……

好吧，在海子的苦苦哀求下，我勉为其难为他打个广告：赶紧扫描下方二维码，一起在App里吐槽这家伙吧！

张磊微博的粉丝只有八九百人，并不算多，这则微博的评论多是鼓励的话。他常在自己微博里推荐关于暗号解读类的书目，然而应者寥寥，净是些曾旻娜没听过的书。

"请问曾队长，你从这篇短文里发现了什么？"

莫楠看着曾旻娜伤脑筋的样子，似乎有些乐在其中。

"看得出他见到老朋友很兴奋，有什么奇怪的？"

"那你再看看下一条，这是那位朋友上个月从酒吧离职后，张磊发的一条微博。"

过去的一个月我很开心，

可以说是从毕业之后最快乐的时光。

既然哥们儿有更好的选择，那就大胆去闯吧，兄弟支持你！

只是，今后的夏日酒吧听不见你的声音，有些不习惯。

帮你把工服还给老板了。

海子，有空常回来坐坐。

祝未来一帆风顺，前程似锦！

"这条更明显了吧?"

"究竟想说什么?难道你怀疑张磊性取向有问题?"

"扯哪去啦!你再认真看看。"

"我什么也没发现,你知道的,我对暗号这东西根本一窍不通。"

"不,你全都发现了,只是没有去类比和论证。"这是莫楠在书上看到福尔摩斯对他的助手华生说的话,用来形容眼前的状况再适合不过。

"别卖关子了,快告诉我!"曾旻娜做出不耐烦的表情。

"你发现没,"莫楠指着屏幕上的两段文字,"张磊微博短文里的行文习惯都喜欢另起段落,没写几个字就忙着换行。"

"这么说还真是……"

"你再看看这封遗书——"

有一次演出结束后过了好久,她都没有离去,待观众和其他演员纷纷散去后,大礼堂里只剩我们二人。我的内心忐忑不已,她似乎就是为了和我说话才留下的。"第三十次了吧,你看我演出的次数。"这是秋静对我说的第一句话,她的声音很甜,当时我的脸也许正泛着红晕,僵在那里久久无法回应她。没想到,秋静微微一笑,扁桃仁形的眼睛闪闪发光,"第一次应该是那天凌晨。"事情过去很久,至今我都不记得当时是如何回应她的,那晚我们聊了很长时间。

"换作是我们一般人,写下这段话时通常会习惯性地将段落分开,而张磊却没有。起初我以为那是他的写作习惯,所以没太往心里去。直到后来,我找你们要到了张磊的微博,他平常的行文和遗书里的行文截然不同,一个是该换行却不换,另一个是一两句话换一次行,根本不像是出自同一个人的行文习惯,难道你不觉得事有蹊跷?"

"也可能是写遗书时的心态和日常有所区别，因此张磊才一改往日习惯，让文章变得更加紧凑些？"

"还有一处可疑的地方。"

（前略）

于是，我打算给秋静一个惊喜，偷偷买下康湾城的房子……

"水晶悦郡三年前刚交房，现在的房价和当时相比已经翻了倍！"售楼小姐信誓旦旦地画着大饼，"未来康湾城附近会有两所中小学名校的分校，还有大型卖场，虽然地段不是很好，不过两年后地铁站就在小区附近，出门前往市中心全程不到半小时。"

"这里又有矛盾了。如果按你的说法，他行文的习惯有所改变，那么这两段话讲述的都是买房时候的遭遇，依我看没必要分段。"

"……的确有些奇怪。"

"下午我去了趟医院，正是那本《机密暗语》给了我灵感。书上提到'当一段文字与作者平日里的表述有异，那么这段文字很可能隐藏着机关，所谓的机关正是作者真正想要传递的信息'。简单来说，当你发现作者的笔法与平时不同——尤其是喜爱暗号解读的作者，那么文章里一定暗藏玄机。就行为心理学的角度考量，异常举动不可能毫无意义。"

莫楠说到这里，曾旻娜再次拿起那封遗书的扫描件。张磊在文末表达了希望由她将遗书内容交予"自救会"的伙伴，曾旻娜也照做了。现在想来，如果莫楠的推断无误，那么张磊很可能是在对"自救会"里的某个人传递某种信息，曾旻娜的善意之举很可能是张磊计划的一部分。

"喂，有在听我说话吗？"

见曾旻娜有些愣神，莫楠在她眼前挥了挥手。

"你说，我都听着呢。"

莫楠雀跃地说道："我总算摸清门道，看出张磊究竟想要表达什么内容了，曾队长可有兴趣？"

"别吊胃口啦，快告诉我！"

"没问题，在此之前还得劳驾曾队长先陪我回趟康湾城。"

"去那里做什么？"曾旻娜疑惑道。

"孙灿鹏告诉我一些引人注意的事，警方初次搜查时可能忽略了一些关键点。"

"你认为张磊的死不是自杀？"

"这很难说，他的死关系到王耀威，关系到'自救会'，也关系到致远集团，既改变了王耀威案的性质，也改变了警方的侦办重心。如果说案件是被打乱的魔方，现在我们要做的就是把这个魔方给拧回原位。"

莫楠兴奋地站了起来，露出爽朗的笑容，他将托盘递到食堂回收区，曾旻娜紧紧跟随其后。此时此刻，她相信莫楠，相信眼前这个人确实掌握着整个案件的命脉。

2012·全都错了

林雪华牵着女儿的手行色匆匆地离开他们的住所。

今天一大早，家里的铁门又被人泼了红色喷漆，歪七扭八地写着"杀人凶手"四个大字，边沿一角还画着猥亵的图案。加上前两天被人丢的石子，这扇锈迹斑斑的铁门恐怕支撑不了多久。

其实林雪华和冯瑞才早在两年前就已经离婚，由于后者拒绝抚养孩子，因此这对母女两年来一直相依为命。津桥河案告破后，不知是谁在论坛上把林雪华的住处和手机号公之于众，当天她就收到无数骚扰短信和恐吓电话，有的甚至威胁其生命。于是，林雪华决定带着女儿离开星源，初三正是学业的关键期，但出了这档事无论是谁都无法静下心来学习，学校的同学知道孩子有个杀人犯父亲，也都刻意疏远她。

"燕燕，我们换个环境重新开始吧。"在星源机场国内出发入口前，林雪华摸着孩子的头安慰道。

"爸真的是大坏蛋吗？"

面对孩子的反问，林雪华的眼神怜悯而唏嘘："你相信他会这么做吗？"

孩子拼命摇头。

"不过我相信。"林雪华俯下身，直勾勾地盯着盈满泪花的稚气眼眸，"孩子，你要接受这个事实，今后我们的日子会相当艰难，不过不管怎样，你必须坚强，懂吗？"

"不，我不相信爸爸是坏人！"女孩一副随时都要哭出来的模样，她擦了擦泛红的双眼，又将手在衣服上抹了几下。

"既然如此，我就明明白白地告诉你。冯春燕，你的父亲冯瑞才就是杀人碎尸的大坏蛋，他自己一个人走了，却要我们母女承担骂名！你和我之所以离开星源，就是拜这个大坏蛋所赐，要我说几次你才懂？！"林雪华带着深深的无力感，她看着那依旧纯真的脸庞，颓然地抱住了她，"孩子，你是我继续活下去的勇气，答应我，在新的城市重新开始好吗？"

女孩怔怔地点点头。

他们身后的新闻栏目还在针对津桥河案做着跟踪报道，社会评论家的论调越来越不着边际，今天这位浓妆艳抹、颇具富态的中年女社会学家正对着主持人呼吁国家应对所有类似斧子、扳手的钝器进行实名制，似乎现在这个社会必须采用实名制才能维持稳定和彼此的信任。

"在新的学校你也许还会遇到讨厌的孩子。千万记住，要想不被人欺负，就必须给我狠狠地回击，不能让他们看到怯懦的一面。"由于候机室的杂音太大，林雪华并没有在意身后的对谈节目。

"妈，你不觉得他们才是凶手吗？"

"他们？"

"对啊，那些伤害我们的人。"

"傻孩子，你的父亲是罪大恶极的杀人犯，那个男人带给我们多大的困扰你知道吗？他出了这种事，所有脏水只能由我们接着，那个十恶不赦的男人活该下地狱！"林雪华咬牙切齿地告诫着。

"可是……我们犯了什么错？"女孩依旧不依不饶。

"你是杀人魔的女儿，这还不够吗？"

"……"女孩无法看清墨镜之下母亲脸上的表情。

"如果不想成为一贫如洗的穷光蛋，我们只能靠自己。没有人愿意成为我们的朋友，如果要改变命运，一定要利用可以利用的人，千万不能心软，知道吗？"

有一瞬间，女孩几乎要不认识这个面前和她相依为命的人，却也只能轻轻地应了一声。

第七章　抉择

2021·献给她的暗语

01

还有不到两个月就将迎来新的一年，康湾城在思滨的寒风中显得更加孤寂。头顶明明晴空万里，连一片云朵都找不到，烂尾楼内却有不少阴冷潮湿的角落，只有寥寥几处灯光淡淡地映在墙上。

郭国栋搓了搓被寒风吹得通红的双手继续前行，他发现康湾城门口停了辆警车，心里不禁纳闷，案件按说应该随着张磊的自杀而告一段落，遗书、动机、作案过程的交代都再完整不过，曾队长他们这几天究竟在查些什么？

小区内一幢幢高楼就这么并排立在寒风中，郭国栋望着这一切，心里很不是滋味，致远集团遇到前所未有的困境，未来谈判过程的艰辛可想而知。远处的几片楼盘还是一派热火朝天的景象，机械轰鸣声不断，远远地还能听到管理人员在现场指挥调度的声音，其中三幢楼年底即将宣告封顶。郭国栋绕着康湾城晃了一圈，在他的设想中，只要业主们通过筹钱的方式聚拢资金，由专业的装修公司进场施工，然后将这笔钱"借"给资金链遇到困难的致远集团，不出一年，装修部分即可完工，但这件事说起来容易，做起来却有重重困难，所幸新上任的张远山似乎对这个提议持赞同态度，这让双方的谈判朝着有利的方向发展，下一轮谈判将触及一些实质性的问题，这些问题事关每一户业主的切身利益，郭国栋暂且持谨慎乐观的态度。

为了整理思绪，郭国栋只得一路向前走着，寒风总是恶意地纠缠着他。在4号楼前，郭国栋终于停下了脚步，这几天来他们经历了太多，如今的自己已感到有些心有余力不足。正如外界所说的，康湾城似乎被什么东西诅咒了，连续几天发生命案，舆论也在刻意制造人心惶惶的氛围。一楼的大门敞开着，像一只怪兽的大口，郭国栋向值班的警员打个招呼，慢慢地向上走去。他料想曾旻娜此时一定带着那个心理医生在楼顶闲晃，事实也正是如此，楼顶的寒风更加刺骨，曾旻娜有些受不了了，刚一开口一股寒风就朝她喉咙灌了进来。

"在这走来走去的做什么？这一带都走了多少回，要有线索早该发现了。"

"是谁常说'案发现场要跑百遍'？"

曾旻娜紧紧跟在后头，莫楠就像一匹脱缰的野马，想拉缰绳都来不及。

"那是针对有调查价值的情况。"

"调查价值？你真的确定不会有被我们忽视的盲点吗？"

莫楠也希望自己的担心是多余的，然而却有一个声音固执地推着他朝前走去，那声音仿佛并非出自他的内心，而是在他前面召唤着他。

"这话怎么说？"

"例如一些我们认为本应就出现的人或者物。G.K.切斯特顿的某篇推理小说，警方调查了所有嫌疑人，唯独忽略了每天送信的邮差。我在想，王耀威的案件会不会也是犯了同样的错误？我们也许遗漏了某些很重要的东西。"

"该问的都问了，该调查的也都调查了，查得连家政公司都差点被注销营业执照，我不认为忽略了什么。"

"原来如此，曾队只是凭借'女人的第六感'觉得事有蹊跷，其实并没有具体的佐证。"

女人的第六感。

曾旻娜想起十多年前那件跨境毒枭的案子，当时她还年轻，在案发现场和同事就意外还是他杀的观点争论不休。许队长笑着问曾旻娜为何坚持他杀的观点，她却回答这是"女人的第六感"，虽然最后的调查结果印证了外表像是流浪汉的黑瘦小伙的确是被人杀害的，但她还是忘不了许队长那句"案发现场要跑百遍"。

莫楠的话勾起曾旻娜那些尘封的记忆，他似乎也察觉到了这点，连忙转移话题。

"对了，那部电梯一直停在楼下吗？"

"王耀威的案子之后就停止使用了。"曾旻娜淡淡地回了一句。

"能不能下去看看？"

"当然，电梯是石永进找人安装的，也就勉强容纳四五个人。"

"运行起来动静大吗？"

"你可以试试。"自从王耀威的案子发生后，康湾城每天均有市局的人轮班站岗，曾旻娜拨通了一楼值班人员的电话，"小刘，请把电梯总开关打开，上到最顶层。"

没过多久，楼下那部小型电梯来到了顶层。由于是后期临时加装的简易装置，电梯甚至可以停靠在楼顶的位置，莫楠走了进去，轿厢布置得常规实用，但因为空间有限，如果搬挪大件物品只能选择走楼梯。

"比我想象中的要安静。"

"嗯，就是比常规的电梯要慢不少。"

莫楠摁下十一层的按钮，过了好几秒电梯门才合上，他注意到身后贴着的那张宣传海报，上面用醒目的艺术字写着"打造你梦想的家，我们更专业"，文字下方罗列出公司近几年获得的荣誉，照片中的公司办公环境也显得颇具规模。

"永墅装修……这家公司不就是石永进的吗？"

"没错，他本人的装修公司虽然比不过市内最有名的两三家，但也算是老牌，比上不足比下有余，他们的运营一直顺风顺水，每年都有稳定的利润。石永进不喜欢盲目地扩张规模，公司里的员工基本都有十年以上的工龄。有段时间，整个建筑业的形势不怎么乐观，许多项目的资金没有按时收回，石永进咬咬牙将自己两套市中心的房子卖了，用来给手下的员工发足薪水。"

"看不出来，他还挺仗义。"莫楠目不转睛地盯着轿厢一角。

"你一直瞅着广告单做什么？"曾旻娜问。

"这电梯什么时候装的？"

"几个月前吧，为何突然问这个？"

"你看，这份张贴的广告单并没有被晒到褪色，应该是前不久贴上去的，但广告单四周向外大约十公分的四个角明显有被胶带贴过的痕迹，而且看起来还挺干净，应该是最近才被撕下来的。"

"这和案件有关？"

"不知道，也许得问问郭教授他们。"

电梯门缓缓开启，刺骨的风又吹了进来。

02

"电梯的广告单？当然是贴小石公司的啦，这有问题吗？"

原本郭国栋还在琢磨警方究竟又有哪些新的发现，莫楠的疑问让他深感意外。

"除了现在贴着的那张广告单，以前还贴过哪些宣传？"

"没有。"

"您肯定？"

"这电梯才装了几个月，平常也就楼层高的几位住户用用。从头到尾我们都只贴过这张，因为电梯的安装本身就是由他的公司负责。"

"这就奇怪了……"

莫楠托着下巴，陷入了沉思，一旁的郭教授则有些摸不着头脑。

"你们专为这事找我？"

"还有一件事，'自救会'组建以来应该有建立微信工作群吧？"

"当然，只要有会议或者新的进展，我都会发到群里。现在致远集团内忧外患的，那个姓张的副总昨天还发消息给我，他们集团正在慎重考虑我提出的方案。"

"这么说，续建有望了？"

郭国栋风风雨雨经历多了，只是淡然地回道："呵呵，指不定是对方的缓兵之计呢。"

"每次会议您都有把主要内容发群里吗？"

"有，而且还会把录音放上去。"

"每次？"

"基本上吧，录音文件很大，所以我请孙灿鹏压缩了一下，放到群文件里，虽然没人会下载下来听，但如果以后诉诸法庭时也可以当作存底的证据之一。"说到这里，郭国栋不禁气恼起来，"那小伙子看上去老老实实的，居然还和王耀威扯上关系！"

"另外，关于张磊，您知道他平常喜欢研究些什么吗？"

"那个小伙子啊，人不赖，就是话比较少，平时总喜欢一个人琢磨些文字、暗号啥的，不太喜欢和其他人交流，不过他的心眼不坏。"郭国栋眺向远方，不由得难过起来，"遗书我都看了，小伙子蛮可惜的，归根结底都是那该死的开发商，把所有人都给害了。"

"有人和他比较熟吗？"

"……他好像很喜欢小孩，和李馨旸的女儿关系不错，然后就是孙灿鹏了，听说张磊还给他介绍了一份应用系统研发的工作。至于其他人嘛，关系不至于多亲密，但绝对不会差。"

"您知道张磊前几个月在酒吧工作的事？"

"有听说，我们每次聚餐的时候小伙子虽然话不太多，还是会和我们交流些事的。"

"他说了些什么？越详细越好。"

郭国栋不明白莫楠为何对张磊的一切如此上心，然而疑惑的表情在他眼里转瞬即逝。

"印象中有一次聚餐时，他状态不太对，自己喝了好几瓶黑啤，好像是和在那一起工作的朋友吵架。"

"哦？难道是这个人？"

莫楠将微博里的截图找了出来，郭国栋努力回想着，最终还是犹疑地摇摇头。最近不论学校工作或是围绕康湾城的一系列谈判，都让他费尽了心力，再加上自己的记性不比从前，照片里的年轻人也没有什么明显的特征，所以郭国栋还是摇了摇头。

"我不知道是谁，听上去应该是他的老朋友。"

"还记得张磊在抱怨什么？"

"好像是他准备跟酒吧里的客人动手，被那个朋友硬生生拦下，最后还被老板罚了些钱，白打两个礼拜的工。"

"有说是什么样的客人吗？"

"没说，只是一个劲儿地喝酒……具体情况你可以找酒吧老板问问呀。"

"也是，真是谢谢您了！"

从康湾城离开后，莫楠和曾旻娜就近简单吃了顿便饭，时间已经来到中午十二点五十分。晚上市局还有个报告会，主题是关于依靠命案现场的血迹重塑犯罪过程，主讲人是在该领域赫赫有名的薛琮文法医。曾旻娜一开始就对这场讲座抱有浓厚的兴趣，但距离张局的时限只剩下短短的三十六小时，她只能私底下拜托同事务必将全程视频录下来传给她。关于康湾城的命案，已经到了分秒必争的时刻。餐后，二人一边讨论案情一边在餐馆附近的公园散步整理思绪。

"看来那天张磊在酒吧里见义勇为也不是第一次了。"

"我们似乎忽略了一些盲点，张磊本身就患有抑郁症，情绪不是很稳定。如果说他的跳楼自杀是一时冲动的决定，那么会不会有什么人或者事诱发他走出这一步呢？"

实际工作中，莫楠也听闻过不少利用心理暗示让原本拥有心理疾病的患者做出出格举动甚至引导其成为危害社会的危险分子。

"也对，关于张磊的事，我们一直把注意力放在他是自杀还是他杀以及那封遗书上，并没有对他本人及周边的情况详细盘查。"

"我有一个建议。"莫楠有一种强烈的预感，张磊是本案关键中的关键，他的行动、心理变化、精神状态莫楠都希望彻底了解，他指着照片中和张磊合影的年轻人对曾旻娜说道，"不如问问这个人，他既是张磊的好友，也和他在酒吧共事过一段时间。张磊有什么心理变化，估计这个人都清楚。"

"好，我来调查他的身份，应该不难找到本尊。"

03

如今，警方的大数据搜索能力已经到了让人叹为观止的地步，光靠那张照片对人脸进行分析，再通过数据挖掘，这座城市里几乎没有什么是他们搜索不到的。

照片里的年轻人叫于海腾，三十岁，目前是某个网络平台的知名主播，拥有超过一百万粉丝，"海哥聊真相"是他的注册账号。起初，于海腾只是剪辑一些动漫或电视剧的吐槽视频，没想到经过网络平台首页推荐后大受欢迎，这让他有了创业的决心，他在星源市中心租了间两室一厅，目前正一个人钻研吸引观众眼球的故事，他的合作者大约有三四人，都在其他城市，彼此年龄相仿，沟通起来也十分顺畅。据称，这个"海哥聊真相"工作室盈利颇为可观，近期还接了几家网红品牌的广告，已经颇有些影响力。

要到了于海腾的电话后，曾旻娜提前和他约了个时间。下午三点，她和莫楠准时来到东芳广场二期433号楼2703室，于海腾正是住在最顶楼的房间。刚打开门，三人都大吃一惊。

"怎么是你？"

"怎么是你？"

"怎么是你？"

三个人颇有默契地瞪大双眼同时喊出声。

原来，三人已经有过一面之缘。在王耀威的别墅外，差点被莫楠拳脚相加的UP主就是于海腾，因为他最近才染了头发，整个发型也变了，所以一时半会儿莫楠没能从照片认出来。此时的于海腾穿着印有骷髅图案的宽松棉毛衫，卧室里贴满了海报，正对着镜头的位置还挂着"海哥聊真相"的特制亚克力发光板，一旁还像模像样地学警方布置起线索墙，似乎刚解说完20世纪那宗日本银行投毒案。尽管对着镜头的场景布置得很细心，但镜头外的部分可以称得上邋里邋遢，看得出于海腾一个是彻头彻尾的宅男，一日三餐全靠外卖生活，厨房的灶台甚至结起了蜘蛛网。莫楠是第一次见到网红主播的卧室，算是开了眼界，他和于海腾对视了一眼，互相释怀般地笑了笑。

"呵，兄弟，看来我们真是有缘分啊。今天又在破啥大案子？"

"得了，从那天挨了你批评之后，我的运气从来没好过。"于海腾坐回自己的主播位，他翘着二郎腿，开罐苏打气泡水喝了起来，"磊子居然是那件案子的凶手，最后还跳楼自杀……你们认为我还有心情播报那鬼地方的新闻吗？"

"据我所知，你们俩应该是同学关系吧？"

莫楠和曾旻娜同时接过小伙子丢来的苏打水。

"嗯，他和我同桌了两年，后来我转校了，当时也没有QQ和微信，只是留了个电话座机。在我第二次搬家之后彼此就没了联系，没想到居然在打工的酒吧遇上了那小子，之后的事情就更没想到了。真是应验了那句话，生活远比故事精彩，也远比故事悲惨……"

和莫楠一样，曾旻娜也从未见过网红的直播间，她心想如果直播时能照得到房间的全貌，这家伙的粉丝数恐怕得打上好几折。绕着房间踱了一圈后，曾旻娜搬了张椅子坐到于海腾身边问道："你认为他完全有可能自杀？"

"他从小就是那种神经质的性格，从没变过。"于海腾没有看曾旻娜一眼，他正对着电脑屏幕向负责后期剪辑的伙伴布置任务，"对熟悉的人，他比较能够敞开心扉，但对于他厌恶的人，就一辈子都不会和那个人说一句话。总而言之，磊子是个很轴的人。和磊子共事的几个星期，只要他看不惯的同事或顾客，他就会冷眼相待，有时两三句话就能吵起来，其实我很担心他在酒吧待不长。"

"听说你们还吵了一次架？"

"呵呵，你们的调查很细致啊。"于海腾耸耸肩冷笑一声。

"能告诉我是出于什么原因吗？"

"就算是最好的兄弟也有吵架的时候吧，这不奇怪。有一次，他看到一位顾客准备出手打女人，女人看上去应该是那位顾客找来陪酒的，磊子的正义感很强，最看不惯男人打女人。如果不是我在场劝他，两个人早就打起来了。"

"他认为你在帮对方说话？"

"基本上是这意思。"于海腾放下手里的活，认真地问道，"你们知道他以前有一个叫秋静的女友吗？女孩特别水灵，还是红极一时的芭蕾舞蹈团的团长！"

"这点我们调查过了，那位女孩挺可惜的，年纪轻轻就离开人世。"

"完全是人祸，人祸！秋静和磊子谈了好几年，本来都谈婚论嫁了，结果女方的家人嫌弃磊子家庭条件不好，在星源连房都买不起，两人的矛盾也越来越多，所以没过多久双方就分手了。后来，秋静找了个富二代，听说还是她的同学，富二代娇生惯养久了，一遇上不舒心的事就对秋静拳打脚踢，磊子一定恨透了那个男人。"

"但是，他并没有找他复仇。"

"这就不要问我了。"于海腾一口气喝完罐中的苏打水，"也许在他眼里，那个开发商代表作恶更多，对社会的危害更大。别看磊子那样，

213

其实他的正义感比常人还要强。"

"你知道他患有抑郁症吧？"

"知道，他三天两头去找医生开药。"

莫楠和曾旻娜对视了一眼，在张磊的遗物中并没有发现治疗抑郁症的药品。

"具体是什么药，你还有印象吗？"

于海腾轻蔑地撇撇嘴："我怎么可能会记得？你们想知道具体情况去问给他开处方的医生不就得了。磊子隔三差五带着瓶瓶罐罐到酒吧里，照我看，那些药根本一点效果也没有，那么多年下来反而更加严重起来，以前的他可不会因为看不惯谁而动手揍人。"

"他有没有和你提到自杀之类的话题？"

"自杀？说出来你可能不信，我们还是学生的时候，他已经说了无数次了。"于海腾转过身看了曾旻娜一眼，嗓音变得低沉下来，"只要一被班主任批评，他就会对我说他连遗书都准备好了……哈哈，你们说他能有几个朋友？"

莫楠打量着于海腾精心布置的新闻墙，贴在上面的都是近期舆论的热点新闻：有受全国人民瞩目的保姆纵火案、被欺凌的高校女生投毒复仇案，也有淹没在头条报导下的冷门题材，总之全都与悬疑、灵异的热点主题相关。于海腾的书橱几乎都被订阅的报纸塞满，看得出为了找寻吸引人的题材，小伙子没少费功夫。不过，最吸引莫楠注意的还是新闻墙的中心，星源市各大媒体争相报道的头条新闻都被贴在那里。

"……康湾城＝鬼城？兄弟，你不是说不再做这方面的新闻吗？"莫楠回过头问黄毛小伙。

"那是用来做新话题的噱头而已。"

"新话题？"

"我的直播间已经换成鬼怪主题，现在年轻人不都喜欢这个吗？"于海腾不以为然地瞥了莫楠一眼，"现在舆论已经把康湾城塑造成被诅咒的鬼城，所以我就紧跟时事，做了一系列灵异事件，你看，粉丝都涨了五十万。照这个势头下去，下个月粉丝数非破两百万不可。"

"所以你每天待在家做做直播完全能够养活自己啦。"

聊到这里，于海腾叹了口气，摆出一副"这种苦只有自己能体会"的表情。

"做节目其实挺累人的，我们自媒体要善于发现主流媒体忽略的重点，然后把发现的内容进行加工，这样才能吸引到粉丝。"

"你还会唱歌？"

"当年还是校园十佳歌手呢！"

莫楠瞅了一眼书柜，的确有两座被束之高阁的奖杯。

"不过一开嗓隔壁邻居就会向物业投诉我。呵，现在倒好，只能趁他不在家的时候做直播。"

"这是什么？"

莫楠指着直播间的桌台上的另一台机器，那是苹果新推出的一体机电脑，从里面不断传来"叮"的短促提示音。

"哦，这里面有个点歌的App，是夏日酒吧给我的灵感。没做直播的时候，观众也可以在这里关注我点歌，有时候遇到没听过的歌，观众可以直接上传歌曲链接，我只要花半小时就能把歌学会。"

"原来如此，这响声是观众在线上传歌曲的提示。"莫楠思忖片刻，继续问道，"对了，张磊有和你聊过康湾城的事吗？"

"偶尔吧，为什么这么问？"

"那天，我们在王耀威的院子里遇见时，其他记者都穿着厚衣服，只有你穿了一件。当天天气预报报道过，冷空气是上午十点多来到星源，白天温差很大,我注意到你左手边还有一瓶汽水,上面的雾气还在,应该是之前从冰箱里拿出来的。还有,你的直播窗口右上角累计的直播时间已经超过三个小时。当时我在想,你恐怕比那些记者还早到达王耀威的院子里等待警方调查,如果我没猜错,张磊恐怕有对你透露些什么。"

于海腾讶异地凝视着这位留着大背头的中年男子:"大叔你到底是做什么的?看上去也不像警察。"

"这是我的名片。"莫楠笑嘻嘻地递了过去。

"……心理咨询师?"

"虽然外人很难看得出来,这家伙是一名犯罪心理学家,常帮助我们从心理学角度分析案件。"曾旻娜向对方介绍时,语气中带着一股莫名的自豪感,"不过,刚才和你聊的事情可别播出去。"

"我明白,明白。"于海腾解释道,"那天一早,我刷微博的时候发现康湾城又出事了,而且新闻报道跳楼自杀的是一个年轻人,我立刻就有一种不祥的预感。给磊子打电话一直没人接,后来电话打了进来,对方自称是一名刑警,我心想坏了,磊子肯定出事了。从酒吧离职之后,磊子有和我聊了几回。他曾经对我说过,如果哪天他也死了,就去查查王耀威的别墅,线索就在那里。"

"他真的这么说?"

"嗯,千真万确!所以我想,警方应该会到王耀威的别墅再次调查……"

"他有向你提到具体的证物吗?"

"并没有,我当时还以为他在开玩笑呢,就没追问下去。"

——王耀威家的证物?

莫楠不禁疑惑起来,那天在房里搜罗了大半天,可以称得上线索的只有那一沓预算书,事后证明是孙灿鹏暗中提供的。除此之外,就剩下衣橱里那一捆捆新钞，来路恐怕也不干不净。张磊指的线索究竟是什么？莫楠陷入了沉思。

"老哥，你怎么突然不说话了？"

"这家伙思考问题时就这德行，不管是谁都没法打断他。"

于海腾"哦"了一声，好奇地打量着这个男人。莫楠在小小的房间里来回踱步，安静得好像不存在似的，然而，下一个瞬间，他突然大吼一声，好像突然想到什么，眼神中闪烁着异常明亮的光芒。

"旻娜，我们再去一趟王耀威家。"

曾旻娜应了一声，心想这是莫楠几天来第一次这么称呼她。莫楠正要拉着曾旻娜夺门而出，却突然停了下来，他又走回去摘下一直挂在于海腾肩上的头戴式耳机。

"哎，你怎么……"

于海腾被莫楠突如其来的举动吓了一跳，一抬头莫楠正俯视着他。原来在警方和于海腾取得联系后，他再度打起小算盘，准备整点独家新闻，就把微型摄像头安在那副耳机的镂空处，方才他做出一副专注的样子，实则镜头正对着问话的曾旻娜。莫楠留意到在双方沟通过程中，于海腾目不转睛地对着电脑，好几次下意识地转过头，没几秒钟却又转了回去。

"看来真是有钱能使鬼推磨啊，东西我收下了。"

莫楠摘下嵌在耳机上的针孔摄像头，领着曾旻娜快步离开。

04

自动门"哐"的一声打开，停车场里的热气就像一记潮湿的巴掌重重拍在张远山身上，他急匆匆地环视着停车位，直到他听见角落里传来车子解锁的声音。

"马总,您为什么要答应他们?"

上午围绕康湾城后续建设的谈判会上,马振华亲自拍板同意业主们的诉求。在进场的装修公司资质方面的审核完成之后,最快十一月下旬即可签订施工协议进场施工。康湾城的业主们总算看到了一丝曙光,但张远山以及董事会的其他成员本意都想先拖一段时间,没想到马总却一口答应下来,因此会后张远山行色匆匆地一路跟到了停车场。

"这事不能再拖下去了,你要理解理解我的难处。"马振华的声音沉稳而极富磁性。

"可是……您怎么说先期的款项由我们拨付?我们明明连下个月的员工工资都发不出去,要是那家装修公司进场了,预付款起码得有一两千万啊!"张远山此时也顾不得职位尊卑,致远集团本身已经风雨飘摇,他和董事会的成员对于马总的猜度彼此心照不宣,"难不成马总您……"

"小张,我知道你在琢磨什么。"马振华笑了笑,依旧一副不以为意的模样,"你跟着我也有十几年了吧?"

"……正好二十年。"

"那你说说,我哪回办事不经大脑瞎拍板的?"

"这……"

马振华四十出头就坐上了集团高层的位置,凭借的不是江湖上的人脉关系,而是英明果决的判断力。尽管后来升到一把手时集团的诸多问题已经积重难返,他还是沉着应对,丝毫没从他脸上瞧见一丝慌乱。

"我只承诺在施工期从预付款的支付到退还这半年,所有的工程进度款由我们来支付,一方面是为了让郭国栋向业主们筹集所谓的'自救款',这谈何容易?另一方面,工程初期的主动权在我们手里,还需要我——向你挑明吗?"

"难道您的目的是……"

马振华重重地叹了口气："面前的难关先渡过再说，这件事的社会影响力太大了，自从郭国栋组织成立什么'自救会'，舆论对我们的口诛笔伐就没少过。这次的拍板也是万不得已，装修公司那儿邀请招标的程序启动之后，你们可有的忙了。"

"我明白了，马总。"张远山恍然大悟，"石永进一定想让他的装修公司承建，我们可以在招标文件里设置障碍，让其他单位中标，这事的决定权在我们手里。"

"回头你得要建设管理部还有子公司的对口部门一起参与，一旦石永进的装修公司投标被否决，他和集团人员包括郭国栋就有了裂隙。大家都在这行做了几十年了，承建单位利润有多少谁没个数？石永进就是想让我们致远当这个冤大头，在工程中动手脚，用我们的钱来喂饱他底下那些人。"

"我还听说永墅的法务十分难缠，近一年来打了不少结算纠纷的官司，还都胜诉了。"

"这块风险确实得考虑清楚……"马振华若有所思地叹了口气。

"就算招标这关落实到位，可后续的工程款问题还是无法解决呀。"

马振华露出神秘莫测的微笑，关上了车门，他缓缓摇下车窗，朝张远山摇了摇头："你看着操作吧。"

丢下这句意义不明的话语，马总的劳斯莱斯很快消失在视线中。张远山还没琢磨清楚马总究竟打算如何安排，暗处却传来一个女子的声音。

"张总，还没走？"

高跟鞋"咔嗒咔嗒"在地面发出轻脆响声，女子从阴暗的角落走出，张远山怔了一下，刚才两人的对话八成已经被她听见了。

"小冯，你怎么在这？"

王耀威出事之后，冯春燕非但没有受到影响，反而在集团局势混乱的当口当上了建设管理部的要职。张远山不明白上面这么做的原因，也曾提过反对意见，但听说上头的领导认为她是一个可造之材，张远山也不好再多说些什么，只觉得眼前这位小姑娘着实不简单，这一个月来，小姑娘的变化不论从外形上还是性格上的确判若两人。混迹职场多年的张远山知道，人事这种东西，归根结底就是由各种残酷而滑稽的无聊小事决定的。

"我也和张总一样，准备下班。"冯春燕几天前刚提了辆奥迪，同事们对她的变化议论不断，有人说她正和某位金主打得火热，也有人说她脱离王耀威的魔爪情绪得到了宣泄，因此就像换了个人。她往前走了几步又突然停了下来，"后续的事，恐怕要张总多多关照了。"

"你果然……"

"我说了，只是正好路过而已。"

"康湾城的事你打算怎么办？"

"招标流程还是您的经验丰富，您说什么我照做就是了。"

张远山没有答话，依旧保持着上司的威严，但他的心里不由得透出一股寒意，冯春燕的笑容中似乎透着一股魅惑的气息。望着她远去的身影，张远山无法释怀，短短一个月时间，一个人有这么大的变化简直令人难以置信！

这女孩究竟经历了什么，或是她发现了什么……

05

李馨旸走出康湾城 4 号楼门已是傍晚时分，莫楠见她提着大包小包的行李，立刻迎了上去，她愣了一下，然后礼貌性地朝莫楠点点头。

"这就准备走了？"莫楠问道。

"嗯。"

关于康湾城烂尾楼后续处理方案的进展出乎意料，在政府部门的介入下，开发商同意按郭教授的提议解决后期装修工程的问题，且马振华还签了保证书，后续项目从开工到施工单位退还保证金为止的工程进度款均由致远集团承担，因此给足了郭教授他们筹集"自救款"的时间，事情似乎在朝好的方向发展。目前，装修项目的招标文件和清单已经编制完毕，预计这个月底就能确定中标单位，社会舆论总算得以平息，"自救会"的成员也相继搬离了烂尾楼，上到政府部门下到致远集团，都暂时松了一口气。

李馨旸是最后一个离开的，她向市公安局的人员报备了新住址以及通信方式，还被告知近期不能离开星源，直到接到警方准许自由行动的通知为止。李馨旸将登记栏一一填上，琳琳还在医院里静养，原本她计划晚上安顿好之后便返回医院照顾琳琳。

"准备搬去哪里？"莫楠又问。

"琳琳的身体不是很好，学校周边的房租又太贵，所以还是打算租在靠近医院的地方。"

李馨旸眼神中透出一丝畏惧，她觉得莫楠好像要对自己说些什么，又找不到合适的机会开口。

"之前的事真是对不住了。"

"没什么，是我太不冷静……其实早就打算向你好好道歉。"

"不必，不必，我并没有挂在心上。如果允许的话，可否一起在附近走走？"莫楠说着指向远处的一块空地，晚霞的余晖映照在空无一人的篮球场，篮球场四周还有几处供市民健身的设施，只不过附近的住户稀少，这些设施全都泛着斑斑锈迹。

"现在吗？"

"对，现在。"

李馨旸抬头看了一眼莫楠，内心那股不祥的预感似乎正在应验。她将行李寄放在值班民警那，一路上两人默默地走着，这种氛围令李馨旸感到不安。

"知道我为什么带你来这吗？"

李馨旸摇了摇头。

"这里很像我们读高中那会儿，还记得当年你一遇到不开心的事就找我哭诉。"莫楠继续感慨道，"抱歉，你可能不喜欢我这么说。"

"不，没有。"

"也是，现在的你不论遇到什么麻烦事都能自己挺过来……"

"莫楠，你特地来找我，一定有什么话想单独对我说吧？"李馨旸终于鼓起勇气开口试探。

"……张磊的遗书你看了吗？"莫楠注意到李馨旸的表情发生了变化，她双手交叉叠在胸口，这是明显的防御性动作。

"什么意思？曾队长确实有给大家看过，他确实挺可怜的，不过也太冲动了。"

"你应该了解吧？他的本意。"

"本意？你到底想说什么？"

"就是那本《机密暗语》。我一直在思考，张磊究竟想把那封遗书的秘密传达给谁？但是，除了琳琳之外，他没有再送过其他人这本书，也没和其他人深入讨论过他热衷的暗号解读。"

"你是说，他的遗书还有其他秘密？"

"呵呵，你还是一点都没变，一说谎就会摸鼻子。"

"……"李馨旸将举到一半的手放了下来。

夕阳眼看就快下山,如同燃烧的火焰一般,霞光将大地上的人和物都映照得红彤彤的。唯独李馨旸丝毫体会不到这样的美景,不,其实十几年来,她根本连抬头仰望天空的勇气都没有。

"其实你已经知道了,张磊遗书里的行文和以往反差很大,而且每个段落之间都有不合常规的处理,就是在发现这点之后,我对遗书里真正想表达的内容产生了怀疑。"莫楠将一张照片从上衣袋里取出,那是曾旻娜交给他的那封遗书的影印件,"结尾处提到看到这封信的时候,我不奢求您会同情我的遭遇,只求您将这封信的内容从头到尾交予我的伙伴',他特意用'从头到尾'这种突兀的表达,玄机就在于此。

"《机密暗语》里有关于'明文'和'暗文'的说法,张磊的这篇文章既是明文也是暗文,不明白的人只看出其中第一层含义,明白的人会察觉出他真正想要传递的信息。"

"你到底想说什么?"

"我不晓得张磊是从何处得到的灵感,总之我十分佩服那家伙。文章在每个自然段的开头和结尾都做了手脚——例如第一自然段,开头是'人',结尾是'尔',合起来就是'你'。以此类推,他想要传递出去的话就是……"

莫楠将影印件翻到了背面,先前他已经向曾旻娜展示过了解读方法,因此上头还留有当时留下的笔迹。

人 + 尔 = 你

西 + 女 = 要

女 + 子 = 好

女 + 子 = 好

水 + 舌 = 活

223

羊 + 目 = 着

"不错，文章的'明文'和'暗文'的情感都是真实的，他想要通过一段文字表达出两种情感。你要好好活着——这就是张磊真正想对某人说的话。至于那个人是谁……"

"……行了，莫楠，你果然是个天才。"

李馨旸重重地叹了口气，在她心中，这位老朋友的形象一直没有变过，还是学生那会儿她就认为眼前这个男子比其他人都聪明百倍。尽管文科的成绩烂到离谱，但真正考验思维能力的科目从没出过差错。莫楠看上去一点也没变，与他相比，自己仿佛就是另一个世界的人。

"拜托你，告诉我你和张磊究竟在这个案件里扮演什么角色？"

"……其实他是为了救我。"李馨旸柔弱的声音令莫楠感到一丝怜惜，"你知道吗？王耀威之所以在那个时候叫你来康湾城，并不是想让你看到我落魄的样子，而是我的尸体。"

"王耀威那家伙！他真的想杀你？"

"对，他真的想杀死我。"

王耀威第一次对李馨旸动手就在新婚的第二天。

他答应李馨旸，在公司的应酬结束后，就和她去巴厘岛度蜜月。当晚十一点，李馨旸还没等到王耀威，便自己一人在沙发上睡着了，等到她醒来时，眼前竟出现一张恶魔似的面孔，她从未见过这副模样的王耀威。那个男人不断抱怨李馨旸根本不爱自己，否则根本不会睡得这么死，说罢便抡起手臂重重地扇了李馨旸一耳光，这是他第一次扇她。往后的日子更少不了拳打脚踢。只要李馨旸当着王耀威的面和他不认识的男子聊天超过五分钟，或是和男同事微信回复超过五句话，王耀威都会怒火万丈，他每天都会查阅李馨旸的手机通话记录和微信、QQ 记录，可李馨旸对这种近乎变态的行为却选择沉默，有时只能捂着伤口疯了似的逃离这个家。李馨旸回想起当年的一幕幕，眼眸里开始泛出泪花。

"那天半夜，王耀威突然通知我到天台见面，虽然我心里已经有了预感，但还是相信他不至于做出这种事。"李馨旸的目光幽幽地沉了下来，"直到差点被推下楼时，我才明白，他很恨我，真的很恨我，可我并没做过任何对不起他的事。"

"别哭了，馨旸。"就像二十多年前那样，夕阳下，莫楠抚着她瘦弱的肩，只不过对方不再主动地靠着莫楠，她的身体十分僵硬，莫楠知道李馨旸这些年都经历了什么，却也无能为力。待李馨旸停止啜泣，莫楠才接着问道："当时一定被吓坏了吧？"

"要不是张磊从后面把王耀威推下楼，我想死的人一定是我。"

"王耀威为什么要这么做？再怎么样，彼此也有情谊在啊，琳琳不就是你们俩情谊的证明？"

"他经常毫无来由地打我……十年来一直如此。"

"也许现在这么问毫无意义，你一点都不打算反抗？"

李馨旸摇摇头，泪水再度从脸颊簌簌滑下："嫁给他是我人生最后悔的事。你知道我们结婚后，他让两个女人怀孕然后逼迫对方堕胎的事吗？那两个女人都是他手下的员工，不仅如此，他还喜欢拍照片和视频要挟对方，最后她们都忍无可忍辞职离开了星源。"

"这个人渣！"莫楠忿忿地咬紧牙关。

"不管怎样，事情都过去了。我能告诉你的事实就是，那晚张磊为了保护我，在我和王耀威争执的时候将他推下楼。当时雾特别大，我和王耀威丝毫没注意身后还有个人，事后张磊告诉我，他是看到我慌张地上楼才一路跟上来的。至于那个为我做不在场证明的吕文栋……"

"我猜张磊用的是孙灿鹏为夏日酒吧设计的 App 吧？"

"呵，你连这都知道。"李馨旸先是吃了一惊，随即淡然地赞叹道。

"他预先设置了机关，夏日酒吧有很多印有预点歌 App 二维码的海报，手机扫码后即可上传本地歌曲，让酒吧的主唱预约演唱。张磊是个智商很高的小伙子，他先让你假装什么事都没发生，回到自己的房间。然后，他摁下了电梯按钮，在轿厢正对着电梯门的位置贴上那张印着二维码的海报，并将自己的手机固定在顶楼正对着电梯门的位置，并一直处于扫码状态。因为隔壁楼盘施工的缘故，'自救会'的业主们几乎都塞上了耳塞，唯独那位大学生吕文栋，好巧不巧，当张磊来到他房间时，他家的保姆许茹芸正在郭教授的房间行窃。张磊想办法弄醒吕文栋，然后以最快的速度躲到沙发上，并用棉被把自己裹住，这也证实了吕文栋的证词。"在发现电梯轿厢内的胶带痕迹以及拜访过于海腾之后，莫楠的心底便有了答案，"张磊预先按下电梯每层楼的按钮，等抵达顶楼已是几分钟之后的事了，电梯门敞开，保持扫码状态的手机扫到了广告单上的二维码，开始自动播放张磊上传的曲目。当然，他并非上传了什么歌曲，而是郭国栋传到微信群里的会议录音，那是王耀威和石永进与他激烈争吵的对话，我做了实验，如果没有戴上耳塞，在吕文栋的位置能听到的充其量也只是模模糊糊的声响，但王耀威和石永进拍桌子的声音倒是特别大，因为我们是在王耀威坠楼后进行调查，这样一来，会产生先入为主的观念，误以为吕文栋说的声响是王耀威坠楼时的声音，因此在时间上造成一个误判。"

"真厉害，基本都被你说对了。"

李馨旸彻底被莫楠的推理所折服，他说的一切就像在现场目睹过一样。

"在那之后，半夜被吵醒的吕文栋以为那是隔壁楼盘传来的声音，又重新睡了过去，张磊也趁机逃离了那个房间。在警方进行调查时，他刻意回避与你的交集。你在康湾城时，他到夏日酒吧打工；他回到康湾城时，你却在医院照顾琳琳，简直就像两条不相交的平行线，所以警方很难将你们联系在一块。依我看，他与其说是同情你，不如……"

莫楠联想到在夏日酒吧时张磊动手打人的一幕，再加上他过往的经历以及好友于海腾所述的事实几乎可以做出总结——只要张磊遇见有男人欺负曾经熟识的女人，不管出于什么原因、对方的社会地位如何、自己的立场是否合适，他都会勃然大怒，对惹是生非的男人拳脚相加。

"够了，还是我来说吧。"李馨旸摆了摆手，"我真的很感谢张磊，虽然话不多，但他的确是个心肠很好的人。事发后我也一直劝他向警方自首，他也答应我会考虑看看。那几天我一直很痛苦，琳琳的身体状况很不稳定，谁知道张磊居然……居然自杀了。我很害怕，直到隔天曾警官将他的遗书拿给我们，我知道那一定是张磊对我传达的讯息，只有我才看得出来。他真的，真的……太傻了……"

"李馨旸，我很遗憾以这种方式再次见到王耀威和你。在我的记忆中，大家的感情一直停留在二十多年前，一个人的变化总是那么出人意料。"

李馨旸先是缄口不语，但忽然用激昂的嗓音捂着双眸哭诉："两个人都是我害的，这些天我做的噩梦一个接一个，真的……真的就快要撑不下去了。"

莫楠轻抚她那柔弱的双肩，面色沉重地说："你还有琳琳要照顾，张磊的死和王耀威的死都有意外的成分，回头你只要和警方说清楚事情的来龙去脉，别再隐瞒任何事了。"

"知道了，莫楠。"此时夕阳的光辉已经退去，道路的尽头，一个熟悉的身影出现在二人眼前，李馨旸不禁感慨，这个叫曾旻娜的女人真的和她很像，不过看起来是那么年轻，"她也是你叫来的吧？"

"我一直相信你，相信你还是以前那个李馨旸。"

"谢谢你……"

莫楠目送李馨旸上了警车，然后默默地在广场里一圈又一圈地走着。

2012·命运的抉择

"李太太，你的身体还很虚弱，最好不要随意走动哦。"星源市人民医院妇产科外，年轻的实习护士柔声细语地叫住正打算推开门进入观察室的李馨旸。

"……孩子，我想看看我的孩子。"还未从生育的剧痛中恢复，李馨旸的声音低沉而无力。

"李太太你这么喜欢自己的孩子，可你的丈夫呢？从头到尾都没个影。"

实习护士有些笨拙地将新生儿抱进婴儿床里，就算戴着手套也能感受到孩子的皮肤光滑细嫩，护士一边安抚哭泣的婴儿，一边低声抱怨。

"我的孩子，我只想见孩子……"

"唉，真可怜。只能进去五分钟哦，也到了吃午饭的时间了。"见李馨旸一副失魂落魄的模样，实习护士不禁心生怜悯之心，她忘了老护士的告诫，转而松口道，"现在正赶上生育高峰期，里面的孩子不少，别认错了。记着，看孩子的腕带。"

"知道了，谢谢你！"

"唉……"护士叹了口气，离开观察室准备到更衣室换件衣服一会儿前往一楼食堂。

"可怜的孩子，都是妈的错，没让你生在一个幸福的家庭……"李馨旸紧紧抱住自己的孩子，两行热泪从眼眸里簌簌流下，虽然是个女孩，但婴儿拼命用小腿踢着李馨旸的手。

"不对！她是我的孩子，当母亲的应该让她幸福！"

父：王耀威　母：李馨旸

李馨旸盯着孩子的腕带，耳畔仿佛听到了恶魔的呢喃。孩子挣扎着抓住她的手指，仿佛抓住一根救命稻草似的。尽管如此，她还是将婴儿放进了另一张婴儿床，她在待产室见过这个孩子的母亲，二十七岁却嫁给一个五十岁的富豪。

"孩子，别怪妈，这都是为了你的幸福着想。"

李馨旸摘下了婴儿的腕带，把它挂到另一个女婴的手腕上，这个女婴倒十分乖巧，不吵也不闹。李馨旸明白，从这一刻开始，两个孩子的人生将发生翻天覆地的倒转，今后她的宝贝孩子就将摇身一变成为含着金汤匙出生的富家千金，而她则必须和面前这个可怜的家伙相依为命，忍受着丈夫的暴力和威吓。

"对不起，我也会好好疼爱你的。"

内心残存的一丝罪恶感让她轻抚孩子的圆润脸颊发誓。话音刚落，换好衣服的实习护士已经出现在门外。大错已经铸成，剩下的只能交给命运，李馨旸不由得握紧拳头，对天祷告——

"老天爷，求求您让她在新的家庭幸福快乐地成长起来吧！"

第八章　逆转

2021·逆转之后的逆转

01

半个月后的中午，莫楠接到了曾旻娜的电话，他的部下王阳要在思滨大酒店举办订婚宴，受邀的除了双方的家长、市局里的几位领导和朋友外，居然还有莫楠的名字。

"懒鬼还没起床？"曾旻娜的声音从电话那头传来，经历过上次的风波，他们的关系似乎更像是认识多年的老朋友。

"我也是要午休的好吗？"莫楠懒洋洋地伸了个懒腰，诊疗室的挂钟明明才指向下午一点的位置，"这个点就打我电话做什么？你同事的订婚宴不是四点半吗？"

"我是提醒你早早做准备。"

"话说回来，康湾城的案子还是我帮你解决的。啊，难道你之前说的请我撮一顿该不会是指这顿订婚宴吧？市局的人都这么抠的吗？"

听到这里，刚才电话那头还很强势的声音变得平和下来。

"是张局也很想见你,毕竟十几年后又立下一件大功。"

"算我倒霉,不该插手这件事。"

"总之你下午必须得按时到。"曾旻娜顿了一下,就像上司正在对下属布置任务似的,莫楠还听到电话那头传来敲击键盘的声音,心想她应该是在查地图导航,"我看过,从你那出发大概四十分钟就能到思滨大酒店,三点半就出发吧,有事交给其他医师和靳璐就行啦。"

"遵命,遵命。"

莫楠挂了电话,将自己稍微打理一番,穿上与场面相称的正装。前不久他还为康湾城的事伤脑筋,自己退隐江湖已经十多年了,因为曾旻娜的关系,又被卷进与犯罪分子作斗争的日子,这实在不是他的本意。其实,曾旻娜的嘱咐他始终牢记在心,早已特地把今天下午的预约给推掉,现在的他只好百无聊赖地坐在沙发上刷着手机。

这半个月以来,康湾城后期装修部分的招标工作似乎进行得不太顺利,具体情节并没有对外披露,但莫楠听说原先的中标单位因为业绩和配套拟投入人员资质问题被第二候选人举报,举报者最近还扬言经查实中标单位在业绩上有造假嫌疑,因此整个招标进程严重滞后。后来,莫楠了解到被举报的单位正是石永进的永墅装修,第二候选人是长期同致远集团合作的一家名叫夕建建工的施工单位,为此石永进和其他业主代表的思路出现分歧,石永进自然希望由自己的公司承建,而郭教授和其他业主则认为应该尽早让施工单位进场。据说致远集团在招标文件上设置了比较苛刻的业绩加分条件,而且受邀单位中不乏实力雄厚的当地企业,可以说从一开始便没安好心,石永进为了让永墅中标,确实伪造了一两个业绩用来充数。

目前康湾城的续建工作备受重视,业主代表自己分为两派,但两派之间的人员对比悬殊,只有极少数人赞同石永进的观点,大多数人还是坚持郭教授的主张，应以推进工程进度为优先考量，"自救会"的两位骨干之间出现了裂隙。

"好像不是很顺利的样子哦。"

声音像幽灵一样从莫楠身后传来，他差点把手机给摔在地上："喂，你怎么进门也不敲还绕到我身后说话，吓死人了！"

"我敲了呀，是你自己没听见！"靳璐鼓起腮帮说道，"这案子不是早就结束了？"

"案子是结束了，续建的工作才刚刚开始，天知道致远集团又在打什么鬼主意。"

"你觉得是他们故意这么干的？"

"那还用说。因为是邀请招标，如果他们成心想让永墅中标，还会设置他们不具备的加分条件吗？依我看，八成他们是从中设卡，让郭石组合出现裂隙。"

"真是太阴险了吧！"

靳璐把脸一扭，接着问道："不过老哥啊，这又关你啥事？"

"什么叫关我啥事，难道你忘了上次是谁差点被病患袭击，又是谁在关键时刻帮她的？"

"行行，我知道了。你是怕这些人里面会有哪个老相识哭着喊着要找你做心理诊疗对吧？"

"你怎么……"莫楠沉思了片刻，然后忿忿地嘀咕，"一定又是那个女人给你说的。"

"嘿嘿，你今天不就是为了见她才特意打扮的吗？"

"哪有，参加别人的订婚宴，怎么着都得体面些。"

"好吧，当我没说。"

靳璐哼着小调走了出去。

232

莫楠不由得感慨女生之间就是免不了长舌的毛病，他可以想象曾旻娜的同事们会如何看待他们俩，没准比王阳夫妇还受人关注。

所有人到齐已经是傍晚五点，新人的家属和市局的人相互打起了招呼，只有坐在一角的莫楠尴尬不已，王阳家人以为他是新郎官的挚友，市局的人以为他是沾了曾旻娜的光才出现在这里，两个团体的人不时还在窸窸窣窣地瞅着他说着些什么。

思滨大酒店的菜色在这一带算是别具一格，尤其是他们的招牌菜水煮三鲜，都是最新鲜的食材，但等转盘转到莫楠身前，只剩下一点鱿鱼和花菜。什么叫格格不入，莫楠认为现在的他就是最好的诠释。好在大闸蟹、羊肉煲、鲍鱼捞饭陆续上桌后，张局开始举起酒杯打个通关，在王阳的请求下，张局借着酒兴说了几句场面话。

"首先，恭喜这对新人，老张在这里祝愿你们生活和和美美，早生贵子。"张局的酒量一向以一当十，不管喝多少杯都不会上脸，依旧精神抖擞，他接着又转向市局的兄弟们，"另外，这次康湾城的案子顺利侦破，小曾你们团队功不可没，小王也立了大功，前途无量！还有，莫老弟的功力丝毫不减当年，以后恐怕还得仰仗你协助我们提供精准分析。今天只提高兴事，来，我建议大家一起举杯。"

又是一阵觥筹交错，莫楠都不好意思把盛着可乐的酒杯一次次地举起。新郎官估计已经不胜酒力，满脸通红了。他一边打着嗝一边对着自己的上司揶揄道：

"张局说得好！我看莫先生男未婚，曾队长女未嫁，不如在一起得了！你们说是吧？"

"神经病啊，你忘了他们是什么关系？"

热闹的气氛瞬间降到冰点，王阳的老婆狠狠地踹了他一脚，尴尬地对他说了一句。看来她事先已经打听清楚莫楠的来头，只有新郎官还迷迷糊糊。王阳的父亲虽然不明白怎么回事，还是笑盈盈地转着圆桌：

"呵呵，大家别停下，继续动筷、动筷！"

"我说错啥了？"王阳在他爱人耳边嘀咕，看上去真的有些醉了。

"闭上你的嘴，不说话没人当你是哑巴。"

不知不觉，张局打通第二关，又来到莫楠这边，他又开始回忆起十几年前莫楠协助警方办案的峥嵘岁月。说到一半，他停了下来，指着坐在莫楠斜对面的老刑警问道：

"莫老弟，你对这位老先生可还有印象？"

"您这么一说，我越看越觉得眼熟……"

国字脸的老刑警身材瘦弱，一头白发也没刻意去染黑，反倒颇有些仙风道骨的独特气质。他从始至终一脸乐在其中的表情，被张局一点名，他也盯着莫楠瞧了好久。

"十几年前，那宗围绕上班族女性的连环杀人案，当时和我们一起通宵达旦好几天没合眼的就是这位老蒋啊。"

"哎呀，一时没认出来，失敬失敬。"

"呵呵，明年年初就要退休回家带孙子咯。"两人碰过一杯后，老蒋五官皱成一团，笑眯眯地问，"小莫现在在哪高就？"

"自己开了家心理诊疗室，我这人对生活也没什么追求，无忧无虑的日子过惯了。"莫楠说的是实话。

"难怪看着和十几年前都没什么变化。"

"我说小曾啊，你也敬敬莫老弟，他这回可以说是立了头功。"

在张局的怂恿下，两人尴尬地碰了碰杯。

也许是冰凉的汽水碰上热火锅，莫楠感到胃部一阵翻江倒海，他捂着肚子说了句"我去趟洗手间"后，便径直沿着走道的指示牌走向最里侧。当他来到写着"VIP08-福禄厅"的门前,熟悉的声音从房内传了出来。

"让我们恭喜这对新人!恭喜马总,也恭喜小冯,预祝你们婚姻生活幸福美满!"

"小冯今天真漂亮,人逢喜事精神爽啊!"

"谢谢大家。"

莫楠心脏像是被人捏了一把,忽然停下脚步杵在房门前。

"马总、小冯……"

刚才的声音至少有两个是他曾经听过的。

莫楠侧过身,从送餐口刚好可以窥探房内的一角。他看到了马振华和冯春燕,他们俩似乎是今天的主角。马总站起身,开始慷慨陈词:

"致远集团正在面临前所未有的困难,但我有信心带领大家一起共克时艰!就以今天这场晚宴为契机,大家共同努力,渡过难关!"

"马总说得好,我们一起共渡难关!"

"我建议这对新人喝个交杯酒如何?"

"好!好!"

和致远集团风雨飘摇的现状相反,会场上的气氛格外热烈。正如莫楠所料,这同样是一场订婚宴。曾旻娜说得没错,冯春燕完全就像变了个人,眼前这个女人真的是在王耀威面前唯唯诺诺的女孩吗?她的一颦一笑都显出与初次见面时截然不同的气质。

"他们……怎么会……"不论年纪或者地位,这两人实在差距悬殊,这究竟是怎么回事?莫楠连忙把曾旻娜从饭局上叫了出来,"方便出去聊聊?"

"哦,好。"曾旻娜一脸问号,"什么事呀?"

"能不能再把案发现场的照片调给我看看?我是说王耀威的案子。"

"手机App的系统里有，我这就调出来。"登录市局的管理系统，设置权限后，没多久一张张照片就出现在手机屏幕上，"有什么不对劲吗？"

在粉笔描成的现场痕迹固定线周边，有十组被圈起并编上数字编号的痕迹特写。这让莫楠回想起王耀威被裸露的螺纹钢筋贯穿身体的情景，不禁皱了皱眉。

"钢筋上这几处红色的斑点是什么？"

"那不是红色斑点，应该是棉绒。"

"棉绒？"莫楠将图片放大，那的确是沾了血的几块棉絮状物体。

"确切地说是那一类的纤维残留吧，你可真够眼尖的，不过那应该和命案无关，不知什么原因原先就黏附在上面的吧。"

"哦。"莫楠继续翻阅着照片档案，指着被标注上"7"的黑色证物问，"这个是？"

"王耀威的钱包。里面有十七张一百元纸钞，四张银行卡和信用卡，还有他和他女儿的照片。"

"琳琳的照片？"

"是啊，应该是女孩小学一年级时拍的，当时还很小。"

"照片就那一张？"

"是的。"

莫楠心想，毕竟血浓于水，没准王耀威心里偶尔还会挂念自己的女儿。

"等等，这张照片……"当他翻到最后一页时，语气忽然严肃了起来。

"这是王耀威摔坏的手机，应该是从他口袋里掉落的，有什么问题吗？"

"你看手机侧面的血迹，怎么这么奇怪？"

王耀威坠落之后，血迹洒在现场周边，其中有两滴血迹喷溅到手机的侧部。莫楠越看越觉得不对劲，尽管只有零零星星，但血迹的形态很不自然。

"哟，你们怎么在这聊？"

蒋法医也不胜酒力，颤颤巍巍地起身离座，原本想来走道上散散步，可一开门却见到二人面色凝重地谈论些什么。蒋法医朝他们打了个招呼，莫楠立刻迎了上去。

"老蒋，刚好想找您……您瞧瞧这照片里的血迹。"

"怎么了？"老法医优哉游哉地剔着牙。

"您看，这台手机是跟着王耀威一起掉落的，所以屏幕摔得不成样子，但它侧面的血迹，应该是呈喷溅状的才对，可照片里的血迹怎么看都不像喷溅的。"

法医扶了扶老花镜，眯起双眼凑近一看："欸，你这么一说还真是。"

"奇怪吧？"

"与其说不像自然喷溅的，看上去更像人为蘸上去的。"

"方便明天帮我们鉴定鉴定吗？"

"好，新来的小付经验还比较欠缺，这些细节可能还真没留意到。"老蒋点点头，又问，"不过，手机应该是被害人的没错吧？否则你们早就急跳脚了。"

"是没错，我很担心，案件存在另一种可能性。"

"另一种可能性？"

曾旻娜满腹疑问，手机上的可疑血迹又能说明什么？莫楠把她拉到一边，轻声道：

"你看看里面……"

"啊，怎么会？"看到订婚宴的主角居然是这对新人，曾旻娜也吃了一惊，捂着嘴刻意把声音放低，"他们俩年纪也差太多了吧？怎么看都太违和啦！"

"据我所知，那个马总好像原本还是有家室的。"

莫楠在网上搜索致远集团马振华的名字，原来半个月前他才刚和自己的妻子办理完离婚手续，对外宣称是感情不和，和平分手。没几天他却和另一个年轻女子订了婚，而且还是本公司的职员，评论区排名前列的热评像是雇了"水军"一般整齐划一，清一色地夸赞他们郎才女貌。莫楠摇了摇头，改为按时间顺序查看评论，画风就明显不同了，其中不乏对马总婚姻生活的质疑，更多的是揣测冯春燕是小三上位，还有几条近乎人身攻击的言论。

"这件事越看越诡异，上次见到这个女孩时我就感觉她像是变了个人。"曾旻娜回忆起那天和张远山一起出现在市局的冯春燕，后来听说她的职位已经提升到集团中层领导的位置，目前正处理康湾城后续装修项目的招标工作，"老夫少妻，明眼人都知道是怎么回事。"

"恐怕事情没那么简单。"莫楠陷入了沉思，"如果我的猜测属实，这个案件还没有完全结束。"

02

晚上十点，马振华把车开到乐都汇。

订婚宴结束后，公司的几个同事呼朋引伴地前往酒店附近的KTV，之后还有第二摊的计划，马振华和冯春燕以家中还有要事要张罗为由婉拒了他们的邀请。乐都汇的地下停车场光线昏暗，马振华找了个车位停好，因为坐在副驾驶的冯春燕想在回家前来买新款化妆品，而且附近唯独乐都汇才有上架销售。马振华拉上手刹，凝视着冯春燕的侧脸，她似乎没有想下车的意思。

"今天表现得不错。"

"表现？你以为我是装的？"冯春燕两手交叉在胸前，瞥都没瞥马振华一眼。

"呵呵，以前怎么没发现你还有这心眼？"马振华无奈地摇摇头，在职场上每个人为金钱和权力奋斗、竞争，甚至相互打压，这些他已经司空见惯，只不过眼前这个女孩追求的手段更加直白，更加具有毁灭性，"真是白干那么多年咯。"

"有什么不好？你们俩的婚姻早就名存实亡了。"

"是是。"冯春燕尖锐的话语让马振华微微一怔，他先是轻蔑地笑了笑，像是在自嘲，转瞬间突然将双手死死掐住女孩的脖颈，冯春燕被他突如其来的举动惊呆了，她感觉自己的喉咙就快要发不出声音，难受得发出干呕。

"可你也不该拿那个东西来要挟我！你知道这么做的后果吗？破坏我的家庭，你在破坏我的家庭！"马振华丝毫没有松手的意思，方才订婚宴上和蔼幸福的亲切感荡然无存，此时的他不仅面部狰狞，还唾沫四溅地咒骂着。冯春燕拼命用拳头击打对方的手腕，声音在挣扎中伴随着干呕透过缝隙尖锐地传了出来：

"你……想……干……吗？"

"给我听清楚，你这臭丫头。我已经依你顺你了，别给老子得寸进尺。"

"放开我！"

"你先答应我，听懂没？"

"咳……咳……我……我答应你，快放手，会出人命的！"

听到"出人命"三个字，马振华这才松手，他察觉到自己的失态，但还是一副威严的模样："希望你能遵守约定。"

"放心，我要的无非是让自己能够过上好日子，不会再苛求你什么。"冯春燕捂着脖颈，细嫩的肌肤上还留着两块暗红色的印记，"至于那些视频嘛……"

"你有完没完？！"

"呵呵，东西我早就备份了。奉劝你别有其他想法，否则视频一经公开，倒霉的不知道是谁哦。"她清了清嗓子，勾起嘴角，似乎要让对方明白现在的处境，"行贿、受贿、雇凶杀人……够判几年呢？"

"你就是因为这个把王耀威给……"

"瞎说，我一个弱女子还能把他怎么样？这点信任总是有的吧。再说，案子早就结了，你还在怀疑些什么？"

马振华默不作声，把头埋在方向盘上。如果王耀威还在世，他恨不得亲手将这个人千刀万剐，堂堂致远集团的老总落到今天这步田地，都要拜这个冒失鬼所赐。沉思半晌后，马振华终于抬起头问道：

"康湾城的事处理得怎么样？"

"领导，您还不放心我？"冯春燕将脸贴了过去，媚眼如丝，马振华并没有抗拒，他闻到了女孩身上醉人的香水味。

"我是说永曌装修的事，石永进一定会揪着我们不放的。"

"别担心，业绩造假是板上钉钉的事，谁让他和你一样多疑？"似乎忘了方才激烈争执的一幕，幽暗的停车场里，两人紧紧相拥，冯春燕的红唇就这么贴在马振华的耳畔，"我刻意在招标文件里设置了加分项目，那个蠢蛋果然把假业绩往里塞，这下好了，没能中标事小，因为伪造业绩上黑名单可是完全有可能的。"

"我还后悔一件事，怎么当初没发现你有这么聪明呢……"

"现在发现也为时不晚哦。"

"只要新单位进了场，剩下的都好解决。"马振华稍稍勾起嘴角，语气平和了许多，"你做得非常棒。"

"马总才是老狐狸，没有人会想到夕建……"

"不该说的就别说啦，这样对你我都好。没听说一句话——好奇害死猫吗？"

"呵，我只听说过秘密会让女人更有魅力。"

马振华解开安全带，这个女人就像慑人魂魄的小恶魔，既危险又让人无法抗拒。

他收紧胳膊将她彻底圈进自己的怀中。

03

市局技侦科。

老蒋的复查结果表明命案现场那部手机上的血迹呈明显的不自然状态，和喷溅路径不符，因此确系伪造而成。得到消息后，莫楠将曾旻娜从会议室叫了出来。

"你是说王耀威可能还有另一部手机？"

"对，他可能用别人的卡开通的，而且只有几个人知道他的号码。"莫楠微微挑高了下巴，语速依旧不紧不慢，"王耀威出事当天，他随身携带的是那部手机。"

"你认为是冯春燕把手机调包的？"曾旻娜指尖滑过手机屏幕上存底的现场照片，能发现如此细微的线索，二十年来，这个男人的洞察力并没有减弱丝毫。

"没错。从她现在的变化来看，手机里的内容恐怕和集团的高层有关，尽管具体内容我们不得而知，但一定是幕后交易方面的，王耀威很可能将勒索他人的内容储存在那部手机里。"

"为什么会这么认为？"

"还记得我对你说过，王耀威出事那天，我曾经闯进他下榻的酒店，当时他似乎正准备对冯春燕下手吗？"莫楠沉吟了一会儿，他回忆起当晚冯春燕面颊绯红的模样，略带愧疚地继续解释道，"也许我去晚了一步，他不仅玷污了冯春燕，而且还拍下了视频，准备拿这个要挟她。后来，靳璐陪着她搬到我们的酒店里办理入住，冯春燕瞒着我们偷偷跟着王耀威，因为原先和王耀威待在一个房间，所以她自然知道王耀威计划半夜去康湾城找李馨旸。于是，她偷偷离开酒店，来到康湾城。没想到出现在眼前的居然是王耀威惨死的尸体，她本想大叫出声，可转念一想，自己又是为了什么跟踪他的？"

"她真正的目的只是为了那部存有不雅视频的手机。"曾旻娜眸色沉沉，脸上露出厌恶的表情。

"对，个人猜测王耀威的另一部手机当晚在一片慌乱的情况下被冯春燕不小心拿了去，或者他自己放错包了。总之，机缘巧合下，冯春燕打算找王耀威删去要挟自己的那段视频，顺便把王耀威那台手机带给他。"说到这里，莫楠话锋一转，"面对眼前的尸体，冯春燕冷静下来并没有选择报警，而是将两台手机调包。细心的她发现存储那段视频的手机侧面沾了几滴喷溅出的血迹，于是，也依样画葫芦将另一台手机侧面沾上几滴血，重重地摔在地上几下之后将它摆在合适的位置，不令人起疑。为了营造效果，那几处被破坏较为明显的破碎面可能还是用石头砸的。这样一来，出现在命案现场的手机就是王耀威日常携带的那款，一切再自然不过。"

"我明白了，冯春燕拿走手机后，发现里面的存储卡并没有损坏。她的那段视频还好好地存着，当然，其他用来要挟人的视频也一个不落。"

"没错，既然手机里存储着不少用来要挟他人的视频，自然也少不了比冯春燕地位更高，影响力更大的人物。王耀威本身就是一个把坏事做绝的人，那些视频一定涉及集团甚至整个工程圈的黑暗面。"

"原来如此。这么说那块金表也是冯春燕嫁祸给许茹芸的？"

"她也许想要转移警方的视线，到处都找不到那块金表就表示犯人也有可能为了钱财杀人。因此，在做完笔录之后，冯春燕将那天晚上预先藏好的从王耀威手腕摘下的金表趁机塞进许茹芸的包里。拜之前陪同王耀威处理康湾城的一系列谈判所赐，她知道'自救会'中陈文霞家的保姆有盗窃前科，而且见钱眼开，她一定会起到转移警方注意力的作用，选择这样的人做挡箭牌再适合不过。"

"真不知道应该说这小姑娘是聪明还是心机深沉。"

"之后的事就是许茹芸被警方逮捕，警方自然也会追查到底，怀疑她作案的可能性，冯春燕这招一石二鸟用得真绝！"莫楠起身看向窗外原本灰蒙蒙的天空，如今云雾正在散开，一缕缕阳光逐渐照了进来，"至于手机里的视频，从现在的情况来看，存了些什么想必你应该知道了吧？"

"至少关系到致远集团涉嫌违法的重大问题，你放心，我会安排人处理。"

"唉……"

曾旻娜抬头瞥了莫楠一眼："你叹什么气呀？"

"我是在感慨。再单纯的女孩子也难以经受金钱和权力的考验。"技侦科的小伙子递来热腾腾的乌龙茶，莫楠一边沿着杯口吹气，一边回忆着自己的诊疗经历,"前不久刚接诊的一名患者,女孩只有二十三岁,大学才毕业,一开始在外贸公司只是个前台。有一次,她接酒局上喝得酩酊大醉的老板回家,意外发现他房间里还住着个年轻女子,年龄没准比她还小。后来,女孩开始威胁她的老板,老板是个年过半百的人,社会经验丰富,知道如何对付这样的小姑娘。他先找个理由给女孩升职加薪,然后暗地里送些昂贵的东西给她,不出一个月,女孩在公司里变得肆无忌惮,像女王一般对他人颐指气使,同事们都十分厌恶她。老板认为时机已到,便故意制造一起矛盾,公司所有员工的电脑被植入病毒软件,导致机密外泄,后来大家调出监控,发现前天正是那位女孩操作的系统终端。其实,那天老板让女孩带着加密 U 盘拷贝一份文档,病毒软件就在这个当口偷偷地在后台运行,女孩成了全公司公敌,这下即使她说的都是真话也没人信,只能被认为故意撒谎、垂死挣扎,老板顺水推舟地将她开除。说实在的,那家公司是刚成立不久的民营企业,员工们的电脑都是刚配置不久,还没有所谓的机密文件,老板这么做无非就是想找个开除女孩的托词。说了这么多,我无非想表达现在不少年轻人一心只想着要如何赚快钱,有时甚至顾不上考虑这么做的后果,一个劲地往里钻,最后离预想的道路越走越远,真是遗憾。"

"行了,别感慨这些。事不宜迟,我马上派人前往致远集团,让冯春燕坦白一切。"曾旻娜雷厉风行地站了起来,正要拾起桌上的手机,伸出的右手却被莫楠截住。

"不急。"

"为什么?"

面对曾旻娜的疑惑,莫楠神色波澜不惊,面对技侦科的分析结果,他显然早已想好了对策。

"她和马振华的婚礼就在明天。如果我们刚才的推论是正确的,那么受王耀威要挟的远不止马振华一个人。你设身处地想想，既然视频里受牵连的高层领导有很多，涉及问题重大且敏感，那么马振华会借什么样的机会向这些人交代情况？"

曾旻娜眸子一转："你是说……他的婚礼？"

"曾队长，何不考虑来个一网打尽？"

04

心悦画廊位于文苑路137号，就在市图书馆的东侧，附近五百米内还有全国闻名的棋艺班和声乐班，因此，将这些颇具文化气息的场所串联起的鹅卵石小径亦被当地人称作"文学小径"。即使是对此毫不知情的访客，听着萦绕在周边的琴声，嗅到书本散发出的独特香味，也会被扑面而来的文化气息所感染。张远山带着一名助手穿过这条小径，来到心悦画廊前，抬头望了望，赭红色的外墙上的确挂着"思滨优秀油画作品展"的广告牌。他轻轻推开玻璃门走了进去，并没有去观赏挂在天鹅绒墙面上的各类画作，而是环视着站在画作前的观众。

画廊展厅约有两百平方米，每幅画前都有不少人驻足品鉴，张远山一一识别那些人的背影，终于在走到第三间展室时停下了脚步。

"郭教授也有这等闲情雅致？"

"是张总啊，很意外在这里见到你。"郭国栋颇为讶异地转过身打了个招呼，"你们也在欣赏绘画？"

"平常偶尔来这散散心。都说通过一幅画作能看出绘画者的内心，画师运用的色调是明是暗、构图比例是否合理、整幅画的色彩和韵律都反映着当下他的心理状态。"张远山彬彬有礼地答道。

"看不出来，张总对画作还颇有些见解。"郭国栋微微颔首。

"这幅《莫奈夫人与巴吉尔肖像》（Portrait of Madame Monet and Bazille）虽然是仿作，不过技术独到，把原作那种厚涂颜料的技法拿捏得十分到位呀。"

"对，这是法国印象派的通用画法，但是在我看来，仿作就是仿作。不管诱惑再大，模仿人都是划不来的事。通常我们都喜欢别人的东西胜过自己的东西，在别人眼中却未必如此，讽刺的是，最不可能给予自己作品公正评判的恰恰是画家本人。"

张远山心里一怔，郭教授的话语似乎意有所指，却还是以谦卑的姿态毕恭毕敬地赞叹道："真不愧是资深教授，见解果然与众不同。"

"比起这一墙临摹的仿作，我更喜欢对面那些原创作品，尽管笔触还无法达到大师级，有的还存在明显的构图缺陷，但从它们身上我能看到一些难能可贵的东西。比如这幅《拟态》，一种生物为什么在形态、行为特征上模仿另一种生物呢？简单来说它们的目标是受骗者，受骗者是拟态系统中的重要组成部分，是形成拟态的选择压力。这幅画中至少呈现出三种以上的'拟态'，龙头兰花瓣在形状、颜色和多绒毛方面模拟某些雌蜂的外表，吸引雄蜂来与植物自己"交尾"、蛾类模仿蜜蜂借以逃避鸟类的捕食、猪笼草模拟花朵的外貌诱捕前来采蜜的昆虫，这幅画既告诉我们大自然的多彩，也告诉我们动植物世界的险恶。"

张远山随着教授的视线移至远处，虽说是原创，可画作的质量实在是良莠不齐，摆在一排时显得欠缺了整体的神韵。

"那幅标价最高的据说是某位高官千金的画作呢。"

"哦？是吗？"郭国栋一边注视着画作一边反问，"我认为它右边的画作要更加出彩。画作的标题名叫《当心身后》，依我看画家已经具备一定的功力，他通过简化眼前的景物来突出在丛林里自由飞翔的蝴蝶与它身后正在结网的蜘蛛，业余画家的通病就是喜欢把太多无关的东西塞在同一幅画里，但这幅画并没有此类毛病，确实难能可贵。"

"然而价格还不到隔壁这幅画标价的三分之二。"

"呵呵，或许是我的审美和他们不同罢了。"郭国栋伫立片刻，忽然转过身来，"对了，关于康湾城的事，不知贵司下一步打算怎么做？老实说，通过谈判能继续推进，我已经很欣慰了。"

"这个嘛……听说石经理还在申诉中，我们尚且无法向第二候选人发出中标通知。"

张远山撒了个谎，这一切全都是致远下的圈套，自己只是微不足道的执行者罢了，当然，这次的会面也一样。在张远山的印象中，他只来过一次画廊，还是三年级学校组织的春游，他一点都不理解在密闭的空间盯着这些画作究竟有什么乐趣。

他也不想理解，从始至终，自己的角色就是执行者。

"唉，到头来全都是一己私欲在作祟。"

见郭国栋心情似乎还不错，张远山便来个顺水推舟。

"今天正好在这里和郭教授巧遇，我们由衷希望您能帮助说服石经理，毕竟以他的脾气恐怕在沟通过程中会产生不少摩擦。"

"这点我明白。"

"有劳您了。"

郭国栋像是想起了什么事，突然从拎着的包里掏出手机低语了一声，接着礼貌性地朝二人说道："时间不早了，院里晚点还有个重要会议，先告辞。"

"好的，郭教授请慢走。"

话音刚落，郭国栋已经向门口走去。

张远山和助手停留在方才他们讨论的原创画作前，从一个外行人的角度来看，郭教授的眼光确实不错，这幅新人的画作色泽饱满、重点突出，确实具备与众不同的水准。张远山朝远处站在展室角落的店员举手示意。

"先生，我要买这幅画。"

"是这幅《当心身后》吗？"店员确认道。

"对，这位作家还有别的画作参展吗？"

"还有第四展室里的两幅，因为风格不同，所以没有摆在同一位置。"

张远山望着店员手指的方向，所谓的第四展室就是个小展厅，应该都是些新人的画作，看起来好像无人问津，他犹豫了片刻，然后回了句："那么麻烦您统统为我打包。"

"好的，这位画师一直是业界公认的实力派，《当心身后》确实是近期最为杰出的一幅，能在众多画作中挑选这一幅，您真是慧眼独具。"

"哪里，能麻烦您帮我包起来寄到这个地址吗？"

"没问题。"店员揉搓着双手，"您看押金部分用什么方式支付合适？"

"刷卡。"

"好的。"

"张总，您可真是大手笔！"

面对助手的吹捧，张远山一副不以为然的表情："还是夸夸你们冯总吧，大手笔的是她，我嘛，只是个工具人罢了。"

"您可别这么说，论在集团的地位，她暂时还撼动不了您。"

"这些奉承话不提也罢，你的路还长，专心办好眼下的事情就可以了。"

"您说郭教授会收下这几幅画吗？"

"呵呵。小吴，看来你还得多磨炼磨炼。"

"咦？是我会错意了？"助手一脸茫然地问。

"你们冯总的本意并非要寄给郭国栋。你发现没？郭国栋和石永进的住所在同一个街道，一个住址是文溪路328号601室，另一个在虎溪路328号601室，不需要我再说下去了吧？"

"啊！我懂了，刚才您填的是石永进的地址，收件人却写着郭教授？"

"算你机灵。"

"先生，请问寄件人要填谁的名字？"

张远山将纸条交给店员，上面写着夕建建工的联系人，还有一串电话号码。

"还请帮我开张专票，谢谢！"

05

马振华和冯春燕的婚礼在一个星期后如期举办。群山缭绕的低谷处，会场借助大自然的天然美景，伴着温暖和煦的微风，在蓝天白云的衬托下，呈现出一派浪漫的景象。冯春燕手握捧花，一番精致的打扮看上去和影视明星相比都毫不逊色，她甜甜地笑着，眼前的一切都是她梦寐以求的。礼成之后，她将以致远集团总经理夫人的身份迎接一个又一个人生的高光时刻，她看到那些故友和同学们羡慕的眼神，心里无比舒畅。傍晚将至，会场里温暖的灯光闪烁，映在白色的紫藤花上，布景师别出心裁的设计让参加宴会的众人发出一阵阵赞叹声，整个场景既温馨又美妙绝伦。

身旁的马振华尽管强颜欢笑，却也被眼前的美景感染，一身黑色的新郎礼服衬出完美的身材而又不失集团总经理的威严。二人在司仪的主持下按部就班地完成婚礼的每个步骤。

"朋友们，在今天这样一个别具意义的吉祥时刻，我们的新郎、新娘为大家准备了一份特别的礼物。"司仪举起话筒，会场即将迎来新一轮高潮，"大家都知道，红红火火的花球象征着幸福和吉祥。此时此刻，我们这对新人将用抛花球的方式来表达对大家的祝福。好，下面就请在场的所有未婚男女朋友们赶紧站到一个好位置！"

台下的众多年轻男女急忙呼朋引伴，有的聚到了新郎新娘的身前，有的分散在后方，会场很大，冯春燕一下子有些不知所措。

"朋友们，如果今天您接到了这个吉祥之物，那么在今后的生活中，将会出现一个又一个您想象不到的惊喜！也许，您的事业蒸蒸日上；也许，您幸福的爱情将会在下一刻来临哦！大家准备好了吗？"

"准备好了！"众人齐呼。

"好的，有请新娘掷花球！"

冯春燕俏皮地闭上双眸转身，用尽浑身力气将花球向后一抛。

"掷得真远，看来新娘真是臂力十足，今后这对新人的人生道路也会像这花球一样长久美满！"在众人目光的注视下，花球最终落在后场的人群中，司仪踮起脚尖望向最为热闹的那片区域，"让我们看看把握住这次机会的是哪位幸运的朋友，请走到台前！"

只听到众人的欢呼，却未见到幸运者的模样，司仪加大音量重复了一句："抢到花球的朋友，麻烦走到台前哦，围着的朋友们还请让一让。"

一个熟悉的身影从人群中挣脱出来，站在这对新人面前，她捧着花球淡定地说道：

"很抱歉，我们不请自来。"

"曾队长？你们……"

司仪被眼前的场景惊呆了，七八位刑警瞬间出现在曾旻娜身后，这是他从未见过的一幕，虽然手持话筒，可他忽然间不知说什么好，会场瞬间陷入了寂静。仿佛电影里的情节一般，在场的人一个个都看傻了眼。

"我们本无意打扰，但这下子似乎也不太好收场。"见冯春燕一脸茫然的表情，曾旻娜转向新郎官，厉声道，"马振华，这是你的逮捕令。"

"你们……你们凭什么抓他？"冯春燕娇小迷人的脸蛋头一回闪现出愠色，眼前这些人即将破坏自己幸福甜蜜的生活，她死死掐紧握在手心里的捧花，不出几秒，捧花"咔"的一声断成两截，象征美满与圣洁的花朵就这么掉落在地，冯春燕握着的只剩下几根残枝。

"还有冯女士，恐怕也得请你到局里配合我们的调查工作。"曾旻娜顺带提了一句。

"怎……怎么会……妈，这不是真的，这不是真的。"

女孩痴痴地审视着面前突然发生的一切，前一刻她还是童话梦境中最美丽最幸福的公主，享受着众人的鲜花与掌声，然而后一秒却被人无情地拽回残酷的现实中。她摸了摸自己戴着耳环的白嫩耳朵，一遍又一遍地重复着这句话。

06

"正如你所料，王耀威那台手机的存储卡并没有被摔坏。冯春燕急着删除自己那段视频时，无意间发现存储卡里还有其他视频，多达七十八条，涉及贪污受贿、敲诈勒索甚至雇凶杀人，涉事的领导和官员多达两百多人，绝大多数和致远集团的经营层面有关。"

冯春燕和马振华婚后的第一天便在市局里度过，关于被隐匿的重要证物，冯春燕没几分钟就一五一十地招了。她有一种扭曲的社会价值观，即人生的目标只是追求金钱和地位，学习、工作只不过是追求这一目的的手段。所幸，冯春燕尚未铸下大错。莫楠仅仅通过手机上沾着的一滴血迹就能推测出这件案子背后别有洞天，一时成为市局办案人员热议的人物，他们还从张局那儿挖来不少陈年旧案，个个都对他叹服不已。

"这下可有好戏瞧咯，据说从十年前开始致远集团就每况愈下，王耀威手机里的资料够那些贪官污吏喝一壶的。"

见莫楠得意地扬起眉毛，曾旻娜欲言又止。

"话说，今天为什么特意找我来你办公室呢？"

"其实，我有个百思不解的问题……"曾旻娜将莫楠叫到办公电脑前，"王耀威手机里有一段视频我觉得务必得请你看看。"

"哦？难不成拍到我了？我可是清白的呀。"

"放心，我们都知道你哪有这么大本领。准备请你分析的这段视频，主角是你的老同学。"

"你说的是……李馨旸？"莫楠收拢起笑容，微微皱了皱眉。

"嗯。"曾旻娜打开视频，时长只有一分半钟，出现在镜头里的人物只有李馨旸，不过她既没行贿也没杀人，只是在人民医院的取药窗口，她并未注意到有人在拍摄自己，取完药后就朝大门口走去，"我研究了半天也没发觉这视频到底是想表达什么。其他几十段视频显而易见是用来敲诈勒索他人的，而这段视频全程记录的都是李馨旸在医院开药，拍摄者似乎坐在远处的等待席用手机镜头四倍放大功能拍摄，因此画面不是非常清晰，技术人员也无法将画面高清化处理。"

"再播放一遍。"

"你怎么了？"莫楠态度忽然强硬起来，曾旻娜满脸迟疑。

视频的进度条又被拉回00∶00的位置，重播一遍后，曾旻娜依旧没察觉出异常，她心想，难不成莫楠留意到画面中某个角落的可疑人物？

却也没叫自己按下暂停键，只见这个男人脸上的表情越来越僵硬。

"我就觉得不对劲！"视频播放完毕，莫楠的视线瞬间僵直了，他冷冰冰地问道，"李馨旸现在人在哪？"

"上回交代完张磊的事之后就没有再出现了，应该租在五泉公寓那一带吧。"

"带上你的部下，我们一起过去。"吩咐完后，莫楠又焦急地回过头，"另外派人到视频里的这家医院查实，李馨旸到底开了哪些药，开药的频率多久一次，这些药长期服用会引发哪些副作用，详细再详细！"

"喂，给我回来，你还没告诉我究竟发现了什么！"忽然被一个局外人下了这么多道命令，曾旻娜感到有些恼火。

他迎着她的目光，陷入沉默。

07

李馨旸瞥了一眼挂在墙上的时钟，晚上7点30分。太阳早已下山，然而她才刚刚到家，五泉公寓确实距离她就职的单位特别远，就算搭乘地铁2号线也得从首发站一路坐到终点站，全程需要六七十分钟，到达站点后，还得骑着共享单车，约莫十五分钟才能抵达单位。如此一合计，一整天光是花在交通工具上的往返通勤时间就需要三个小时，晚上到家时天色早已暗了下来。琳琳还很小，再加上体弱多病，李馨旸并没有吩咐她下厨房，甚至把稀饭先下锅这种简单的事也没交代过一次。

李馨旸脱下鞋，家里没有亮灯，她呼喊着琳琳的名字却没有得到任何回应。李馨旸开始担心起来，整个房间都找遍了也没找着琳琳。

——难不成，琳琳在放学路上……

一股不祥的预感浮上心头，她望了望窗外，暗示自己要先冷静下来。

——还是立刻打电话给班主任。

人一到紧急时刻,往往容易犯错,李馨旸居然忘了将手机搁在哪,自己的口袋、手提包甚至房间里的每个角落都没有找到。她整个人如同泄了气的皮球,摊倒在沙发上。对面刚营业的万达广场灯火通明,是这幢公寓附近最为热闹的配套设施之一,不过就住户而言,大型综合购物场所一直营业到深夜十一点并不是什么好事。

李馨旸一边回忆着在搭乘地铁时,自己的手机还在手提包里,过程中再也没取出来过。

——莫非遇小偷了?

她捂着自己的额头,打开窗户,对面就是万达广场。然而,前一秒还是一派灯火通明的热闹景象,一瞬间便被黑暗所吞噬,所有的灯光一下子全都暗了下来,甚至连嘈杂的人声也听不见了!

——怎么回事?难道是停电?

心里这么想着,李馨旸又意识到公寓的灯光依旧明亮。正当她感到纳闷时,广场上挂着的巨幅 LED 电子屏又亮了起来。电子屏上的广告是两张巨大的人脸,这两张脸不是别人,就是王耀威和张磊。

"啊啊啊啊啊!"

李馨旸捂着嘴后退了几步,大声叫喊着。

画面中的两人注视着自己,这绝非她的心理作用,他们怒目相视,嘴里仿佛在大声咒骂着什么。

"别盯着我看,别盯着我看啊!"

李馨旸紧接着把耳朵捂上,她害怕极了。然而,下一秒钟,整个广场大大小小的电子屏都变成王耀威和张磊的模样。他们像捕捉猎物一般,双眼直勾勾地盯着李馨旸,有的发出狡黠的怪笑,有的做出嗔怒的表情,目光所至,每一张脸都牢牢慑住李馨旸惊恐无比的内心。

"饶了我！求求你们饶了我！"

李馨旸从沙发上惊醒过来，她迷茫地望着四周。

——是梦吗？

"妈，你怎么了？"

——对了，刚才正在等鸡汤煲熟，居然不小心躺在沙发上睡着了。

"不好意思啊，琳琳，晚饭快做好了，你一定饿了吧？"李馨旸恍然地捂着胸口，语气柔和下来。

"有人敲门。"琳琳手指着大门的方向，"敲了好久了，琳琳不敢开。"

李馨旸仔细一听，还真的断断续续传来敲门声。她走了过去，谨慎地打开门，看到面前这名男子，动作僵在半空中。

"莫……莫楠！怎么是你？"

男子笑嘻嘻地走了进来，他注意到摆在桌上的蛋糕还有李馨旸身后的小女孩，朝她探出头去："今天是琳琳生日对吧？"

"对，快进屋坐吧。"李馨旸好不容易缓了过来，思忖着莫非这就是刚才那股不祥的预兆？她抿了抿嘴，瞪着莫楠的背影，向门外张望几下后，才悄悄关上门。

"琳琳，这是叔叔给你的。"莫楠从袋子里掏出一只玩具熊，他注意到医院里琳琳最爱惜的玩具熊其实有五种款式，所以从其他四种中选出最受女孩欢迎的，不出所料，琳琳抱着小熊喜出望外。

"咳……咳，谢谢叔叔！"

"琳琳真乖。"莫楠轻轻抚摸着琳琳的头，转而对李馨旸问道，"身体还是不舒服吗？"

"是的，医生也看了，药也按时吃，但都没有作用，最近她还经常半夜被噩梦惊醒，我也不知该如何是好。"李馨旸对莫楠的来访依旧无法释怀，"对了，你是怎么知道我住在这的？"

"我从曾警官那听说，不管怎样这里都比康湾城那烂尾楼舒适多啦。"

莫楠望了望四周，打理得很干净，五十平方米的房子虽说小了些，但对于一对母女生活来说已是绰绰有余。

"也是，但最近房价涨得厉害，所以房东开的租金一个季度比一个季度高，扣掉这些，每个月的钱几乎都花在给琳琳看病上了。"

"真是辛苦啊，如果有什么我可以帮忙的尽管提。"

"谢谢。"李馨旸将单人沙发椅推到莫楠身前，"对了，你这次过来应该有什么话要和我说吧？"

"的确……真不知该如何开口，是关于王耀威和张磊的案子，可以让琳琳进屋玩会儿吗？"

李馨旸犹疑了一下，接着吩咐道："琳琳，你先在屋里待会儿，叔叔有重要的事情要和妈说。"

女孩乖巧地点点头，抱着莫楠送她的毛绒玩具熊进屋了。

"莫非警方又有什么新发现？"

"你有被王耀威勒索过吗？"莫楠单刀直入地问。

"怎么这么说？"

"应该有吧？去医院开药的事。"

"莫……莫楠，你！"李馨旸一时语塞，不知该说什么好。

"好奇我是怎么知道的？"莫楠说出冯春燕在市局交代的一切，那天半夜她来到康湾城4号楼前，王耀威已经惨死，她所做的只有调包王耀威的手机以及摘下那只金表，至此，整个案件只剩下最后一块拼图，那是一件让人无法置信的事实，"李馨旸，你有听说过代理孟乔森综合征吗？这是一种精神疾病，为了博得旁人注目和同情，伤害自己的身体，把医院当大街逛，或者将孩子伪装成病人，导致医生误诊并施行不必要的治疗和手术。当然，在我的诊疗经历中，几乎还没遇见这类精神疾病……"

"你究竟什么意思？"李馨旸冷冷地打断他的话，双眸中闪过一丝寒光，"难道你怀疑我虐待琳琳不成？"

"李馨旸，你隐藏得很好，起初我对你一点这方面的怀疑都没有。直到警方在王耀威的手机里发现了你在医院取药的视频。那张被他秘书加以利用的手机存储卡为什么会把你的视频和其他用来敲诈勒索的视频放在一块呢？答案就是，王耀威也曾用这条视频来要挟你！"

"莫楠，我想你是小题大做了。这视频能有什么价值？不就是在医院看病，再正常不过了。我猜他一定是旧情未了，所以跟在我身后偷偷拍些这类视频。"

莫楠凝视着这位老同学，尽管对方已经有所动摇，连表情都变得僵硬，但依旧不肯嘴软，他深深地叹了口气，决定还是由自己挑明这一切："既然如此，那我就先说结论了——琳琳会头晕、呕吐、四肢无力是因为你给她吃了过量的退烧药；她会经常做噩梦是因为你把抗抑郁症药剂当作增强体质的保健品天天给她服用；她三天两头闹肚子是因为你故意在饮食里加入泻药！其他的还要我多说吗？"

"……"

李馨旸僵住了，一滴滴汗珠从额头上滚落。稍早之前，经过一番调查，思滨医院的医生向警方证实每回李馨旸都开了大量的药品，而且开药的周期很短，李馨旸和他们解释称自己有两个孩子，身体都不太好。如今事实全部摆在眼前，曾经被警方忽略的盲点也一一浮出水面。

"真是讽刺，这些明明只要稍加调查都能查个一清二楚……王耀威之所以要挟你，是因为你不仅没尽到监护人的义务，而且还是虐待琳琳的罪魁祸首，真正的施虐者不是王耀威，而是你李馨旸！"

仿佛听到巨大的雷声一般，李馨旸捂紧耳朵声嘶力竭地叫了起来。虽然听不到扳机声，但眼前这个男人的言辞就像面对面瞄准她的胸膛一样，就这么无情地揭开了她尘封在内心长达十年的秘密。

"我们在医院见面的那天一起去过'阿柳仔'网红馅饼铺，就像当时说的那样，你之所以下意识地认为馅饼是清淡口味的，完全是因为被包装上的字体所误导。但是，你是在什么样的场景下被误导的呢？思来想去只有在光线不足的情况下才有可能。"莫楠全然不顾李馨旸目光中隐含的敌意，继续说道，"结论就是，馅饼是案发当天深夜别人送的，但你没有打开来吃，事后馅饼又不见踪迹……综合以上几个推论，送你馅饼的人就是王耀威。"

"他送我馅饼做什么？"李馨旸意识到方才的失态，重新坐定，但她却没留意身后琳琳的房门已然被打开了缝隙。

"确切地说，他想利用你，或者说制造某种对你不利的状况。"

"对我不利？这话怎么说？"

"他通过孙灿鹏得知郭教授正在收集业主代表的意见，希望由业主自主选择装修公司，通过筹款的方式让康湾城的项目继续后期建设。王耀威知道后，费尽心思盘算着如何阻止这个计划，他打算从内部入手试图瓦解你们，让你们的战线不统一，这样一来，对王耀威来说就事半功倍了。"莫楠联想到高中时代他和李馨旸一起去王耀威家里玩的情景，"他母亲是位著名演员，变装的本事更是在我们高中那会儿就见识过了，王耀威自然也掌握了一手好本领。当晚，因为体格方面非常相像的关系，他乔装打扮成石永进，约你到天台谈事情，他试图怂恿你在意见书上拒绝签字，我想最好用的借口就是'每家每户筹集的资金数额不小，如果借给致远集团，保不齐到时打水漂'，甚至还送了你一盒馅饼用来讨好你，这是拜托别人时再正常不过的做法。当然，你还是看出眼前的石永进其实就是王耀威，他费尽心机想利用这种方式让你被'自救会'孤立，再加上种种往事浮上心头，一怒之下，你趁其不备将他一把推落大楼。"

"这全都是你的猜测，而且张磊遗书里的说法又怎么解释？"

"至于张磊，他只是被你利用了而已。证据就是王耀威陈尸现场螺纹钢筋上黏着的棉绒痕迹。"

"棉绒？那又能证明什么？"在李馨旸心中，有种暗影般的东西开始扩散开来。

"别急，听我慢慢说。"莫楠顿了顿，又稍稍提高嗓门，"你把王耀威推下楼以后，马上害怕了。也对，如果王耀威就这么死了，警方一定会怀疑你。还好这些住户都戴着耳塞，事发地离他们居住的房间还隔着一大段距离。在确认没有人被坠楼响声惊醒后，你松了一口气，紧接着发微信把张磊叫到楼上。张磊和你们母女交情匪浅，而且你也知道他有着超乎常人的正义感，最看不惯有人恃强凌弱，尤其是那些对老朋友下手的人。其实，在夏日酒吧他也多次因为目击到此类行为而对顾客大打出手，经过警方调查，这也是张磊在每个地方都待不久的原因。一方面，他的正义感难以克制住自己的冲动，另一方面，他患有重度抑郁症，受不了这种冲动造成的刺激。你知道，如果把情况一五一十地告诉张磊，他虽然会替你想办法逃脱罪责，可那并不保险，你真正需要的是一只替罪羔羊！"

"替罪羔羊？"李馨旸的声音开始发颤，"张磊肯这么乖乖地听我的话？"

"那家伙也许发现些许端倪了，听好，如果您还想继续幸福快乐地生活下去，就请否认，只要您不承认任何一件事，对方就全无办法。"

这是那个男人不久之前告诉她的。思及此，李馨旸调整了坐姿，重新拾起最后一丝勇气。

"因为棉被。"

"棉被？"

"是案发之后我在你房间留意到的。琳琳体弱多病，但她盖着的棉被只有一层，未免也太少了。事实上，你当晚正是利用手头上的物件在张磊面前演了一出好戏。"莫楠起身走到李馨旸身旁，这种压迫感让她的眼神开始犹疑和闪躲，"那天晚上雾气很浓，你发消息告诉张磊，王耀威约你到楼上的天台，情况不太妙。张磊一接到消息便冲了上去，你瞅准机会，将早已准备好的被褥卷成一卷，被褥的高度和王耀威的身高相似，你在外面套上一件大衣，然后将一顶帽子套在被褥最上端。张磊赶到时，你便在浓雾中揪着这件充当假人的道具，张磊不疑有诈，即将靠近的时候，你装作在争执中将王耀威推下楼。这一招很巧妙，既让张磊替你收拾善后，利用 App 和二维码的诡计为你制造不在场证明，还能让他认为王耀威的死他也有一部分责任，在他内心里埋下罪恶感的种子。你是个聪明人，这个由你亲手播种的种子，只要按时浇水施肥，就一定会长出你希望收获的果实。

"张磊处理善后工作时，你也没闲着，立即下楼撕下王耀威变装的面具，还用最快的速度前往附近的垃圾回收站将被褥等道具丢弃。因为被褥上沾了王耀威的血渍，因此如果你就这样丢弃难免会有被当作可疑物品的危险，所以你用打火机将被褥的一部分烧毁后再丢弃。你没想到的是，在那之后，王耀威的秘书冯春燕成了第一个发现尸体的人，但她却没有立刻报警，反而对现场进行二次破坏。幸好，警方昨天已经联系上当天的垃圾分类回收专员，那位阿姨还记得可回收垃圾的存放桶里的确有局部被烧毁的一床棉被，她见棉被里的大部分棉花还有可利用价值，因此连同整床棉被一起带回家了，你看是否有必要叫琳琳辨认辨认？"

看着对方递到眼前的照片，李馨旸震惊不已，但心里另一个声音却不断提醒她务必保持淡定从容，她捂着嘴不以为然地浅笑了一声："呵呵，莫楠，你对老同学还真是不留情面呢，瞧你把我说的跟大魔头似的。"

"现在想来，张磊真是可悲。不但替你掩饰了罪行，还被当作替罪羊。你知道张磊的抑郁症很严重，所以他的情绪很容易被操控。你可以调包他每天必须服用的抗抑郁药品，还可以主动在他面前显露出对王耀威之死耿耿于怀的模样。张磊精神本就很脆弱，隔一段时间就会陷入重度抑郁无法自拔，经张磊的友人证实，他定期都会有轻生的念头，撰写遗书的频率更是和周记不相上下。你深知这一点，利用各种刺激手段让他的内心再度陷入崩溃，那篇呈现在众人眼前的遗书其实是他的催命符。"

李馨旸合上眼，沉默了片刻，然后低语道："莫楠，你坚信张磊也是我杀的？"

"没错，将张磊杀害的人就是你。你挑选某天深夜，告诉张磊自己又做了噩梦，或许你对他说，自己梦见王耀威站在天台向自己索命。于是，以散心为由把张磊诱骗到天台，因为对方毫无防备之心，你将他推下楼并没有任何难度。张磊恐怕至死还没明白为什么你会如此心狠手辣。"从李馨旸的语气中莫楠听出了抗拒的意味，莫楠停下脚步，在对方争辩前继续解释道，"张磊遇害前对友人提过——如果哪天他也死了，就去查查王耀威的别墅，线索就在那里。他所指的其实是王耀威背后那些不法的勾当，对他来说，王耀威就是个恶贯满盈的人。可即使是这样一个人，还是对自己的骨肉有怜爱之情。他的钱包里还存着琳琳小时候的照片，他知道琳琳讨厌他，可是依旧想帮琳琳逃离苦海。他选择跟踪你，却惊讶地发现，你在医院开处方药的频率高得惊人，他后来渐渐明白，一名代理孟乔森综合征患者是何其恐怖的存在！"

莫楠心想，王耀威在意识到这点之后，经常前往那幢烂尾楼的原因，以及那天突然委托他的原因恐怕都是同一个。王耀威知道，自己说什么都没有人相信，只能靠作为心理咨询师的老友替他洞察这一切。

也许吧……

即使是坏透顶的恶人，对待自己亲生骨肉也会有特殊的情感。真实的恶与伪装的善，究竟哪一个更加骇人？莫楠看着眼前这位老友，这位曾经放学后在街心公园里对自己倾诉的美丽少女，如今她的心灵已经被深不见底的罪恶所浸染。

她一只手支撑着桌面，另一只手紧捂那皱着眉头的脸颊，仿佛处在崩溃的边缘。

"莫楠……你为什么盯着我不放？"

她拼命地咬着牙低语，令莫楠感到脚底随时会塌陷般不安。

"听我说，李馨旸。以你现在的精神状况，恐怕无法独立抚养那个孩子，你必须接受治疗，还有……法律的审判。"

"审判？审判我？"李馨旸情绪逐渐失控，开始猛捶着面前那张木桌，"你们凭什么审判我？如果那个男人不死，死的人就是我啊！还有，我是孩子的母亲，怎么处置那孩子是我的自由！给她看病、做手术、吃药哪个都是花我这个做母亲的钱！"

"你用了'处置'这个词，琳琳不是你用来处置的物品。"莫楠依旧泰然自若。

"啊，难道不是吗？母亲说孩子病了，那就是病了，关你们外人什么事？"

"可你却杀了一个与你家庭无关的外人。"

"那是他自找的,如果他不死,我一天都合不上眼。"李馨旸深知自己早已一只脚踏向悬崖,已经无法回头,只能在这条不归路上越走越远,她走到莫楠身前,搭着他宽阔的双肩,问道,"那种感觉你能体会吗?"

"杀人的理由我不想体会……我劝你还是赶快自首吧。"莫楠的声音温柔而富有磁性,可对李馨旸来说这是残忍的,她终于确信连自己昔日可以依靠的好友都已狠心地背叛她。在这个世上,从来就没有一个人能真正理解她,没有一个人。

"自首?开什么玩笑!"

双肩剧烈地颤抖着,声音渐渐变调。

——拟态?

——对,枯叶蝶能把自己模仿成枯叶的样子躲避天敌,角蝉能把自己伪装成树梢上的刺保护自己,您又未尝不可?那王耀威就是恶贯满盈的大恶人……呵呵,虽然以我的立场没资格这么说,但若您有兴趣,我已经为您备好万全之策。

——万全之策?

——对,只要您支付一笔酬金,我们便会为您量身定做犯罪计划书,放心,只要按上面的步骤执行,绝对万无一失!

——真的,真的能除掉那个人?

——千真万确。请您相信我。刚才提到的"拟态"就是我们这次为您制订计划的关键之处。平日里,您已经很完美地为自己敷上一层保护色,只要充分利用这一点,您一定能得到真正想要的东西。

——请让我考虑考虑。

——没问题,不过请以三天为限,为了自己的幸福人生着想,请您务必答应下来……哦，对了，我们也调查过令嫒的状况，她现在过得很好。

——你……你说什么啊，我只有一个女儿，她明明……

——呵呵，我的话是真是假相信您心中有数。那么，先告辞了。

——等等！如果……我是说如果我希望得到犯罪计划书，可以直接跟您联系吗？

——方才失礼了，这是我的名片。

——萤？

——对，"萤"就是我的名字。

"他明明说万无一失的，明明是这么跟我说的！"积蓄已久的情绪终于爆发出来，李馨旸低垂着头，紧紧握拳，用仅剩的疯狂声嘶力竭地吼了出来，"没有人能理解我，没有人！"

桌上的生日蛋糕、已经做好的菜肴，都被歇斯底里的李馨旸扫落在地。她拔出用来切蛋糕的塑料刀具，一刀一刀地扎向松软的慕斯涂层，蛋糕上那张用麦芽糖勾勒出的笑脸被扎得粉碎，上头插着的蜡烛被弹飞到琳琳房门前，琳琳受到惊吓，"啊"的一声叫了出来，火光瞬间熄灭，蜡烛也被折断成两截。

从始至终都透过门缝注视着一切的琳琳后退了几步，无言地打开房门，慢慢走到趴在地上哭泣的母亲身前，摸着她的一头秀发，用稚嫩到发颤的声音问道：

"妈……你怎么了？"

"琳琳。"李馨旸这才意识到刚才的对话都被琳琳听见了，她睁大眼睛注视着琳琳，小女孩的眼神中并没有憎恶和崩溃，只是难以置信地望着世上唯一能与自己相依为命的亲人。

"你的表情……好可怕。是不是琳琳有什么地方做得不好？"

"没有，琳琳一直都很乖。"李馨旸的声音也跟着发颤起来。

"那你为什么哭？"

"琳琳，没事的，是妈对不起你……"蛋糕的慕斯涂层一块一块地残留在李馨旸的发丝和脸上，她紧紧搂住琳琳，发出嘶哑的悲鸣，"妈妈爱你，妈妈爱你。"

这时，一直在门外候命的王阳等人听到里面传来的巨大声响，直接带上自己的人马冲进房间，见李馨旸并没有做出伤害莫楠和琳琳的举动，刑警们一个个放下握在手里的枪，茫然地环视着一片狼藉的屋子。

女人低垂着头跪坐在地，王阳走上前去，铐住她的手腕，厉声说道："李馨旸！我们以涉嫌杀人的罪名逮捕你！"

终章

　　孟乔森综合征是人为精神疾病的一种，它以《吹牛男爵历险记》为原型，命名自主角孟乔森男爵，这种疾病分为两类：第一种是为了装病而主动服用、注射药物、毒物或自伤，另一种则是让小孩或近亲代替自己去做同样的事，把他伪装成病人，自己无微不至地照料，借此博取周围人士的关心。后者称为代理型孟乔森综合征。

　　关于代理型孟乔森综合征，最著名的案子当数迪迪·布朗夏尔谋杀案。一个名叫吉普赛的女子患有智能障碍、肌肉萎缩症和白血病，她与母亲迪迪因为在2005年的卡崔娜风灾中获救而受到媒体瞩目。单亲妈妈为重病女儿牺牲奉献的模样博得了全美国的同情。然而，十年后，母亲迪迪被女儿的男友杀害。事情的真相在侦查过程中曝光，母亲迪迪从女儿出生后就每天逼迫健康的她服用大量药物，并且强制她剃光头、坐在轮椅上、接受手术，把她塑造为一个重症患者。在这桩谋杀案中，最骇人的是，指示男友加德强杀害母亲迪迪的正是过去持续受虐的女儿吉普赛，她表示："我正在监狱里享受过去从未有过的自由。"

　　莫楠合上新一期的《心理周刊》，这篇报道的作者是东京大学的著名精神科医师、作家YUUKI YUU，他在文末还列举了代理型孟乔森综合征初期阶段的几个特征，颇有学术意义。

究竟是什么原因让李馨旸和王耀威各自走上人生的两极，他们究竟在人生道路上的哪个阶段迷失了方向？他尚无法妄下断语。据李馨旸交代，九年前津桥河案的幕后黑手并不是冯瑞才，而是王耀威和黎程翔，他们一路尾随冯瑞才，而后借着酒劲调戏被害者，被强硬拒绝后痛下杀手，杀人分尸的方案是王耀威提出、黎程翔负责实施的。他们没想到充满着恶趣味的尸体会引发如此剧烈的社会舆论，意识到问题的严重性，二人生怕警方将目标锁定到他们身上，决定先下手为强。他们先是威胁冯瑞才，逼他亲手写下那两行字，然后由黎程翔架起体格瘦弱的冯，在王耀威的协助下把脖颈套在麻绳圈上，没费太多时间，冯瑞才便一命呜呼，嫌犯畏罪自杀的戏码就这么简单而狂妄地在警方面前上演。

九年前，王耀威一天到晚早出晚归，是个十足的酒鬼，有一次，他醉后亲口向李馨旸说出自己作案的经过，李馨旸记在心里却没有对任何人声张。起初，当她在电视节目中得知冯瑞才作案使用硅胶手套时便心生疑窦，因为这件凶案实在太过骇人，她在王耀威面前一直缄默不言。曾旻娜总觉得李馨旸还藏着一些秘密，但后者始终不愿说出口，如今看来九年前的旧案也有重新调查的必要，想必张局在面子上也不太好过。总之，这一系列围绕康湾城的杀人事件算是画上了一个句点。

这一个多月以来发生的事情着实不少。先是马振华在审讯过程中先后招供了利用职务之便行贿及受贿等事实，其中还牵出几位在业界名声赫赫的高官。警方还从王耀威手机里留存的其他几则视频按图索骥，原来与致远集团长期合作的夕建建工幕后老板正是马振华同母异父的妹妹，他打着招标采购的幌子与夕建建工签订了年度合作协议,甚至连内部流程都是由马振华单独审批。最终,康湾城后续装修项目宣告流标,在政府部门出面协调下,由原主体施工单位按规定继续进场承建,康湾城的业主们总算迎来新的曙光。至于"自救会"的那些业主们,又重新回归自己的生活节奏,郭国栋依旧在象牙塔里从事教学工作,石永进还在为自己的事业奔波,孙灿鹏找到了新的工作,正打算踏踏实实地再拼搏一把,琳琳则是交由一位亲戚抚养,因此,她不得不搬离这座城市,临行前莫楠和曾旻娜还到火车站送了她一程。莫楠相信,琳琳一定会从阴影中走出,翻开人生崭新的篇章。

——这孩子……

当莫楠再度从手机相册里翻出琳琳的照片,对照王耀威和李馨旸的五官,内心已然觉察到李馨旸还隐瞒着重大的秘密,却也不便说出口,就让这秘密随风而逝更好些。

今天是大年初四,"星光之岬"春节后营业的第一天。靳璐一早就包好了红包交到莫楠手中,他只需要分发给前来值班的医师即可。在这个喜庆的日子里,莫楠心想应该不会有什么来访者才对,他正这么想着,"星光之岬"的自动门却应声开启,一阵沉稳的脚步声越来越靠近。

"一小时800元?看来这家伙赚得还不错。"

诊疗室外,莫楠听到了熟悉的声音,他不自觉地转过头去,来者果然是曾旻娜。她今天被张局安排值班,所以就穿着警服从市局直接过来了。

"你怎么来了?"莫楠冲她笑了笑,"快坐。"

曾旻娜环视了四周,难以置信地感慨道:"老毛病还是没改,早上靳璐才打理好,没过半天房间又变得乱七八糟。一大把年纪了,还跟小孩子一样。"

"嗨,优秀的心理咨询师通常不拘小节。"

"优秀?真正优秀的应该是靳璐才对吧。"

"是什么风把曾队给吹来了?专程来拜年可不是您的风格。"莫楠依旧慵懒地望着窗外。

"萤。"

曾旻娜嘴里吐出这一个字便让气氛骤然一变,李馨旸在狱中招供,一个自称"萤"的男人在几个月前主动找到她,并为其提供所谓的"犯罪计划书"。

"既然那个男人自称'萤',就表示……这个组织的头号危险人物就潜伏在星源?"

"没错,这个人很可能在我们周边,也许他还是我们熟识的人也说不定。"

"哎,总之好消息是我们离犯罪集团又近了一步,坏消息是将来或许会面临更大的挑战。"曾旻娜顿了顿,语气稍缓,"对了,依我看连你自个儿都忘了今天是什么日子吧?"

"什么日子?"忽然转移的话题让莫楠有些错愕,"年初四迎神接神?"

"真是够了。我果然没猜错,你没有一年是记得自己生日的。"

莫楠"哦"了一声,做出恍然大悟的表情:"经你这么一提,好像是有这回事。"

"表哥,恭喜你离50岁又近了一步!"话音刚落,靳璐就推着小餐车走了进来,那是一块香浓的巧克力蛋糕,上面还插着四支蜡烛,"这是旻娜姐的一番心意,你可得领情呀!"

"知道了知道了，我又老了一岁。"

虽然早已下定决心做单身贵族，但现在想来或许有个能提醒自己过生日的人也不赖，莫楠心想。

全书完